一湖澄碧

黄康生 —— 著

作家出版社

目录

耕耘在蔚蓝之上

——黄康生散文集《一湖澄碧》序

周　明

一

"特别想补充一句的是黄康生写全红婵夺冠的小文《红婵一跳惊天下》,十四岁的农村苦孩子,不仅是靠她的成绩,还凭着她小小身躯里体现出来的强大的、不可遏制的、我们中华民族所特有的吃苦耐劳精神,感动和征服了天下人。因而我还是破例把这带着稚气的纤细小姑娘,放在与前面那些国际名人、中华名人同等的位置上——不过分,这是我们整个国家和民族明天的希望。"这是写在《海,以及星光:2022中国散文年选》里的一段文字。我和黄康生相识在河北兴隆,见他第一眼,便觉得他身上有一股红土地的气味和大海的气息。

我喜欢红土地,也喜欢大海。我在黄康生这里能看到上帝视角下的雷州半岛红土地，也能看到千帆竞发的大海；能感受到海的人物，海的风情，海的力量。

黄康生生活在海边，海给他生命、给他力量、给他激情，海使他蓬勃、使他豁达、使他宽广。一直以来，他都保持一个躬耕的姿态耕耘在蔚蓝之上。他创作的那些带有海味的散文，多次登上《人民日报》《散文选刊》《海外文摘》等大报大刊。他左手新闻，右手散文，有时左右逢源，收获颇丰。他除了获得"冰心散文奖"外，还获得"李清照文学奖""蒲松龄散文奖""浩然散文奖""吴伯箫散文奖"等。

二

《一湖澄碧》是黄康生继《携春而行》《向海而蓝》之后，由作家出版社出版的第三本散文集。

《一湖澄碧》保持他一贯的散文写作风格：贴近火热的时代，写自己熟悉的生活，让有热度的文字走进读者的内心。他作品中的人物就像生活在你的身边，他讲述的故事你都曾有过类似的经历，真实可亲，活灵活现，栩栩如生。

他是记者出身，有着一双敏锐的善于捕捉生活闪光点的眼睛，他选取的题材不但新颖，还冒着热气，滚烫热辣，用现时最流行的一句话说就是——"接地气"！他的文字功底扎实，很有火候，言简意赅，绝不拖泥带水，这是多年写新闻锤炼出的"短、平、快"的深厚功力。他的每篇散文又优美如诗，往往还有引人入胜的故事情节，你可当作一首精美的诗歌来欣赏，又可当成一篇精彩的"新闻小说"来阅读。

他的每篇散文的写作手法又是独特的，都是"自己的"，与我们平时所读到的大多千人一面、千篇一律的文本有着迥然的不同。黄康生就曾说过，每个人都有一双眼睛，所见到的都不一样，心是长在自己的心里，也是与众不同的。所以他不重复别人，也不重复自己。他是他自己。

读他的散文，有如沐着一股清新之风，自然清爽，沁心拂面；又如有一湖澄碧之水，洗亮眼睛，润滋心灵。

三

《一湖澄碧》是黄康生近年来潜心创作的又一精品力作，共收录了三十九篇散文精品：有新冠肺炎疫情暴发后，医护工作者挺身而出、逆向而行的可歌可泣的感人故事；有与鸟和谐共处的平凡人物；有雷州半岛历史悠久、积淀深厚的风土人情；有湛江因地缘独特、天长日久形成的圩场集市民俗素描；有奇趣横生、记忆深刻的童年乡村生活经历；有敦厚朴实如土地、对乡土不离不弃的村民脸谱；有因贫穷而走出乡村到外面"捞世界"而今又迫不及待返回乡村参与新时代乡村建设的"新农人"形象……

他来自农村，熟悉农村，热爱这片土地，眷恋这片土地，如痴如醉，一往情深，不改初心。红土地里有他的根，他当记者时，无论城市还是乡村，他几乎跑遍了每个角落，几乎每寸红土地都留下了他的足印。他还结交很多农民朋友，走进他们的生活，听他们讲述祖祖辈辈土里刨食的故事以及新时代乡村振兴的创业经历……他脑子里装满了红土地上的人和事，闭上眼睛，这些人和事就会从脑海里跳出来，跳到他的笔底下，新鲜、生动而有血肉，跟他娓娓对话。

四

不妨挑集子里的几篇散文来解读——

《一湖澄碧》以湛江旅游名片湖光岩为聚焦点，将碧湖、碧水、碧树、碧月、碧灯以及湖上、湖边、湖水、湖光等都纳入文学描述的对象之中，尽情演绎了湖光岩景区浓浓的诗情、密密的画意。"那蓝幽幽的湖水，深不见底，碧绿碧绿的，令人以为是'天池'里的琼浆玉液。这琼浆玉液应是集天地之灵气酿造而成的吧?！""我贪婪地吮吸着这'湖心绿'，顿觉神清气爽。我知道，这口'湖心绿'是带'魂'的，那是一种清幽、澄澈、透亮的'魂'。"有魂灵的湖水，让多少游人为之钟情和迷恋，为之流连忘返、梦绕魂牵。青山绿水给了作家文学创作的灵感和激情，作家则以优美的文字将山水的姿色和韵味生动演绎出来。《一湖澄碧》与湖光岩之间，不论从文化建设的层面来说，还是从旅游发展的角度来看，其所存有的深厚关联都是显而易见的。

湛江东海岛的非物质文化遗产"人龙舞"曾舞进北京奥运"鸟巢"，舞出"吉尼斯世界纪录"，舞成"东方一绝"，享誉中外，世人惊叹。民间的"人龙舞"带有一种神秘的色彩。而东海岛另一条巨龙也从天际腾跃而来，"它以宝钢湛江钢铁'一号高炉'为'龙头'，以中科炼化银塔、油罐、机泵为'龙身'，以巴斯夫蒸汽裂解装滑为'龙尾'"。钢铁巨龙同样蕴含着无穷的智慧和神秘的力量。"一座海岛藏二'龙'，这不得不说是个神奇的存在。这两条'龙'不仅给海岛镀上一层神秘的色彩，还给海岛带来酣畅淋漓的欢愉。……两条巨龙在或明或暗的烟雾火光里打滚缠绕，盘旋狂舞，翻滚飞跃，犹如双龙出海，气势磅礴，气撼长天。"《东海岛有"龙"》巧妙地将民间艺术的"人龙"与钢铁石化的"巨龙"串在一起抒写，双龙起舞，海岛腾飞，带动湛江经济高速发展。作者的喜悦之情自然而然流溢于字里行间，情感十分浓烈。这是一曲唱给新时代的奋进之歌。

《补锅强》是一篇以记人为主的叙事散文力作。通过对一位普通的补锅师傅"补锅强"精湛补锅技术的艺术描述，表达了对乡村手艺人的由衷讴歌与极力赞美之情，并体现着为民间手艺人立传的创作用心。

散文通过生动的细节描写来呈现"补锅强"精湛的补锅技

艺，主要有四处，第一处为："将一口无耳烂锅举在手里，眯着眼，对着破裂的锅底瞅来瞅去。接着将烂锅翻转倒扣在木桩上，再用小铁锤敲打漏点边缘，錾出一个梅花形的锔眼。"详写了他正式补锅前的细致准备工作。第二处为："补锅强舀出滚烫的铁水，飞快摊在黑黢黢的布块上，然后，对准錾好的锔眼，用力一压，另一只饱蘸石灰浆的手则从锔眼的背面用力一顶，只听'嗞啦'一声，红彤彤的铁水迅速凝固成豌豆般大小的疤痕。""之后，他又从水桶里舀一瓢水倒入锅内，试水检漏。"通过一系列描写补锅行为的动词来展现他熟练补锅的全过程。第三处是写他来到小镇上，搭起铺子补锅的情形，不过这时候他手中的锅，已由原先的铁锅换成了铝锅："叮叮当当声中，补锅强已接到四口铝锅。只见他拿起一口铝锅，左右瞄上几眼，斟酌一番后，便用大剪刀将漏了的锅底剪掉，接着用羊角锤内外敲打，新锅底跟原先的锅身就在一次次的敲打声中融为一体。"最后一处的细节描写，最为细腻生动，也最是真切感人。"战疫"正酣之时，工地里那口能煮出"千碗"面条的八印大铁锅突然裂开一条缝，"滴答滴答"地漏个不停。接到补锅任务后，"补锅强"第一时间赶到了建筑工地，只是当时的现场比"补锅强"想象的还乱，在大铁锅破裂的同时，旁边一口小砂锅也因锅内热油起火，并在有人"泼水救火"的错误操作下火势愈发猛烈，现场浓烟滚滚，一场火灾眼看就要发生。危急之下，"补锅强没有片刻迟疑，徒手端起着火的砂锅就往外跑。滚烫的油火四处乱溅，噼里啪啦地溅落在他的手上，他忍住剧痛，一路狂奔，最后因砂锅的锅柄太烫，补锅强只好将锅丢在地下，然后一脚把砂锅踢飞到三米开外的沙地上……"有惊无险地扑灭一场可能发生的火灾。这篇散文的意味远不止为民间艺人立传这么简单。散文家还通过"补锅"这一生活情景的形象描述，将自我对于当下社会现实的理性审视与深刻反思折射出来。散文中有一句话——"补锅，既要补岁月，又要补世道人心"——是非常耐人寻味的。

《抽干鱼塘捉泥鳅》以乡村鱼塘为聚焦对象，通过主人公晨耕的历史回忆和当下实践，艺术地描绘了乡村人抽干鱼塘捕捉泥鳅的精彩情景，将改革开放以来中国乡村的幸福生活生动地叙写出来。什么是幸福？幸福就是人们的生活时时处处充满了乐趣，日子过得红红火火、有滋有味。散文对幸福乡村的书写，是通过主人公晨耕的一系列行动而折射出来的。晨耕出生在农村，工作在小城，是一个对生活充满了热情和深爱的人，尤其对少年时代的乡村生活，对每到年关时就会在鱼塘里捉泥鳅的情形，他都念念不忘，记忆犹新。在他的心目中，那令人梦绕魂牵的乡村，始终都是幸福的所在。散文家并没有一味地展现记忆里的乡村生活，而是将记忆与现实并呈，历史与现实巧妙叠加，这样的乡村生活充满了乐趣滋味的幸福色彩。

五

广袤辽阔的红土地在他脚下绵延铺展，碧波万顷的蓝海洋在他眼前澎湃汹涌。他像一位起早摸黑的农夫，不负春光在泥土里耕种，用汗水换来秋日的丰硕收成；又像一位摇橹驾船驶向大海深处的渔民，不惧风浪，辛勤捕捞，满载而归。

在散文创作的园地里，黄康生走出了一条属于自己的路。他另辟蹊径，脚踏实地、一步一个脚印，坚定而沉稳。他借助地域风物来抒写自己对故土的情怀，力求在自然景物描绘中注入自己的情思，使其文章中意境蕴藉深厚，使得笔下的人或物，都有情感的灌注和理性的渗透。他的散文读来令人荡气回肠、激动感奋，有种催人奋进向上的力量。

黄康生的文字洒脱而豪放、精练而简洁、细腻而优美，在一种气定神闲的抒写中把语言文字的魅力发挥到了极致，使字里行间自然而然地透露出一种诗意之美。他十分注重文字的张力和思维的跳跃，通过带有黏稠度的、有温度的颗粒语言来凸显散文的魅力。让你仿佛置身于一幅摇曳生韵的水墨画里，每一幅画都让人心身荡漾，并生发出无限缠绵的思绪。这种思绪又能让人化作对家园故土、乡亲父老、山川风物的挚爱。

德勒兹说："写作是一个过程，一个穿越了可经历的和已经历过生活的生命过程。"在这个过程中，黄康生创造了有温度有热度的散文精品，也开掘出他个人的"散文山谷"，以此安放他的生命与灵魂。

2023 年 4 月 26 日

（作者系中国现代文学馆副馆长，中国散文学会副会长，中国报告文学学会常务副会长）

东海岛有"龙"

古老的东海岛有条"龙",那是一条充满神秘色彩的"人龙"。

"人龙"通体金黄,时隐时现,时高时低,时长时短,给本就神秘的海岛增添了新的神秘。

有人说,东海岛那条"人龙"已隐匿乡野四百年。而"人龙"的龙头、龙身、龙尾以及龙头上的龙眼、龙角、龙舌全由真人真身架接而成。这种"化人为龙""以人组龙""以人塑龙"的表演形式,不仅让这座传说中由神蝶幻化而成的海岛变得更神秘,而且变得更神奇。

古籍《海康县续志·风俗》记载:"龙舞,舞龙者一人为头,后为龙尾,次一人直手抱前者脚夹后者,挨次递抬向街直走,则念曰:骑龙头龙头落下水,骑龙尾龙尾竖上天。"

"龙头"通常由汉子中的汉子担纲领衔。汉子手持盾牌,身穿龙嘴,胸前绑一男儿,颈上拴一男孩,肩上扛一男童。男童架势拉满,身子后仰架接"龙桩"。

"龙桩"每每由身板硬朗的庄稼汉担当。演训时，庄稼汉在下，称"龙桩"；孩童在上，称"龙脊"。"龙脊"脚夹前"龙桩"颈枕后"龙桩"，节节相连，环环相扣。饰演"龙尾"的庄稼汉也驮一个孩童。孩童双脚倒挂，成竖鳍状摇摆。

在那遥远的岁月里，这条牵着海岛血脉的"人龙"常在大海边、古庙前、村寨里翻腾飞舞，舞出风调雨顺，舞出五谷丰登。"人龙"舞动时灵活多变，动作粗犷而又威武逼真，犹如生龙活现。

数百年来，一代又一代岛民化人为龙，以人塑龙，用忠义热血承袭"人龙"古风，用赤诚和热忱书写"人龙"传奇。他们除了保留古老海岛龙图腾信仰的遗风外，还将祭海、尊祖、祈雨等多种风俗融入"人龙"之中，使这种古老的汉族舞蹈更具神秘感。

遇上春节、元宵、中秋或特大喜庆日，这条"人设之龙"就会"呼"一声从康王庙里钻出来，发出低沉的"龙吟"。在人们的呐喊声中，"人龙"左盘右旋，翻转腾跃，时不时还亮出"龙点头""龙穿云""龙卷浪"等看家绝活，尽展粗犷雄浑之风。

飞龙在天，人龙在野。这条凝聚着海岛的根和魂的"人龙"曾舞进北京奥运"鸟巢"，舞出"吉尼斯世界纪录"，舞成"东方一绝"。

后来，不知何因，"人龙"慢慢地在民间消失了，甚至连龙缨、龙冠也销声匿迹。

前些日子，大地响起一声春雷。那滚滚春雷，惊醒了冬眠中的蛇虫鼠蚁，也炸醒了沉睡中的东海岛"人龙"。"人龙"这一醒，不知惊起多少人情旧事，又留下多少沧桑传奇。

寄思乡于舞龙，寄念旧于舞龙，寄纳新于舞龙。很快，那条被赋予新生命、新灵魂的"古龙"又在康王庙前舞动起来。表演者由实演虚，将身体舞姿的"实"与"人龙"身影的"虚"无痕转化与衔接，达到了形神兼备、虚实相生的巧妙境界。

"凤箫声动，玉壶光转，一夜鱼龙舞。"元宵之夜，东海岛爆竹声声，锣鼓阵阵。

在不断炸响的爆竹声中，八十多名庄稼汉和八十多名孩童人搭人，肩并肩，如铁链般环环相扣，浑然一体形成"人龙"。

"非遗"传承人陈那二再度充当"龙头"。陈那二头扎黄色头巾，身穿松垮短裤，腿缠防滑绑带，显得敦实而又厚重。作为"人龙舞"的颜值担当，他自幼就苦练舞龙技艺，与"人龙舞"结下了不解之缘。他说："舞龙是一辈子的事！"

鼓声响起了，"人龙"睁开"眼睛"，悄悄地瞥了一下"引龙人"，一副欲言又止的样子。

"引龙人"吴爱平身穿蓝色褂子，腰系红绳，头包红巾，额前绣红色绒球，看起来精神抖擞。

"嗬嘿，嗬嘿，嗬嘿嘿——"吴爱平猛然一声大吼，随后将彩色龙珠棍举于头上，紧接着拧腕，接棍，再拧腕，再接棍，如此反复，使珠棍沿弧形转动。"人龙""嗖"的一声腾空而起，扑向龙珠，恨不得一口把龙珠吞下。

"摇珠！"吴爱平捻动珠棍，上下左右交替耍"大刀花"。"人龙"追逐着"龙珠"，翻滚，盘旋，腾空，穿梭，活脱一幅"龙王戏珠"的图景。

"咚锵、咚锵、咚咚锵……"牛皮红鼓越擂越响了。那强劲刚烈的鼓点似虎啸龙吟，松涛怒吼。踏着强劲刚烈的鼓点，吴爱平将手中的龙珠转得像风火轮。"人龙"也随之舞出"滚龙珠""高转珠""盘龙珠"等高难度阵形。"四面边声连角起"，吴爱平挥舞手臂，使劲摇动龙珠引"龙"入海，突然，一声龙吼凭空响起，接着，大海中骤然亮起一圈金色的光芒……

刹那间，锣鼓声、呐喊声、吆喝声混成一片，响彻云霄。

"虎啸既响，龙吟当附。"此时，东海岛另一条巨龙也从天际腾跃而来。它声如雷霆，铿锵有金铁之音。

"是龙，是钢铁巨龙！"一些人无意中抬头，看到钢铁巨龙，不由得发出惊呼。惊呼声里夹杂着震撼与喜悦。

巨龙有金色的竖瞳，蓝色的鳞甲，银白色的龙爪。它既虚又实，既实又虚，刚中有柔，柔中带刚。它以宝钢湛江钢铁"一号高炉"为"龙头"，以中科炼化银塔、油罐、机泵为"龙身"，以巴斯夫蒸汽裂解装置为"龙尾"。

巨龙浑身布满了龙鳞与甲壳。甲壳里面蕴含着无穷的智慧和神秘的力量。

东海岛是一座神秘的海岛，流传着"三婆仔""黑木神""民安女""高山公""神蝶化岛"等传说。前些年，宝钢湛江钢铁、中科炼化、巴斯夫三个"巨无霸"齐齐到东海岛炼钢铸梦，锻造了一条"钢头油身化尾"的巨龙，让这座神秘的海岛又多了一份神秘。

一座海岛藏二"龙"，这不得不说是个神奇的存在。这两条"龙"不仅给海岛镀上一层神秘的色彩，还给海岛带来酣畅淋漓的欢愉。

钢铁巨龙裹挟着滚滚红尘，穿过蔚律港的笛声，直扑龙海天。巨龙的身影极快，未等人们看清就与东海岛"人龙"缠绕在一起。龙翻身，龙盘旋，龙回头……两条巨龙在或明或暗的烟雾火光里打滚缠绕，盘旋狂舞，翻滚飞跃，犹如双龙出海，气势磅礴，气撼长天。

（2023 年 4 月 10 日）

海底种珊瑚

已经是寒冬腊月了，漠河北极村早已冰天雪地，而徐闻南极村依然阳光普照，温暖如春。

趁阳光还暖，珊瑚达人雷公墨赶紧备料、备船出海，还没等船只停稳，便纵身一跃，跃进徐闻珊瑚海，去探寻幽蓝之下的秘密。

海面上波光粼粼，不时有银色的海鸥在头顶掠过。雷公墨吸足一口气，慢慢往水下潜去。

正潜着，眼前突然出现一片五彩珊瑚。那些奇形怪状的珊瑚白的胜雪、红的像火、黄的似金、粉的如霞。它们挤挤挨挨、挨挨挤挤地聚在一起，连成一片色彩斑斓的海底"热带雨林"。

一块通体粉红的"海中仙子"正随着海水轻摆着触手，仿佛在向雷公墨招手。

与"海中仙子"相隔不远处，还有一片五彩斑斓的珊瑚礁，像是老天特意摆放在那里的，这些由大量珊瑚虫骨壳堆积而成的珊瑚礁，形态各异，细细观察，有的形如鹿角，有的状似豆荚，还有的简直就像是千年灵芝。在手电荧光的照射下，珊瑚礁泛着幽幽的蓝光，让人眩晕。

正午时分，珊瑚礁深处传来"吧唧吧唧"的嘈杂声，循声望去，但见珊瑚礁门前熙熙攘攘，热闹非凡。各种各样的鱼群在珊瑚丛中来回穿梭，上下翻飞，变幻出千百种花样，像一条条流动的彩带。鳖虾蟹、贝螺虫也在鱼群之间蠕动觅食，好一派热闹的景象。这种热闹的程度一点也不亚于"徐闻角尾圩"啊！雷公墨蹲守在珊瑚礁一角，默默注视着珊瑚热闹的街景。从身边绕来绕去的鱼虾鳖蟹似乎对他这个不速之客并不在意，依然在那里吆喝、追逐、嬉戏，自在又逍遥。

"江湖各相忘，鱼虾同一波，乐哉乐哉。"雷公墨扇动鳍一样的脚蹼，与鱼虾打闹玩耍。在与鱼虾的打闹声中，他似乎变成了另一种鱼。

雷公墨一边打闹一边潜水，潜到徐闻角尾珊瑚礁转角处，又发现一片人工珊瑚礁，新月形的礁盘上有大小不一的彩球，仿似南海龙女打翻了她的首饰盒，珍珠、玛瑙、翡翠、玉镯、金钗撒落一地。礁盘的四周被无数的小海龟、小鱼虾围绕着，似乎这里就是它们的家。礁洞门前，各形各色的海草随波摇曳，姹紫嫣红，美不胜收。

"前些日子种下的海底珊瑚都活了！"雷公墨高兴得手舞足蹈。

"桂树月中出，珊瑚石上生。"角尾这片人工珊瑚海曾是雷公墨珊瑚梦的起点，那年，他在这里种下第一株人工珊瑚礁体，如今已在南海的波涛里长出"茸角"。透过潜水镜，可看见黄尾豆娘鱼在"茸角"下酣睡，样子憨态可掬。

等豆娘鱼睡醒后，雷公墨即将手掌般大小的珊瑚苗种在礁盘格瓦上，然后用螺母拧紧固定。

一株、两株、三株……雷公墨越种越起劲，直到差点缺氧才停下来。

"嘶——"潜水服突然发出警报。危险！危险！极度危险！雷公墨赶紧卸掉绑在腰间的铅块，奋力踩水上浮，最后，拉掉脚蹼才捡回一条命。像这样的"水下惊魂"，只是雷公墨平时种珊瑚的一记响雷，他早已习以为常，通常惊魂一定，又穿戴好行头，再次扎入水中，潜入海底。一年一百次的下潜，他不知经历了多少的风浪，也不知道经历了多少的生死。但他依然云淡风轻："既然选择了珊瑚，便只顾风雨兼程。"这几年，他已把角尾珊瑚海里的鱼类、虾类、蟹类、贝类、藻类以及软体动物全排摸一遍。

很多人都说，这片珊瑚海不仅藏有雷公墨的珊瑚秘密，还藏有雷公墨的珊瑚梦想。是的，雷公墨从小就在珊瑚海边长大，对海珊瑚一直怀有一种特殊感情。

"珊瑚碧树，周阿而生。"珊瑚礁历来被视为地球上最古老、最多彩，也最珍贵的海上"热带雨林"。它占海洋面积不到0.2%，却栖息了25%的海洋生物，许多鱼虾贝蟹都喜欢在珊瑚礁里觅食、鸣叫、孵卵、求偶、筑巢。徐闻珊瑚礁一直有"水族大观园"之称，区内珊瑚礁延绵二十多公里，鹿角状、牛角状、树枝状、脑袋状、脑纹状、蜂巢状、盔甲状的珊瑚星罗棋布，鱼儿游弋其中，如同童话世界。在雷公墨的眼里，珊瑚就是徐闻的金龟蛋。"千年一开花，千年一结果。"雷公墨深刻地记得，己卯兔年一个寒夜，角尾湾曾出现珊瑚集中产卵的奇景，那时成千上万颗卵子从珊瑚丛里漂浮起舞，宛如海底飞"雪"，让人感到珊瑚生命的磅礴。

后来，不知何因，一批又一批的藻类、鱼类、贝类、蟹类相继离开了珊瑚礁。失去相依相伴的鱼虾蟹、贝螺虫之后，珊瑚竟也一夜之间白了头。有些珊瑚还散发着惨白的颜色，如同枯骨一般。

"不能坐看珊瑚白骨成堆！"雷公墨星夜发起拯救珊瑚的"红海行动"。

"我在海底捞渔网，抡大锤，种珊瑚。"雷公墨又一次默不作声地戴好行头，闭气下潜，潜至角尾湾底部，发现珊瑚礁门前已堆满了塑料袋、饮料瓶，一张烂渔网还将枯萎的珊瑚礁裹得严严实实。雷公墨明白，这张流网即便已被废弃，但仍然会成为珊瑚礁及海洋生物的"幽灵杀手"，无论是鱼虾、海龟，还是珊瑚，只要被网缠住、拖拽，就几乎剩下一个死字了。

雷公墨唰地拔出了潜水刀，用利刃切割渔网。突然，一个恶浪从海底掀起，一下子把他掀翻，然后"啪"一下倒扣在渔网里。

雷公墨一直在尝试挣脱渔网，但头部反而被渔网缠得更紧。

情急之下，雷公墨嗖地掣出腰刀，一刀割开渔网，紧接着，使劲踩水向上浮。他费尽九牛二虎之力才爬上岸，这时他已感知不到双手与双脚的存在。不知过了多久，才慢慢恢复知觉。傍晚，海面吹来了凉爽的风，雷公墨忍不住翕动鼻子深吸几口："咦，风里也有珊瑚的味道。"

又是一个海风微凉的午后，雷公墨再次来到海边。"今天，老天爷的脸色不太好看，灰蒙蒙的。"尽管嘴上这样说着，雷公墨还是麻利地戴好面镜，背上气瓶，扑通一声跃进大海，很快便消失在蔚蓝深处。

雷公墨宛如一尾银色的游鱼摇曳在角尾珊瑚海里。他不停地划动上肢，四处去寻找着曾经的珊瑚记忆和珊瑚梦想。雷公墨越潜越深，潜到角尾珊瑚礁转角处，竟见到肉乎乎的指状鹿角珊瑚。在手电荧光的照射下，鹿角珊瑚散发出迷人的光彩。而在鹿角珊瑚的前方，有一片人工珊瑚已长成林。一枝名为"变色龙"的珊瑚树开着小莲花，一朵一朵的，繁茂的"树枝"上，攀附着底栖草和底栖藻。

"变！"雷公墨一声疾呼，珊瑚即由粉红色变成浅棕色。"珊瑚是有灵性的，它能听'懂'人话。"雷公墨伸手轻轻触碰了一下"变色龙"，顿时感到一阵酥麻，像是羽毛在轻轻挠动掌心。

"海风吹随珊瑚枝，乃是先生寄我诗。"雷公墨带着诗和远方继续下潜，潜着潜着，雷公墨眼前又出现了五彩斑斓的大堡礁，大堡礁看起来比先前见到的都要大，像一个珊瑚城堡。这座色彩斑斓的珊瑚城堡与北极漠河雾凇宫遥相呼应，相映成趣。珊瑚城堡里还不时传来枪虾的"啪啪"声、大黄鱼的"咕咕"声、沙丁鱼的"嗒嗒"声以及其他鱼虾发出的喧闹声。那嘈嘈杂杂的喧闹声与海浪声、轰鸣声交糅在一起，汇成了一首动听的大海歌谣。

（原载 2023 年 2 月 9 日《羊城晚报》）

不期而"阳"

仿佛一夜之间全阳了，朋友圈变成了"羊圈"。

鼻子封水泥，喉咙吞刀片，铁锤抡四肢，铡刀剜腰子，虫子啃骨头……奥密克戎如同打开的潘多拉魔盒，四处乱窜，祸害人间。

"奥密克戎'扮猪吃老虎'，太狡猾了！"表妹欧阳谷一转身，家里的二舅三姑四姨全都"中招"了，就连一起考研的室友也走上了"阳关道"。

"天啊！满大街都是'阳'人，我该何处躲藏？"表妹再一次陷入无边的恐慌与焦虑之中……

表妹是一名硬核考研人，和许多室友一样，都有一段艰辛的考研抗疫记忆。三年血泪考研路，表妹总有说不出的辛酸和无奈。一战遇上阿尔法，二战碰见德尔塔，三战又遭逢奥密克戎……而奥密克戎作为人类历史上最诡异的病毒，其传染速度更是超乎人们的想象。

看着身边亲友一个个"阳"去，表妹感到无尽的迷茫焦虑。那段日子，表妹像别里科夫一样把自己装在套子里，与外界隔离开来。如果有事非出门不可，必须全副武装，口罩、防护服、护目镜、无菌手套、酒精喷壶等一样都不能少。在电梯里碰上熟人也假装不认识，闭口不说话。

冬至那天，表妹带上酒精喷壶去城北取"考研秘笈"。上车之前，表妹先用酒精喷洒全身，随后又用棉球把座椅扶手、安全带、后视镜擦了个遍。车子启动不久，出风口就传来一股怪味，让人作呕。表妹赶紧下车换乘。表妹在风中足足等了一个时辰，才等来一辆丰田雷凌。怎料，丰田雷凌还没开过海湾大桥，女司机就突发胸部剧烈刺痛、绞痛……医院的发热门诊前挤满了人，充斥着各种情绪、各种味道、各种声音。帮女司机挂上急诊号后，表妹便莫名感觉心慌紧张烦躁，有时还出现幻觉妄想。

"幻阳症？"表妹反复测体温、测抗原、测核酸。

做核酸检测的队伍沿街排成长龙，一眼望不到头。人群中，不时传来零星的咳嗽声。后来，排队做单管核酸检测的人愈发多了起来，咳嗽声也变得更加密集。表妹听到低沉闷重的咳嗽声，感觉心口窝堵得慌，头皮一阵酥麻。她赶紧把身体蜷缩起来，免得被"流弹"击中。表妹仰起头，张大嘴，露出两侧扁桃体，采样人员将拭子越过舌根来回擦拭。采样拭子刚抽出来，表妹就顿感嗓子有点酸痛。表妹一下子联想到奥密克戎，也一下子点爆了她敏感多疑的神经。奥密克戎是恶魔！表妹一回到家，就出现眩晕、呕吐、恶心等症状。

傍晚时分，表妹忽然没来由地手脚冰冷，怎么焐也焐不热，接着就开始发烧、咳嗽、呕吐、腹泻……

一边崩溃，一边治愈，一边含泪奔跑。身体虽然已被烧得迷迷糊糊，但表妹依然没停摆。她挣扎着坐起来背真题单词，背着背着就困了。她揉一揉惺忪的双眼，发现眼前的卷子里似有黑色虫子在蠕动，密密麻麻的，像蛆一样。

深夜，奥密克戎毒魔挥舞着刺刀左劈右砍，表妹抵挡不住魔力，瞬间就溃败了，体温嗖地升至39.6℃。此时，她的身体里像包裹着一团火，脸颊额头烫如烙铁。室友急了，找出连花清瘟和双黄连口服液让表妹服下，翌日，继续服布洛芬，下午体温降了一点。但咳嗽却剧烈起来，那种咳嗽好像要把五脏六腑咳出来似的。室友按照朋友圈里说的土方子，自制盐蒸橙子让她吃下，接着又用艾草生姜给她煮水泡脚驱寒。表妹的咳嗽止住了，但嗓子却越来越痛。嗓子像个破风箱似的呼啦呼啦、嘎嘎疼，疼得连咽口水都难，犹如在吞刀片、吞狼牙棒。更要命的是，下半身每根骨头都散了架，像哪吒抽骨还母一样疼痛。

表妹疼痛难忍，叫声撕心裂肺，吓得室友直掉眼泪，不停地给她喂水、喂药。

历经七天七夜的恶战，她终于逃过奥密克戎的魔掌。

长歌当哭！与毒魔缠斗的日子虽短犹长，甚至恍如隔世。

回望这三年抗疫考研路，表妹经历了无数次酸甜苦辣，也见证无数次悲欢离合。从最初的谈"疫"色变，到现在的抗阳晒阳，一千多个日日夜夜，无数个点点滴滴，现在看起来，就像是一场纯黑色的噩梦。

很多人都说："天空黑暗到一定的程度，星辰就会熠熠生辉。"那天凌晨，表妹揭开窗帘，果真看到了满天星辰。借着那漫天的星光，表妹又捡起书，磕磕绊绊地背了起来。

"虽千万人吾往矣。"那天清晨，天刚蒙蒙亮，表妹便带上布洛芬去赴一场充满变数的考研之约。考试铃刚响起，"阳性考场"里的咳嗽声便此起彼落。卷子一发下来，考生们便奋笔疾书，一片沙沙沙的声音，仿如春蚕在吃桑叶。

"盼疫尽春来，人间无恙。"表妹一走出考场，便狠命地把书包抛向空中："'阳关'过后尽朝晖！"

（原载 2023 年第 8 期《海外文摘》）

血脉相连的土地

昨夜，我又梦见我坐着高铁，回到我的故乡，我的故土。尽管是在梦里，我仍能真切地感受到故土不息的脉动。

故乡那片土地不方不圆，不红不黑。在人们的印象中，它既没有红土地的温热，也没有黑土地的油亮。

数百年来，一代又一代农人就在那片再也平凡不过的土地上劳作刨食，繁衍生息，默默地接受生命的生死轮回。他们当中，有许多人一辈子都与土地打交道，一辈子都没离开过那片贫瘠的土地。他们说："根就在地里，想拔也拔不出来。"

"地者，万物之丰厚，诸生之根苑也。"我从呱呱坠地那一刻起，生命的根须就扎进这片砖红壤土地里。生命之初，我最先闻到的就是砖红壤土地散发出的"泥腥味"。那时，我并不知道这股"泥腥味"从何而来，又从何而去。

和村里许多玩伴一样，我们自小就在那片贫瘠的土地上摸爬滚打，耕田插秧。我清楚地记得，每次下田插秧，腿上总会洇出鲜血。原来，田里有一种专吸食人血的蚂蟥，它总是趁人弯腰插秧时，钻进裤裆吸血。被蚂蟥叮咬之后，我便萌生了"逃离"的念头。

有一年，村里来了个跛脚风水师，自称擅长堪舆之术，尤其善于为人掐算吉凶，非常灵验。风水师围着丘陵坡地转了几圈儿，不停地摆动手中金色的罗盘。随后，用石灰粉末在坡地上画了一个水牛图案。村里几位壮汉从牛角处开锄，一直往下挖，挖了四丈深，最终挖出一尊拴牛马的"牛鼻石"。跛脚风水师一拍脑门："上官地下官地，金环穿牛鼻，此地有'宝'！"很快，村里就请来了一支打井队。乡亲们一窝蜂似的拥向打井处，并用最原始的方式，虔诚地祈祷能找出"宝"来。结果，东南西北全挖个遍也没挖到什么"宝"，只见到一堆堆灰褐色的石头。外来媳妇李紫萌将手中的碎石抛向天空："地上没草，地下没宝，这二亩贫瘠地不养人哩！"她的话犹如暮鼓晨钟一样，使人警醒。村里一些新农人开始用怀疑的眼光来审视祖祖辈辈相依为命的土地。

太阳毒辣辣地炙烤着大地，天气热得让人喘不过气来。此刻，村里许多新农人都萌发了逃离这片土地的念头。趁着暮色未尽，我的童年玩伴铁饼、四狗、翠花、秋菊等便拔腿逃离了这片贫瘠的土地。但不知为何，铁饼"逃"到半路又折了回来。

"土地再贫瘠也是命根子！"铁饼牵着牛，依然走在那条贫瘠的乡间小路上。

蜿蜒曲折的乡间小路一直伸向何屋岭。岭脚下有一块三角地，又薄又硬又瘦，一扒开土壤的表层，底下全是硬邦邦的黄泥，人称"破皮黄"。"破皮黄"的周边没有水渠，没有机井，只能靠天吃饭。那一年春季，铁饼硬是将"一点红"番薯苗"塞进""破皮黄"的肚子里，结果种出"一点绿"。不仅如此，"一点绿"的表皮还沾满铁锈一般的斑点，无论怎么洗，也洗不掉，更奇怪的是有股怪味。

然而，铁饼并不为此而丢下"破皮黄"，一有空闲，他就用木头架子车给"破皮黄"送猪粪、牛粪。入冬后，他又在"破皮黄"身上，埋草木灰、填黑塘泥。

"耕三耙四耢六遍。"铁饼凭一己之力，硬是让荒坡变良田，"破皮黄"也随之变成"一点红"。村里很多人都说，铁饼把"破皮黄"看得比娃娃都金贵。

新冠肺炎疫情暴发后，铁饼经常给我捎来自家种的"一点红"番薯。捧着一个刚刚烤熟的"一点红"番薯，手里暖心里也暖。剥开外皮，趁热吃上一口，顿觉香甜软糯。"啊！童年的味道！"我一下回到了那些吃番薯的时光。

"归去来兮，田园将芜胡不归？"我曾无数次在梦中回到那片熟悉的故土，无数次在梦中听到老燕子的呢喃。

原来，这个我以前拼了命想逃离的地方，如今却拼了命想回去，难道所有的逃离最终只是一场回归？

"带月荷锄归。"在逃离与回归的双重震动下，我果敢带上城里月光回到了阔别已久的家乡。一下车，就闻到一股熟悉的泥土气息。我忍不住深呼吸，想要把那掺杂着阳光、庄稼味道

松下问童子

黄原生

的泥土气息全部吸入肺腑。吸着吸着，我突然觉得有一股黄土地的血脉在体内翻滚。清风徐来，远处传来了突突突的轰鸣声，原来，两辆大型联合收割机正在稻田里来回穿梭，伴随着隆隆的马达声，收割、摘穗、脱粒、碎秆一气呵成。

铁饼用手拨弄刚脱下来的稻穗，剥开一粒塞进嘴里："粒满，很香。"紧接着，铁饼又抡起锄头锄地。那把锄头的长柄是一根圆形的木棍，上面布满了棕色的斑点。握在他的手中时，简直分不清哪是手臂，哪是锄柄，他似乎把整副心神全都凝进这把锄头里。铁饼举起锄头，对准杂草就锄了下去……

"来，你也来锄一下？"铁饼顺手把锄头递给我。见到锄头上粘着泥，铁饼即蹲下身，拿起一起有棱角的石块，把粘着的泥土蹭掉。

我抡起锄头，弓着背，弯着腰使劲地挖。一锄头挖下去，竟挖出一窝蚯蚓，蚯蚓虽然没有骨头，但截成两半仍能爬行自如。我又继续往下挖，越挖，泥土越黏。铁饼告诉我，这些黏泥土里不仅藏着村子不屈的灵魂，还藏着祖先留下的生命密码。

（2023 年 1 月 12 日）

湛江，怎一个"鲜"字了得

天鲜，地鲜，海鲜，样样皆鲜。烟火湛江，怎一个"鲜"字了得！

一

湛江有三面海，每一面都潜藏着无数的秘密，隐藏着无限的鲜味。

硇洲鲍鱼、东海对虾、官渡生蚝、江洪海蜇、草潭瑶柱、芷寮油蟹、下六沙虫、外罗白鲳……湛江海底鲜物数量之巨、种类之多，可能远远超出人们想象。有人笑侃道，全世界每十条虾就有一条是讲湛江话的。

人间有味是清欢，最是煮酒品海鲜。

"正月虾蛄二月蟹，三月咖蜇无人买。四月海螺五月鱿，六月生蚝瘦过头。七月泥猛与金仓，马鲛马友成条劏。十月黄花和石头，斋鱼黄鱼肥流油。冬月泥丁来过节，沙虫白仓发请帖。腊月骨鳝与章鱼，鱼虾蟹鲨齐拜年。"这首"海鲜时令民谣"在湛江民间已广为流传。

早在七千年前，遂溪县江洪镇鲤鱼墩就摆下了"海鲜宴席"。宴席上余留的白螺、海月、瓦楞子化石至今仍散发着千古海鲜的味道。

鲤鱼墩承载着湛江数千年的鲜味传奇，也唤醒了湛江数千年的海鲜时光。

很多人都说，湛江人的一天，就是从海鲜开始的，海鲜几乎贯穿湛江人的味蕾记忆。

吹海风、吃海鲜、赏海景既是湛江人的生活仪式，也是湛江人的待客之道。

烟火人间，湛江海鲜。湛江人对海鲜有独特的追求，对海鲜也有独特的定义。在湛江人的眼里，唯有那些刚从海里打捞上岸，仍活蹦乱跳的才称得上海鲜，至于用冰块冷冻起来的，只叫"海产"。

湛江人吃海鲜最讲究一个"鲜"字，也最看重一个"鲜"字。深谙烹鲜之术的湛江人，一种海鲜甚至能变换出百种做法，一鲜多味，鲜上加鲜，这恰是湛江海鲜最诱人之处。

"大肚龙"是一名资深海鲜达人，喜欢吃吃喝喝，整日里挺着大肚子出入美食美味之间，湛江大大小小的餐馆、酒楼让他吃了个遍。他对海鲜的热爱超乎人们想象，倘若手上有一百元，就会挤出九十九元来买海鲜。湛江哪家酒店味道鲜，哪家风味好，他闭上眼睛都能说出个一二来。更神奇的是，他只要尝一口汤汁，就能精确说出锅里的鱼虾蟹是何时上岸的。

作为资深海洋饕客，"大肚龙"懂海鲜，更懂吃海鲜。

每天清晨，他总爱去湛江渔人码头转悠，偶尔捞一些鲜货。那天，天刚发亮，他就提着竹篮来到渔人码头。

码头里人头攒动，吆喝声、讨价还价声此起彼伏。"大肚龙"站在码头的最高处，朝远处眺望。远处，渔船正迎风驶来，还没等渔船停稳，"大肚龙"就跳到"湛渔899"号渔船上。作为疍家人后代，"大肚龙"对渔船并不陌生。早些年，他常到"湛渔899"上蹭吃蹭喝，追忆似水年华。

渔船的甲板上堆满了鱼虾。有些鱼的鱼鳃还在呼吸，鱼眼还在翻转，鱼尾还在摆动。

"地鲜莫过于笋，鱼鲜莫过于海杂鱼。""大肚龙"蹲下身子，从鱼堆里，挑拣出腊鱼、博米、流唇、沙锥、斋鱼、鱿鱼、虾蛄、小虾、小蟹，一番清洗后，即统统扔进无耳铁锅里，接着引火烧锅煮汤。湛江人煮鱼汤和别处不一样，特讲究现捞现煮。过了一刻钟，铁锅里发出咕噜咕噜的声音，紧接着，又溢出一缕一缕鱼鲜味。鱼鲜味乘着海风飘散至十里军港。"大肚龙"掀开锅，但见腊鱼、沙锥等在沸汤中翻转，即便隔着屏幕，都能感受到杂鱼那种鲜香。那种鲜香，好像直接从海里蹦到锅里似的。

"大肚龙"用勺子翻滚几下，撒下葱花，接着煮。转眼间，一锅鲜掉牙的杂鱼汤出锅了。"大肚龙"长勺下去，舀出一碗。

端起碗，放在鼻尖嗅一嗅，我分明闻到了大海深处最原始的鲜味。哧溜一口，满嘴生鲜，那种鲜简直鲜掉眉毛，齿间一嚼，能清楚地感受到爽滑鲜嫩的鱼肉在嘴里一层层化开。

"大肚龙"说："杂鱼汤虽杂，但味只有一个，就是鲜，这种鲜既有'鲜味之鲜'，又有'新鲜之鲜'。"

又鲜又亮，不浊不腻，无刺无油。我喝了一碗又一碗。

吞吐之间，我忽然觉得湛江湾就是一口神奇的海鲜神锅。锅里盛着无尽的鲜美和无穷的回忆。

是的，很多湛江人都是喝着这锅里的鲜味长大的。一锅杂鱼汤既温暖了湛江四季，也消解了湛江游子的四季乡愁。

四季煮海，百鲜蒸腾，湛江湾怎一个"鲜"字了得！湛江除了这一锅鲜，还有一桌的鲜、一岛的鲜、一江的鲜。那一桌桌的生蚝、沙虫、骨鳝、螃蟹都鲜香无比，哪怕定格在画面里，依然鲜活灵动，仿佛仍在散发着江海的鲜香。

二

湛江的海上泛着"鲜"味，陆上也冒着"鲜"气。

湛江地处大陆之南，海角之尾，天生自带"陆鲜之都"的光环。在这座低调不张扬的城市里，陆鲜以见缝插针的方式渗透到田坎上、山湾里、岭脚下。兽类、禽类、鸟类、虫类、果类、竹类、粮类、藤类等都散发出沁人的味道，那是尝不尽的人间鲜味，是道不完的家乡韵味。有人掰起手指算过，湛江的陆鲜品种多如繁星，生活在湛江，海鲜可以一年吃四季，陆鲜也可以从年头吃到年尾。

"大肚龙"不愧是资深吃货，他吃海鲜有一套，吃陆鲜也有一套。

还没等太阳落山，他就驱车赶往湛江三黄鸡养殖场。

荔枝树下，一群群三黄鸡悠闲地踱步、追逐、飞跃，"喔喔喔"之声，此起彼伏。它们对陌生人的突然"造访"，没有任何的惊慌，反而发出粗粝而嘹亮的叫声。

"大肚龙"一边学鸡叫，一边砌鸡瓮、拾柴火。

在荔枝树下捡拾柴火，我仿佛听到了童年时留在荔枝树下的笑声。

"大肚龙"一块泥坯挨着一块泥坯垒，最后垒砌成锥形鸡瓮。鸡瓮成形后，"大肚龙"即划亮火柴，引火烧窑。

柴火越烧越旺，火势也越来越大，原本黑乎乎的泥坯瞬间被烧得红彤彤的。待到泥坯滚烫火红时，"大肚龙"就用铁钳钳开瓮顶泥坯，然后将锡纸包裹好的三黄鸡塞进瓮里。接着用锄头将红瓮推塌，敲碎，锤烂，捣成圆锥形。

焗煨一小时后，"大肚龙"开始扒土取鸡，土层一扒开，一股泥土和荔枝木瓮鸡的混合香味扑鼻而来。

敲开泥土、撕开锡纸、剥开荷叶，一只皮色金黄澄亮、肉质肥嫩酥烂、腹藏多鲜的荔枝木瓮鸡即"跳"上桌面。目光里的瓮鸡泛着迷人的油光，光是看外表就叫人口水直流。

用力一撕，肉与骨头即时分离，鲜美的油汁飙洒而出。

我急不可待，抓起一块鲜美质嫩的鸡肉放进嘴里，一股鲜香浓郁的味道顿时充斥整个口腔。轻轻咀嚼，鲜嫩多汁的瓮鸡在唇齿之间脆裂，渗出的鲜汁足以慰藉灵魂。热气呵在脸上，眼里无尽斑斓，我连鸡骨头都嚼碎了。"瓮鸡的骨头都藏着鲜味。""大肚龙"掰下一只大鸡腿递给我。确认过眼神，就是小时候吃过的"大鸡腿"，趁热蘸上秘制五香粉，满嘴都是鲜嫩的幸福味道。还没等荔枝木瓮鸡的鲜味散尽，"大肚龙"又端上一盘时令鲜果。

"大肚龙"说："在湛江，满足味蕾的，不只荔枝木瓮鸡，还有四季更替的时令鲜果。"的确，在湛江一年四季都可尝到不一样的鲜果，春季有青枣、草莓、柑桔、枇杷，夏季有荔枝、芒果、黄皮、释迦，秋季有龙眼、菠萝、石榴、火龙果，而在初冬最后下梢的红江橙早已成为湛江人灵魂深处的味蕾记忆。"百果之乡""水果之城"，湛江那四季鲜果可以从年头吃到年尾，从年尾吃到年头。

三

有人说，湛江是一座"鲜"气飘飘的城市。这里不仅海是鲜的、陆是鲜的，连空气也"鲜"得能"洗肺"。

"闻一闻醒脑提神，吮一吮舒筋活络。""大肚龙"总爱去郊外吸新鲜空气，他说，"在湛江，每一口都是鲜！鲜！鲜！"

"大肚龙"曾捕过鱼，挖过煤，开过矿。三年前，"大肚龙"开始出现断断续续的咳喘，他原以为是普通感冒，并没有去问诊。不料咳嗽越来越频繁，严重时甚至咳得呼吸困难，吃了多服中药，打了多天点滴，咳喘症状并未明显改善。"大肚龙"听从医嘱，带上行李，带上灵魂，回银榜村给心灵吸氧洗肺。

乡村的清晨鸟语花香，桃红柳绿。"大肚龙"每天清晨起来都是到田间走一走，呼吸呼吸新鲜空气，之后，骑一下牛，吹一曲葫芦丝。奇怪的是，回村不到一百天，症状竟慢慢消失了！后来，"大肚龙"发现湛江是一个"天然氧都"，高浓度负氧离子多，于是在湛江红树林保护区建起空气收集厂区，做起了"空气罐头"买卖。很快，他通过"卖空气"，实现了财务自由。

湛江红树林层层叠叠，密密匝匝，莽莽苍苍，一眼望不到尽头。北宋大文学家苏东坡曾在这里留下古迹"松明八井"。

走进红树林，即与新鲜的空气撞个满怀，空气中含着大海的气息，泥土的清香。我张开双臂，深呼吸一口鲜气，顿觉浑身一爽。"大肚龙"说，红树林有"海上森林""鸟类天堂""捕碳能手"之称，这里负氧离子含量达到每立方厘米六千多个。前些日子，这片红树林创下国内首例蓝碳交易纪录。

光着脚，向红树林深处走去，每走一步，都能听到自己的呼吸，每走一步，都能感受到生命的律动。

红树林深处，四周是浓密的树林，遮天蔽日，只有些许的光点从树隙间筛下来。

站在一棵千年秋茄树下，我见到这里的风是鲜的，空气是鲜的，叶子是鲜的，就连鸟的羽毛也是鲜的。我们在林中击掌，一群白鹭、灰鹭、乌雕、小青脚鹬惊悚腾起，清亮悦耳的叫声响彻天空。

"大肚龙"踏着繁密的鸟声来回穿梭，最终在两棵红海榄前停下来，之后，倚着树，望着远方，不断做着深呼吸。我有样学样，也倚着树做深呼吸。《庄子·刻意》云："吹呴呼吸，吐故纳新，熊经鸟伸，为寿而已。"

我使劲地吐故，使劲地将新鲜的空气吸入丹田，让饱满的鲜气弥漫每一寸肌肤，让丰润的鲜气滋养整个身心。

登上"栖鹭亭"，但见鱼翔浅底，白鹭翻飞。"谁知闲凭阑干处，芳草斜晖。水远烟微。一点沧洲白鹭飞。"栖鹭亭里的空气愈加清新，仿佛刚被淘洗过似的，鲜到爆表，鲜得让人沉醉。

我恣意呼吸这纯粹的鲜氧，让一切美好都浸润在鲜氧之中。

四

半城烟火半城"鲜"。很多人都说，湛江是一座"鲜"得入骨的城市，这里的天、这里的地，这里的山、这里的水都藏着无尽的鲜味和无尽的乡愁。

一鲜胜百味，一个"鲜"字造就了湛江"海陆空"三鲜的烟火传奇。

"人间烟火味，最抚凡人心。"湛江人对鲜味的热爱超乎人们的想象。世代生活在海边的湛江人从祖先那里传承了最地道的饮食文化，总能用最简单的烹饪手法调制出最原汁原味的鲜灵味道。那碗人间"鲜灵美味"，蕴藏着朴实无华的湛江饮食文化，也囊括了这座海鲜之城、天空之城的百转千回。那碗人间"鲜灵美味"最熨帖最慰藉，它既能唤醒味蕾，也能融化舌尖。真不知道有多少人为了那道"鲜灵美味"奔向湛江，也不知道有多少人为了那道"鲜灵美味"不愿离开湛江。

风最鲜，水最鲜，味最鲜，湛江怎一个"鲜"字了得！

（原载 2022 年第 12 期《散文选刊》）

斑斓湛江圩

　　趁圩赶集逛市场，从来都是我生活中的一件快事。坡头圩、梅菉圩、横山圩、江洪圩……湛江这些比较大一点的圩集，我都曾混迹其中，乐此不疲。这些圩集穿越前世，融合今生，四处都充斥着浓烈的湛江乡土气息。在这些拥挤着人间的斑斓和喧闹的圩集里行走，可遇见旧时光，觅见新生活。

一

　　"世界都是坡头圩大"，这是一句在湛江广为流传的民间俗语。这句俗语究竟源于何时，已无法考证。这句俗语虽然有点夸张，但在一定程度上道出坡头圩的经年繁华。说起坡头圩的繁华，老街坊至今仍津津乐道。老街坊说，坡头圩最早形成于明永乐年间，当时，商铺、油行、饭店、旅馆、烟馆林立。每逢圩日，方圆几百里的村民、商贾都会拖男带女、拖大带小，从四面八方拥向坡头圩，一时间，整条圩就被围得水泄不通，炮打不开。

至明末清初，坡头圩商业经济空前繁荣，出现了"万船齐集，长橹如林，大有成都成荫之势"的胜景。

"趁圩犹市井，收潦再耕桑。"数百年来，坡头圩以其独特的民俗风味和丰富的地方特产，创造了历久弥新的商业奇迹。上世纪80年代，不少外国朋友寄信到坡头圩，直接写"中国·坡头"。

"趁圩者车马辐辏"，如今，坡头圩仍在流转着岁月的年龄，仍在延续着历史的圩脉。

走，趁圩去！那天清晨，天刚蒙蒙亮，我便在朦胧中听见嘈杂喧闹的圩市声。循声而去，忽见远处人影绰绰。走路的、踩单车的、开摩托的、驾小汽车的……趁早圩的人早就将道路挤得水泄不通。

圩场的店铺五花八门，有水果档、熟食摊、凉茶铺、玉器室、裁缝店；有卖大米的、卖蔬菜的、卖猪肉的、卖鸡鸭的、卖薯粉条的、卖水磨豆腐的、卖茶叶烟丝的；有修单车的、刻字画的、做糕点的、补皮鞋的、缝衣服的、炸虾饼的……

圩场内人头攒动，人声鼎沸，吆喝声、叫卖声、议价声混成一块，此起彼伏。

"乾塘莲藕两斤六块钱！""水东芥两斤四块钱！"……菜贩们都在大声地吆喝着自家的瓜菜便宜新鲜。

菜摊一个接一个，看似杂乱无章，却又井然有序。菜摊上堆满了各种各样的瓜菜，有青翠的芹菜、嫩绿的蒜苗、黑亮的茄子、猩红的番茄和黄澄澄的南瓜。

这些瓜菜新鲜水灵，不时散发出一股湿润的气味。那气味如丝如缕，有水芹的香、南瓜的甜、苦瓜的苦、辣椒的辣、番茄的酸……它们相互混搭，复杂得很。将这种混搭的气味吸进肺里，可拉成丝、扯成线。

几乎每个摊位前都徘徊着三五名顾客，或挑菜，或询价。一些顾客除了"观颜察色"，还把鼻子凑过去闻闻气味，然后再根据气味的浓淡，决定斤两。

瓜菜"花姐"头扎双马尾，身穿蓬蓬裙，见人就热情招呼。不管顾客买了多少菜，她都会送上几根香葱，然后抹掉零头。生意再忙，她都会笑着陪顾客拉拉家常，仿佛每个人都是她的熟客。很多人都说，她摆的蔬菜摊子，跟她的笑容一样有魅力。

菜摊的南面全是肉摊。肉摊一排排，挤挤挨挨。每一个摊位上方都悬有一盏相同的灯，灯泡上面罩着一个内外壁均为红色的塑料灯罩。红色灯影下的猪肉显得通红透亮，润泽有致。

卖肉的有壮实的男汉子，也有豪爽的女汉子。女汉子符晓慧大剌剌地拿着一把明晃晃的砍刀立于肉摊前，"要猪脚么？好嘞！"符晓慧手腕一甩，大刀一扬，砧板哐哐一响，猪脚猪蹄即被剁开。

符晓慧一身白色小背心，化着妆，既漂亮又时尚。顾客都喜欢称她为"猪肉西施"。虽名为"猪肉西施"，但她大块切肉绝不含糊。她提刀剁肉的气派让人想起"仗义每多屠狗辈"的掌故。

买猪蹄者，嫌猪蹄毛多，"猪肉西施"挥动小刀噌噌噌就刮干净了。接着，拎起猪蹄往砧板上一摔，然后挥动砍刀一砍，哐哐哐，猪蹄即被剁成碎块。

趁忙碌交易的间歇，"猪肉西施"还从腰包里掏出手机发信息、抢红包，脸上露出微笑、惊讶、紧张、陶醉等各种表情。在这一瞬间，她的生活似乎变得特别有滋有味了。"猪肉西施"撩了撩额前的秀发，嘴角轻佻笑容："买肉买出好日子。"

这小小的摊子上承载的已不仅仅是一门生意，更有"猪肉西施"的生活呀！

人流缓慢前进，肉摊留在身后，"猪肉西施"手起刀落，剁肉的声音融在嘈杂的人群里。

市场的另一角，摆放着各种手工制品。手工制品以竹器居多，竹筐、竹笼、竹笆、竹筛、竹凳、竹椅、竹笠和竹烟筒等一应俱全。这些竹器手工精细考究，一丝一篾都凝结着竹匠的人生智慧。

市场的外围，有卖老鼠药、跌打药和蛇药的。卖老鼠药的，是个六十岁出头的老汉，身穿灰色方格马甲，戴老花眼镜。一有人路过，他就热情兜售，老鼠药价格不贵，大都在一块、两块，最多六块钱。无人的时候，他就高声叫喊着顺口溜："老鼠药，老鼠药，家家用得着，一家买到了，邻居都安乐；上夜吱吱叫，下夜硬翘翘……"

太阳越升越高，趁圩者也越来越多。成千上万的人们摩肩接踵、熙熙攘攘。趁圩者，有相亲的、访友的、做买卖的、看热闹的。如在圩头碰到熟人，便停下脚步，递烟唠嗑喊小名。妇女们则移步至档口前，互问农桑，闲话家常。

"来趁圩就是图个热闹！"在坡头圩上穿行，我的眼前一片火红，心中一片红火。

二

清晨，大地还没完全苏醒的时候，廉江横山牛圩早已人声鼎沸。牛圩里，牛挤牛，牛挤人，挤挤挨挨。哞哞的牛叫声，啪啪的鞭子声，呼呼的摩托声，切切的嘈杂声响成一片。

牛圩虽不大，但却见证着横山昔日的繁华。过去，每逢农历三、六、九日，横山十里八乡乃至广西、海南等地的牛主、牛客、牛中（牛经纪）就云集横山，进行牛只交易。那时，横山牛圩交易以耕牛为主，同时交易牛担、牛铃、牛绳和牛后趾。一到圩日，乡绅牛贩、市井男女就如潮水般涌向牛圩，嘈杂市声闻于数里之外。

一百多年来，横山牛圩牛来牛往，牛进牛出，演绎了百年牛圩的历史传奇。

"千载横山，百年牛行"，牛圩的交易地址虽历经了三次变迁，但牛圩仍延续百年的"江湖交易"。

和旧时一样，牛圩里交易的牛只依然是拴在木桩上。木桩的数量极多，几乎一眼望不到边。黑压压的牛只或蹲或卧或站，砍价声、牛叫声不绝于耳。嘈杂声中，还有两头大水牛在互相顶角。牛圩内更是人声鼎沸，牛气冲天。牛主、牛客、牛中在木桩与牛群之间来回穿梭。"红衣牛中"戚老贵手持木棍在牛群中转悠，不时拍拍这头牛的牛脊，掰掰那头牛的牙口。

在"鉴啊""鉴啊"的叫声中，戚老贵大步走到一头皮毛滑亮的黄牛跟前。只见他一手牵住牛鼻子，一手插入牛口掰开牛嘴看牙口，然后，伸手摸摸牛脊、揪下牛皮。

"下牙厚而钝，是一头靓牛！"戚老贵笑着道。戚老贵十六岁入行，相牛五十余载，仅凭一只手、一双眼和一根木棍就能准确判断牛只的年龄和重量。

"远看一张皮，近看四只蹄；前看鬐甲高，后看屁股齐。"戚老贵用五十年的心血，浇铸出了"相牛宝典"！

戚老贵拿起木棍拍了拍牛头，牛受到拍击后站了起来。随后，戚老贵又用木棍戳了戳牛脖子，捏了捏牛皮，轻声说："天下平口水，灵文不见开。"这是行话暗语，十个字分别代表数字1至10，"见"是9，"开"是10，合起来就是90。这种数字代替法古而有之。

戚老贵用力拍一下牛背，试着让牛走几步。戚老贵直勾勾地盯着走动的牛，淡淡地说"见开"。昏暗的灯光下，卖牛人和买牛人一个"见口"、一个"见天"来回地拉锯。谈到激烈处，他们甚至拉扯起牛绳。最终，卖牛人坚持"见平"，买牛人咬定

"见下"不放。

戚老贵伸开双手估量牛的骨架，再用大拇指、中指和食指捺牛的脊背和后臀，量牛的膘厚，然后神秘地出示着手指。在牛行，"牛经纪"有一套神秘的"身体语言"。伸出手指比画，甚至拍个大腿，都代表着不同的含义。卖牛人和买牛人也把手缩在袖口里，不停地变换手姿，嘴上却说着与价钱无关的闲散话。那变换着的手指数便是牛市通晓的买卖价格的暗语，个中奥妙只有内行人才能看得懂，外行人却稀里糊涂。

一盏茶工夫，交易似乎就做成了，卖买双方互交牛绳，互相递烟，哈哈一笑。

"给你，数数。"买牛人从裤兜里掏出一沓纸币，递给卖牛人。卖牛人吐了口唾沫，认真地数了起来。"没错，是这个数。"数了两遍后，卖牛人对买牛人说。在钞票转手之间，圩长已在牛角盖上戳记，并在牛身上涂上买家的姓名和编号。买牛人也按照横山的风俗，在牛头上缠上一根小小的红头绳。

收到五十元中介费，戚老贵乐开了花，惬意地抽起大碌竹。

天色渐明，人群和牛群渐渐散去，牛圩内外，依然弥漫着挥之不去的"牛味"。

三

有人说，江洪人的一天是从鱼市开始的。鸡刚鸣过三遍，江洪鱼市"天光圩"便热闹起来。成千上万的鱼贩鱼商早早就聚集在圩场码头外，翘首盼望出海渔船满舱归来。

"突突突……"马达的轰鸣声由远而近，返航的渔船陆续入港，比肩靠岸。

"兄弟们，开工啦！"装卸工徐大黑纵身一跃，跳上刚刚锚定的钢质渔船，"哟呵，使劲，起！"片刻，一筐筐的海鲜带着海水从舱底拉上来，一拽一拽拽进小艇。一任小艇来来往往，接人送客，送货运鱼……搬运海鲜的吆喝声、讨价还价的高声喊和汽车的喇叭声交织在一起，奏响了江洪鱼圩的清晨。

"一网金，二网银呀！"瞧着海货出舱，"船老大"江一漂的眉宇间跳跃着鱼虾，嘴角上洋溢着喜悦。

海风徐来，渔船一艘接一艘进港。减速，调头，转弯——渔船齐刷刷地停泊在岸边。约莫过了半个钟，整个港口就塞满了渔船。渔船一艘挨一艘，挤挤挨挨，挨挨挤挤。或白或黄的船灯已将渔港照亮。灯影下的海面彩霞流泻，波光粼粼，让人想起了光阴的故事。渔灯高挑，星火闪烁，渔歌飘荡。在阵阵号子声中，小艇将一筐筐的海鲜运至岸上，卸货、过秤、记数、收款、加冰……一时间，码头上的海鲜堆成了一座座小山。红鱼、带鱼、鱿鱼、三刀、马鲛、海鳝、白鲳、花蟹、大虾、墨西哥湾扇贝等应有尽有。眼之所见、体之所悟、心之所感全是百年来都不曾遗失的渔家味道。

码头上的鱼摊密密麻麻，一眼都望不到边。一些鱼贩头戴电筒，脚穿雨靴，腰挂鱼篓在海鲜堆里穿梭。他们头上的点点火光，与海上的渔火相互辉映，交织成一道亮丽的风景线。灯影下，银链样的带鱼、蒲扇样的鲳鱼、纺锤样的墨鱼、金条样的黄鱼，全闪着鲜亮的光。

鱼贩们这边瞧瞧，那边看看，不时问价称重："一斤鱼几块？"

"七块。"

"便宜点，六块？"

"六块五吧，不能再低了，这鱼很新鲜的！""哎哎，快来买呀，刚上岸的鱼虾！"鱼市里叽叽呱呱的叫卖声与咸咸湿湿的鱼腥味拌在一起，混合出地道的生活气息。这种气息似乎不是从渔港码头传来，而是从历史深处传来。

江洪渔港始建于一个线装书里刻镂过的年日，至今已有五百多年的历史。数百年来，这个渔港支撑起江洪镇的繁华，也支撑起渔家人的日常生计。每逢圩日，就有三十万公斤的生猛海鲜从这里发往全国。

历史的繁华并未因时间的流逝而消退。如今，在这里依旧能感受到五百年前渔港浓烈的气息。

江洪人对渔圩始终怀着特殊的感情。在他们眼里，渔圩里的鱼全身都是宝，鱼头可补脑，鱼骨可补钙，鱼泡可润肺，鱼胆可润肠。有些鱼甚至可治病，鳖鱼可治胃溃疡，鲳鱼可治腹胀肠阻，鲛鱼可治蛊气蛊症。就像山里人对山珍的理解一样，江洪人对鱼的理解，也已超出海味的范畴。

凌晨 4 时许，天突然下起了大雨，但丝毫不影响海鲜交易的热情。渔货一上岸，鱼贩们便呼啦一下，围了上去。一些熟络的鱼贩更是直接跳到船里淘货。我看见一鱼贩掏出一沓纸币塞给船老大，随后抓了几条锃亮的鳘鱼，连秤都没过，就装进鱼篓里。

我挤开熙熙攘攘的人群，跳上船，也递给船老大五十元，船老大很爽快，直接从船舱下拎出两只拳头般大的螃蟹，稍顷，又把手伸进舱里，拎出两条巴掌长的大虾。五十元钱买到两只大螃蟹、两条大虾，值！在这一买一卖之间，我突然觉得，鱼市里的"江湖"一下子就荡起了水花。

船笛声、吆喝声、讨价声、风雨声相互交织；三轮车、电动车、摩托车、大货车来回穿梭。

天微微亮了，熙熙攘攘的人群逐渐散去，江洪鱼市里的鱼也已卖空买空。

圩虽散了，但圩里却有说不尽的往事。千百年来，湛江圩集每日上演着无数的故事。这些故事里有百人百业，百姿百态，还有无穷尽的新鲜事和新鲜货。很多人都说，来湛江一定要趁一下圩。

因为，千年乡村圩集的流变图景就在圩里展现，百年悲喜交集的乡土恋歌就在圩集里奏响。

在这些拥挤着大众温暖和世俗热闹的圩场里行走，除了可饱览人间烟火，还能阅尽人生百态。我始终认为，圩集是一个最具烟火味和江湖味的地方，也是一个最能让人看得开、想得明、放得下、活得通透的地方。人一旦进入圩场，身上的烟气就会嗖嗖嗖地往上升，心中的怒火也会噜噜噜地往下降。

人间烟火味，最抚凡人心。来吧，赶紧来趁"圩"，趁湛江还有"圩"……

（原载 2022 年第 12 期《散文选刊》）

抽干鱼塘捉泥鳅

在岭西，几乎每个村庄都有一方鱼塘，或大或小，或圆或扁，或深或浅，形态各异。这些有着"乡村胎记"之称的鱼塘常以清凌的模样散落在村头村尾，远看宛如凸凹不平的哈哈镜，映照着村庄的沧桑容颜，也映照着村子的世道人心。

"绿树阴浓夏日长，楼台倒影入池塘。"那些能融进天光云影的鱼塘总是与村子相伴相依，如影而随。在流淌的时光里，鱼塘与乡村相互滋养，相互成全，让彼此成为彼此的风景。

生活在鱼塘边的乡亲几乎都有一段鱼塘记忆和鱼塘情结。

在他们的眼里，鱼塘和村里其他风物一样，都是有呼吸、有心跳、有灵性的，村子里每一缕轻烟，每一滴雨露，每一声叹息，每一通锣鼓，甚至每一次啼哭，它们都能听到、嗅到、感受到。很多人都说，鱼塘里一湾绿水不仅孕育着村庄的烟火与生灵，还滋养着村子的血脉和灵魂。村子和鱼塘的关系，就像是身子与影子一样，谁也离不开谁。

喝着鱼塘水长大的晨耕自认是离不开鱼塘的乡土诗人。他说，家乡的鱼塘是岁月难忘的记忆，那一湾绿水里藏着钓鱼虾、摸田螺、采莲蓬、打水仗、捉泥鳅的故事……

在晨耕的记忆深处，每到年关，村里都会"干塘捉鱼"。据说，这种将鱼塘里的水抽干，然后跳进鱼塘里去捉鱼的习俗在村子里已流传百年，它往往比"杀年猪"还热闹。那年冬天，年猪还没杀，村长田福就用铁锹掘开塘堤，放水。等到水流静止不动时，田福又装上脚踏式水车车水。水车不停地旋转着，发出吱呀吱呀的声响，仿如一支支古老的歌谣。

到了干塘那天，村里男女老少几乎倾巢而出，围堵在鱼塘边看热闹，最高兴的还是孩子们，像过年一样，蹦着、跳着、闹着，盼着大鱼早点露出脊背。村里的狗似乎也受到感染，跟着孩子们使劲地撒欢奔跑。

鱼塘的水越来越少了，乌黑黑的塘泥逐渐裸露出来，大小不一的鱼儿也开始躁动不安，扑腾扑腾地跳起来。

"捉鱼喽！"大人们纷纷撸起衣袖，挽起裤管，提起木桶，冲向鱼塘，争抢草鱼、鲤鱼、鲢鱼、鳙鱼。一时间，塘里泥水四溅，鱼罩乱舞，小鱼飞窜，网兜的击水声、村民的欢笑声和孩子们的尖叫声交融在一起，久久地在鱼塘上空回荡。

待"四大家鱼"起空后，田福大手一挥："放野！"

孩子们呼啦一声，像一群野鸭子扑向泥潭，开始抓抢"漏网之鱼"。晨耕甩掉鞋子，跳进鱼塘的淤泥里。然后，深一脚、浅一脚，高一脚、低一脚地追寻泥鳅，手忙脚乱地去乱抓、乱摸、乱捉一通。可泥鳅浑身长满黏液，滑溜溜的，一点也不好抓，晨耕的手一碰到它，它"哧溜"一声滑走了。

晨耕累了，抬起头，但见泥潭深处，有条泥鳅在翻搅，一曲一张，溅起泥水。晨耕猛地扑过去，岂知用力过猛，一头栽进黑乎乎的泥潭里，摔个仰八叉。

在泥潭里滚了半天，晨耕连一条小泥鳅都没抓到，只抓了一身污泥。

"摸尾抓头！"晨耕听了福伯的话后，即把双手合成铲状伸进泥潭里摸，摸到泥鳅时，就用拇指和食指捏住它的头部，然后，随手一扬，甩进扁篓里。不一会儿，晨耕就抓了满满一篓。

晨耕吹着口哨离开鱼塘。一进家门就生火起锅，文火细煎泥鳅，两面都煎黄后，便撒入豆瓣酱转小火焖焗，直至泥鳅熟烂入味。

晨耕用筷子夹起来一吸，泥鳅的肉即脱刺而落，只剩下骨头。

"人间至味是泥鳅！"泥鳅那道鲜美之气一直绕在晨耕的唇齿间，割舍不去。后来，晨耕带着泥鳅的记忆进了城。

人在异乡，胃在故乡。晨耕进城后仍念念不忘泥鳅的味道。他隔三岔五就跑到市场去买泥鳅，并按记忆中的做法如法炮制，尝尝家乡的味道。偶尔，也跑到郊外去叉泥鳅、照泥鳅、夹泥鳅，追忆一下童年时光……

前些日子，新冠肺炎疫情卷土重来，变异病毒频频出现，那可怕的奥密克戎变异株让晨耕所在的南方小城再次按下了暂停键，一切停摆，喧闹的县城再一次陷入沉寂。

在封城的日子里，小城每天都在演绎着小城的故事。那天，天刚刚亮，红马甲志愿者朱照波就给晨耕送来了口罩、手套、酒精和消毒液。当时，晨耕看不清朱照波面罩后面的那张脸，但清晨的阳光透过树隙洒在他的身上，让晨耕感到丝丝的暖意。

晨耕每天都在屋里来回踱步，一圈又一圈，累了就坐下来把小苹果洗干净、擦干净，然后放在茶几上，排成一个"抗"字，随后拆散又排成一个"疫"字。

夜间，他除了追剧、发帖、刷屏外，还翻拍整理旧照片，追忆过往，遥想故人，思念与泥鳅相伴的时光。

"秋风起，泥鳅肥。"望着窗外的秋色，晨耕忍不住想起秋天的泥鳅。于是，他壮着胆子给朱照波发微信："烦请代购四斤泥鳅！"朱照波秒回："好的，午饭前送到。"

朱照波本是一名外省人，对小城的世情、人情都不太懂，对小城的风况、水况、路况更不熟。新冠肺炎疫情暴发当天，他一家三口都当上了防疫志愿者，他说："我虽然是外省人，但不是外人。"

朱照波从城南走到城北，又从城北走到城东，连轴转了好几个农贸市场都找不到泥鳅的踪影。后来，他冒雨驱车八十多公里到邻县去找，终于在塘北圩转角处找到了泥鳅专卖档口："左边是养殖泥鳅，十九元一斤；右边是野生泥鳅，四十六元一斤。"

"各要两斤！"朱照波快速下单，一键付款。

"打牙祭喽！"晨耕即生火热锅，小火翻炒，待泥鳅完全香酥后，又放盐和胡椒面翻炒，出锅前淋少许香油，晨耕急忙拿起筷子狼吞虎咽似的大吃起来。

"香酥泥鳅，正是秋天的味道啊！"

小城解封的那一天，晨耕隔空呐喊欢呼……

"鱼塘永远闪耀在梦里，记住鱼塘就记住了回家的路！"晨耕做完核酸检测后，即驱车回村去寻找鱼塘的记忆，寻找鱼塘里的倒影。

晨耕沿着鱼塘转悠，与鱼塘有关的乡村记忆意识流似的苏醒，鱼塘里那些远去的背影，都在水里晃动，似在眼前，似在天边。

"花有重开日，人无再少年。"鱼塘里那些曾经的风、曾经的月、曾经的蛙鸣都给晨耕带来最熟的水色和最初的感动。

"干塘！"晨耕掏出前几年积攒的稿费，包下村里"牛角塘"抽干捕鱼捉泥鳅。很快，两台大功率抽水机就运抵塘边。

随着抽水机"突突突"地响起，村民的心也跟着跳动。一些大户人家不时派出学童去打探水情。

老村长田福早早就来到塘边，吸着香烟，吐着烟圈，不时用烟斗指指画画，大声嘟囔。

鱼塘里的水位渐渐地降低了，塘边那棵水杉树，已露出湿漉漉的根须。

"鱼露头喽！"晨耕与田福踩着淤泥一步一摇地布着网。抬网在村民的吆喝声中越收越紧，塘面顿时变得沸腾，泥水飞溅，肥美的鲤鱼、鳙鱼、鲢鱼、草鱼在网里翻滚、跳跃、冲撞、狂窜，偶有几条"大头鲢"破网而出，然后"嗖"的一声就不见了踪影。

鱼塘里的水越来越浅了，岸上的村民已经按捺不住"干塘"的激情，纷纷捋起袖子，卷起裤管，提起鱼篓冲向鱼塘争抢鱼虾蟹螺。一时间，鱼塘锅底里像是乐翻了天，泥水四溅，笑声四溢，疫情过后的喜悦洋溢在冬日的暖阳里。

村里的网红趁机在鱼塘边搭"直播间"，用地道的方言进行抖音直播带货。孩子们围着直播间看热闹，兴奋地叫着，跳着。

"干塘捕鱼，年年有余。"晨耕身穿连体胶皮裤冲进水里去摸鱼摸虾。他将手慢慢地伸进泥潭里摸了摸，不一会儿就摸到滑溜溜的泥鳅。泥鳅在手里不停地扭动，晨耕赶紧用拇指和食指捏住泥鳅鳃部，然后一甩，甩进木桶里。一条、两条、三条……

"天上斑鸠，水里泥鳅。"晨耕带着刚刚捉到的泥鳅赶回城，挑灯烹制"泥鳅宴"。

水煮泥鳅、椒盐泥鳅、蒜香泥鳅、油酱焖泥鳅、豉汁蒸泥鳅……晨耕与朱照波月下划拳喝酒吃泥鳅。

待到月光爬进窗棂之时，晨耕夹起半截干煸泥鳅送进嘴里，其肉入口即化，香气直达肺腑："水中泥鳅胜人参啊！"

（原载 2022 年第 12 期《散文选刊》）

久饱忆饿

挨饿，已经成了久远的事，但那种刻骨铭心的饥饿感却深深根植在我的记忆深处。

小时候，我总感觉饿。满满一大锅毋米粥，被兄妹瓜分，摊到人头上，也只有两碗。那毋米粥很稀，稀得能照见自己的影子，稀得能照见天上的月亮。两碗毋米粥灌下去，肚子里依然空荡荡的。一进教室，肚子就开始"咕咕噜噜"直响，眼前的景物有刹那的昏暗，黑板也霎时变得黯淡无光。还没等到放学，我早已饿得饥肠辘辘。摇摇晃晃回到家，掀开锅盖，却发现锅里空荡荡，没一点东西。那一刻，我就像一只雪后落单的麻雀，无处觅食，饿得直打哆嗦。母亲见我嘴唇发白，便慌忙把番薯扔进冒着火星的灶灰里，然后引火焗薯。没等柴火熄灭，我就迫不及待地把番薯揪出，灰也不掸，就火急火燎地啃起来，啃得满脸黑灰。

那年月，番薯是农家餐桌上的主食，也是乡亲的"保命粮"。

很多村民梦里想的、嘴里说的、碗里盛的，都是番薯。

薯香飘过，我在梦中饿醒。此时，全身每一个细胞都在召唤食物。我蹑手蹑脚地钻进生产队玉米地。怎料刚剥掉玉米棒上的苞叶，就听到一阵阵窸窸窣窣的声音。

我不顾窸窣之声从何而来，也不顾自己从前何在，只顾捧起玉米棒就啃。很快，那没有成熟的乳白色的玉米粒被我啃得白浆四溅……

"天苍苍，野茫茫，风吹草低'饿得慌'……"说实在话，我从记事时起，饥饿就在脑海里留下了深深的烙印。那个时候，我做梦都流着口水，想饱餐一顿。于是乎，钓青蛙，捕江鱼，挖田螺，摘野果，便成了我儿童时期果腹之法。田野里、河沟边、树丛中、山坳处都曾留下我找食寻吃的踪影。

那一年秋季，我和玩伴相约到铜鼓岭摘野果。铜鼓岭虽说是岭，但却有山之高峻、陡峭。爬至半山腰，我双腿像灌了铅似的越来越沉重，肚子饿得咕咕叫，感觉前胸已经贴着后背，而背后似乎有风，凉飕飕的。火辣辣的太阳直直地照射山岭，令我睁不开眼，忽然一个趔趄，我晕倒了，眼前一片漆黑……不知过了多久，隐约听到有人喊我的乳名，还闻到一股浓郁的鸡汤香味。原来，母亲得知我是因为饿而晕倒在山坡上时，即狠下心把家里下蛋的老母鸡给宰了。

母亲揭开锅盖，用力掰下一只大鸡腿递给我。鸡腿色泽焦黄，表皮油亮。闻着鸡腿的香味，我的口水直接流了下来，太馋了！我像饿狼一样徒手抓起鸡腿狂啃，啃得满嘴流油，啃得心花怒放，啃得不亦乐乎。

打那时起，我总盼自己再次在饥饿中跌倒，这样就能吃上香喷喷的鸡腿。

然而，在那个物资匮乏的年代，能吃上一个鸡蛋都是一种奢望，更别说鸡腿了。在那饥饿的日子里，寻常人家一年到头都是见不着荤腥的，更别提饱餐一顿肉了。

那时，村里流传着一段民谣："养牛为耕田，养猪为过年，养鸡下蛋换油盐。"

肚子里没有油水，自然就饿得快。那一年春天，我随母亲去袂花江边插秧。母亲说，插秧如同写字，讲究端庄整齐，疏密有致，守黑知白。母亲插起秧来就像是蜻蜓点水，只见水动，不见水响。我顺手拾起一个秧把子解开，捏散，分秧，随后用握笔的姿势将秧苗插入泥土中。但没插几行，我就已腰酸背痛，饥肠辘辘。走在田埂上，更感肚子饿得慌，胃里像有无数个猫爪在抓，抓出一道道爪痕。我跌跌撞撞地回到家里，发现房梁上悬挂着一个布袋。我二话不说，赶紧搬来竹梯，然后呼哧呼哧地爬上去，用锥子刺破布袋，再用手指把花生种从布袋里一颗颗抠出来。

饿极方知天意深。倘若这袋花生是挂在月亮的桂花树上，我想我也会沿着天梯爬上去，把花生抠下来的！

看着一颗颗鼓溜溜的花生，我心里有一种说不出的滋味。我使劲一捏，花生"嘎巴"一声裂开，剥壳去皮后，即抓起花生米抛进嘴里，然后用力咀嚼，嚼得嘎嘣嘎嘣响。

后来，我带着嘎嘣嘎嘣的响声进了城。我清楚地记得，进城的那一天，天空突然响起一声惊雷，惊天动地的雷声唤醒了沉睡的大地，也驱走了徘徊在乡野间的饿兽。

进城不久，粮票、布票、肉票、鱼票、油票等都相继被取消，这些紫色、绿色、粉色的小票，承载着我的成长记忆，也蕴含着我的饥饿记忆。

就在粮票取消一年后，我领到了人生第一笔工资，数着花花绿绿的钞票，心里有着说不出的高兴。翌日，我拉了一头"两头乌"土猪回村宰杀，做全猪宴，排流水席，邀父老乡亲狠狠"撮"一顿。

这头土猪平时食谷糠、薯苗、野菜长大，不肥不壮，近似野猪。

炒、焖、烧、蒸、煮、炸、白切……我换着样式精制出"白云猪手""南乳扣肉""干锅猪尾""凉拌猪头肉""红烧五花肉"等二十八道菜，然后端上桌，凑成"全猪宴"。

乡亲们团团围坐在方桌上，甩开膀子，大快朵颐，大口吃肉，吃到冒油，吃到打嗝。席间，乡亲们也不忘乘兴秀上一把，唱起了电白黎话歌《旧屋》《黎人心声》，一时间，"流水席"变成了"欢乐谷"。

从猪头到猪尾、从猪肝到猪心、从猪耳朵到猪蹄子……我们把猪吃了个遍。一顿全猪宴下来，肚子均被撑得滚圆。

肚子里有油水后，干劲更足了，生活也更有盼头了。

随着新千年钟声的敲响，我家的餐桌也日益丰盛起来，各种家禽、蛋类、海鲜逐渐从餐桌上的"稀客"变成"常客"。原来难得一见的新西兰鹿肉、澳洲牛肉、俄罗斯鹅肝也不时"蹦"上餐桌。

"吃的是福呀！"那时，我天天想着法子弄吃的，基本上把天上飞的、海里游的、地上跑的动物吃了个遍。天天大鱼大肉，天天胡吃海喝，我把日子过成"吃"，把岁月写成"吃"字。当然，这个"吃"字里，也包含"吃文化""吃精神食粮"。

无书不欢，无肉不乐。每次一上桌，我就以最快的速度抓起禽肉放到嘴里咬，咬得喉结一缩一缩的。饱食之后，我又跳上饥饿站台，拼命啃书，把书啃烂在肚子里。

"每逢春节胖三斤，换得一身五花膘。"遇上新春佳节，更是顿顿胡吃海塞，狼吞虎咽。除了家中满桌鱼肉，各种街边美食也是接连不断，那段日子，我不是在吃就是在去吃的路上，有根本停不下来的节奏。大年初九，我连续赶了四个场子，先与画友泼墨打火锅，与车友试驾吃烧猪，与琴友弹琴食醉鹅，之后又与拳友去"洪拳王"家打功夫吃年例。年例，本是年年有例，但在吴川却有"年例大过年"的说法。

"噼啪，噼啪……"我们刚进门，院子里就响起"噼里啪啦"的鞭炮声。年例流水席也在鞭炮声中开席了。

席上摆满了珍馐美味、玉液琼浆，好比满汉全席。过去，皇亲贵族才能享用到的鱼翅、海参、鲍鱼、鹿筋、燕窝全"蹦"上年例餐桌上。

"来，干一杯，为有鱼有肉、有滋有味的生活干一杯！"我

雪梅争春

童年六月
黄京生画

们把臂共话，举箸大啖。推杯换盏间，我铆足劲狠狠地吃，恨不得把过去没吃到的损失夺回来……

夜里，我又与网友宵夜吃烧蚝，实实在在品尝一把生蚝吃到饱的滋味。

天天大鱼大肉，顿顿饕餮大餐。那些远离饥饿的日子，我天天"吃"字当头，"爽"字当先，每顿想吃啥就吃啥，想吃啥就能吃啥。

可吃着吃着，我也渐渐感到疲劳倦怠，胃肠胀气，恶心打嗝。

有时候，一个人走路会感到莫名的焦虑。

前些日子，去医院抽血检查，竟抽出乳白色"牛奶血"。血糖高，血脂高，胆固醇也高！我一下子慌了神，心里十分着急。

说实在话，我过去是因为饥饿而恐惧，而如今却因为饱胀而恐慌。

"饱时莫忘饿时饥。"医生给我开出一笺药方："保持饥饿感！"饥饿不是药，药在饥饿里。立冬的那一天，我又驱车回到村里，去寻找曾经的饥饿记忆，去唤醒曾经饥饿的记忆。

我带着饥饿走进番薯地。地里长满绿色的藤蔓，藤蔓上长着紫色的番薯花。也许是因为刚下过一场蒙蒙细雨，很多番薯花里都沾着晶莹的水珠。田野的风轻轻吹过，吹响了儿时的风铃："番薯粥，番薯馍，离了番薯不能活；番薯香，番薯甜，番薯伴我度荒年……"我卷起裤腿，挽起袖子，抢起锄头一刨，接着扭住薯藤使劲一扯，一坨七八斤番薯，应声而出……

一堆堆刚出土的番薯，摆满了田间地垄。我拎起一只又圆又胖的大番薯仔细端详，回嚼饥饿时光，致敬当下生活。

杜甫有诗云："百年粗粝腐儒餐。"我立即把番薯装进蛇皮袋，搬回家，端上桌，之后，我又开始改变饕餮时代形成的暴食暴饮的吃法，将"果腹之粮"变成"餐桌珍食"……

"半饱，是以智慧喂养灵魂"，腊月初八，我和文友晓琪去农庄说家常谈风月。到了饭点时间，她只点一素一荤一汤。汤菜摆上桌后，她即双手合十，闭目默祷。

晓琪本是身材纤细的窈窕淑女，也曾有过刻骨铭心的饥饿感，后因拼命地吃、拼命地喝，最后变成了三道杠的胖妞。前些日子，她开始去追寻"饿一顿"的感觉……

晓琪长长的睫毛动了一下，慢慢地睁开了眼，眼里有一道神秘的流光在旋转。晓琪一筷子一筷子地戳着眼前的食物，然后，夹起一道菜，放在鼻子前一闻，满脸陶醉，随后放进嘴里轻轻抿一下，再细嚼慢咽。

晓琪的吃相很文雅，发出的声音既好听又馋人。我甚至怀疑是她的祷告词熏香了荤菜。吃到七分饱的时候，晓琪放下了筷子，意味深长地说道："其实，饥饿离我们并不远，保持饥饿就是保持人间清醒！"

（原载 2022 年第 12 期《散文选刊》）

火龙果静夜绽放

太阳还没有露脸，高岭仔火龙果家庭农庄就飘出袅袅琴声，那琴声时快时慢，像是从山涧流出的清泉，缓缓地流进火龙果的心田。

火龙果长相十分奇特，肚子大，两头尖，浑身长满鳞片，鳞片的顶部有一个"小黑洞"，就像火山爆发口一样，充满了神秘感。洞穴外有蚂蚁在爬行，爬爬停停，停停爬爬，好像在聆听琴音。

灵动的琴声在火龙果上跳跃，溅起朵朵涟漪。火龙果闻声起舞，那翠绿的叶子在空中舞出一道道美丽的弧线。

"火龙果是有灵性的，它听到音乐后会使劲地生长。"庄园主沈梦莹一边拍视频一边放音乐。

让火龙果听着音乐长大，这听起来似乎荒诞不经，但却真实存在着。

"虞美人草闻乐而舞"，约一千年前，沈括就在《梦溪笔谈》

里讲述虞美人草闻乐起舞的动人故事。

沈梦莹风趣地说："听着音乐长大的火龙果都有一颗'少女心'。"

田里化身为"火龙妹"的沈梦莹其实也有颗少女心，从小到大最爱扎马尾辫子的她至今仍保持着这个习惯。

沈梦莹曾经历过各种艰难的苦难岁月，但她却将苦难日子过成了一朵花。很多人都说："沈梦莹历尽千帆依然怀着一颗粉红色的少女心。"

"该干吗就干吗，该好奇就好奇。"2016年，她放弃高薪和都市生活，毅然回到梦里水乡，再续一份骨子里的农村年华。

一开始，村民都用奇异的目光看着她，像是在看怪物一样。

沈梦莹没有理会众人异样的目光，径直走向山岭，走向那个粉红色的梦想。

山岭光秃秃一片，看不到一点颜色。她站在光秃秃的岩石上，浮想联翩，让海风肆意地吹过……

没过几天，山岭就传来了叮叮当当的铁锹声。铁锹声铿锵激越，响彻山岭，穿透时空。

开沟，立柱，搭架，培土……一株株火龙果在铁锹声中落地生根。

火龙果植株沿着竹竿噌噌噌地往上爬，呼呼呼地往外冒。

精阳之月，火龙果逐渐开花了，雪白的花瓣从花托中间轻轻探出来，一片，两片，三片……然而，天不遂人愿，在火龙果红遍蓝天之时，一场突如其来的强台风却让她的梦想碎了一地。

强台风过后，农庄满目疮痍，树木横七竖八像丛林历险记。沈梦莹望着拦腰斩断的水泥柱，无奈地笑了一下："台风再强，也抵不过温柔的力量。"她弯下腰将倒伏的果苗一棵棵扶起，紧接着，在果苗的左侧装上粉色莲花微型音乐播放器。播放器与普通音箱相差无几，刻有"26—29摄氏度""浇水前""浇水后"等字样。

沈梦莹玉手一按，古典音乐和古典诗词便从土地里流出来。娓娓动听的音乐和朗朗上口的诗词如甘甜的汁液渗入火龙果的根须，润泽火龙果的心田。

此起彼伏的琴音在田间回荡，立柱上的植株随风向上生长。很快，扁长形的叶子就披挂下来，披挂下来的叶子全身还披挂着灰白色的扁刺。

初夏时节，火龙果扁长的枝叶结出长长的花苞。花苞的上半部是红色的，下半部是翠绿色的，几滴晶莹的水珠沾在花苞上，泛着亮光。微风吹来，花苞微微张开，蜜蜂即嗡嗡钻入采粉授粉。还没等蜜蜂飞走，天空上又飞来了一群无人机。无人机"嗡嗡嗡"地盘旋，消毒液如同甘霖洒在火龙果上。

悬停、前飞、后飞、上升、下降……无人机在夜空中上演夜空秀！

得知火龙果夜晚"怕黑"，沈梦莹又在田埂与田埂之间装上LED催花灯。每当夜幕降临，十多万盏催花灯从东到西同时点亮，用一地璀璨迎接乡村振兴的春天！星罗棋布的灯火一串串、一丛丛、一簇簇，勾勒出灯火花海的梦幻胜景。

灯影里的火龙果迎风摇曳，仿佛在诉说着火龙果与昙花的故事。很多人都说，火龙果和昙花是近亲，同属仙人掌科，二者形相似，味相近。而且，二者都是静夜绽放，清晨即谢，刹那芳华一夜枯荣。

沈梦莹告诉我，火龙果雌雄同芯，一花一果，夜开日闭，不是"昙花一现"胜似"昙花一现"。

"玉颜不许他人赏，孤芳只与朗月知。"正午时分，一朵朵火龙果花骨朵含苞待放。待到黄昏月上时，花朵慢慢伸展花萼，接着"轻解罗裳"，一阵风吹过，花瓣猛一收缩，铆足心劲，然后用尽全身气力，硬将花蕊撑开，花蕊很薄很薄，如绢似纱。

"花堪素玉，蕊比金纶。"微风吹来，整株火龙果微微颤动，随即沁出一缕缕的清香。蜜蜂闻香而动，嗡嗡地从远处飞来，飞到火龙果树上采蜜收粉。蜜蜂不停地摆动两根小须，上下左右粘粉裹粉，紧接着用后脚跗节上的"花粉梳"将花粉梳下，梳进"花粉篮"中。待花粉固定成球状后，便哼着诗句飞远了。

循着香气，我找到一朵正在盛开的火龙果花王。这棵花王外形奇特，周身披着红色的"铠甲"，像一团熊熊燃烧的火焰。火焰里飞溅出来的生命火花，炽热滚烫，让人惊叹花开的瞬间神奇。

那些绽开的花几乎是连成一片的，只有少数在独自开放。

尽管每朵花绽放的姿势、形态不一样，但它们都倾尽生命的力量，努力绽放成自己想要的样子。

"开白花结红果！"沈梦莹戴上头灯，拿起刷子刷下花粉，然后蘸取涂在花柱上……

"幽幽开月夜，敢与月争辉。"没几天工夫，花的肚子慢慢鼓起来，火龙果终于迎来了成熟的季节。

黄色的花，红色的果，绿色的叶，褐色的藤，交织成田园彩带。那七色彩带不仅引来一群花蝴蝶，也引来了一群"花仙子"。

"花仙子"头顶花环、身穿粉裙、肩披紫纱，唯美梦幻。她们静坐在火龙果树下，轻揉慢抹地弹起古筝。

从《出水莲》到《桃花源》，从《云裳诉》到《雪落下的声音》，古筝音色如鼓角争鸣、似流水玲琮，听起来别有一番韵味。

演奏完毕，"花仙子"与火龙果暗送秋波。随后，她们又即兴跳起《丰收舞》。

舞步飞旋，旋出似火的热情，旋出澎湃的力量。我拿起剪刀，对着火龙果那条绿色的茎使劲剪下去……

"远看红绣球，近看生柳叶，中间来一刀，豆腐嵌芝麻。"这只还燃烧着熊熊烈焰的火龙果，给人一种吃了就会获得魔力的错觉。

我迫不及待地剥开果皮，一口咬下去，内心瞬间被圈粉。咀嚼之间，汁液四溢，清甜爽滑，回味无穷，满嘴都是夏天的味道，满嘴都是"红色的记忆"。

"吃'有文化'的火龙果，口感不一样吧?！"沈梦莹的嘴上也抹上了"胭脂红"。

（原载 2022 年第 12 期《散文选刊》）

老屋春秋

　　一把锈迹斑斑的铁锁，锁住了斑驳的木门，锁住了一屋子寂寞的春秋，也锁住了那些纷杂的心事。

　　一只红蜻蜓立在铁锁上，一动不动，似乎正在追忆似水流年。微风吹过，红蜻蜓翕动薄羽，低低地飞，低低地飞。

　　望着红蜻蜓的背影，我的心底陡然升起一种隐隐的痛，但又不知道这种痛源于何处。

　　我擦去锁头上的灰，轻轻地推开吱嘎吱嘎的木门。吱嘎吱嘎声中，那些尘封的往事淙淙流出，伴着那泥土的气息。

　　屋内满是灰尘，四角的墙上挂满了蜘蛛网，网上挂着一段深不见底的往事。墙角下堆放着米缸、锄头、犁耙、扁担、箩筐、簸箕……这些传统的农耕工具凝结着无法解读的岁月沧桑。

　　岁月斑驳着年轮，也斑驳着泥墙。墙面已经起皮脱落，墙体也绽开一条条深深浅浅的裂缝，宛如老者额头上的皱纹。

　　白晃晃的阳光透过蕨草投射到斑驳的泥墙上，散发出一丝丝慵懒。

我伸手去触摸那起灰起砂的墙体，忽然觉得有种莫名的悸动从心底直至指尖，直抵砖缝。

记忆里的老屋子比我的年纪还大。听村里人说，老屋子是父亲和母亲一手一脚盖起来的。

农闲时节，父亲用锄头把水田里的泥土细细翻过来，然后牵牛进去踩踏，一圈又一圈。母亲也挽起裤管，光着脚在田里擂、顿、踏、踩，将泥巴踩均匀，踩成稠稠的泥膏。

太阳出来后，父亲就将和熟的泥膏切成片，滚成团，然后高举过顶，"叭"地摔进镂空的砖模里，压实，抹平，再用弓弦切掉余泥。紧接着，把砖模翻磕到地上，磕出砖坯。

白天打泥砖，夜里排泥砖。那泥砖又重又沉，一块足足有三十多斤。父亲每担挑六块，每晚都要挑到雄鸡打鸣。母亲虽然力气小，但也跟着挑，跟着流汗。

父母将砖坯码成垛，自然晾晒。

落日时分，父母用架子车把晒干的泥砖拉到宅基地外侧码放……

人勤春来早，日子有奔头。那段日子，父母像两只急速旋转的陀螺，天天都围着砖瓦、沙石转。

等到深秋，父亲又去后背坡，把自家几棵尤加利树锯掉，去根去尾，然后投进水塘里沤，沤半年后，再捞起来，刮掉皮，树干备用。

一个温暖的午后，父亲在村头挖了一个大坑，蓄点水，然后投进石灰，石灰瞬间沸腾，冒出大量的蒸汽。

看见村头冒汽，村霸"狗头金"火速赶来，挥舞着棍棒，狠狠敲打铁桶："你吃了豹子胆吗？竟敢在'本王'的地盘挖石灰坑！"

"狗头金"踩烂簸箕，恶意泼水，勒令交出十块大洋。可怜父亲家势单薄，只好"忍"字当头。

"狗头金"打着响亮的唿哨，扬长而去。父亲望着那道狰狞的身影，感觉像生吞了一只苍蝇。

生石灰彻底溶化之后，父亲就请来瓦匠、木匠定桩架角画线。地基刚开挖，隔壁五婶就跳出来阻拦，威逼父亲让出三尺地基。

"退让她三尺又何妨？"

测量放线，基槽开挖……父亲将软弱土层挖除，然后填入中砂、粗砂、碎石并用墙斛、墙锤将其舂筑密实，使之变实变硬。

父亲左手拿砖，右手挥刀，砍砖、抹灰、砌墙。母亲则甘当小工，手脚不停地捣浆，提桶。很快，二老双手磨起了水泡，水泡破了又生，生了又破，最后磨成厚厚的老茧。

墙体砌到一半，五婶又来找茬吵闹，还动手拆砖。

父亲砌一块，五婶就掀一块。五婶一边掀砖，母亲一边抹眼泪。抹掉眼泪之后，母亲又默默扛起灰桶去提浆。

土墙垒到尾尖，就该上梁了。这时，公社正好给村里分来一批木材。也许真的是运气好，母亲抓阄一抓就抓到一根优等杉木。杉木高达三十米，胸径三米，树干通直坚硬，树段匀称饱满，纹理清晰秀丽。

"看模样，应该有百年历史了吧！"木匠弓着腰，前一俯，后一仰，"刺啦刺啦"地刨着杉木，薄薄的刨花片片飞出，像杉木里爆出的笑靥。

"此木花纹清秀而美观，刨面光亮而润滑，气味芳香而浓烈，正是'栋梁之材'。"木匠高兴得一蹦三尺高。

"秋月看清华，后世出俊才！"听了木匠的吉言，母亲立即擦干眼泪，破涕为笑。

一些远房亲戚闻讯后也纷纷赶来帮忙，托土、垒墙、上盖，场面一时热闹起来。

正式上梁前，父亲在房梁上系上"上梁大吉"的红布。

"日喜时良，天地开敞；黄道吉日，正好上梁。"木匠师傅、瓦匠师傅扎好长袍，敬礼作揖，然后，缓缓地将披红挂彩的大梁升至屋顶，安放在正屋中间的檩条之上。掌墨木匠师傅口中念念有词："前搭状元府，后搭宰相家。"

接着，木匠师傅将梁锤入缝中，锤一下唱一句："左发三锤生贵子，右发三锤状元郎。"

噼里啪啦的鞭炮声响过后，木匠和瓦匠就往梁上撒糖果，引来大批村民争抢。孩子们抢糖果抢得最欢，空中摘到糖果后，即掰开放进嘴里，哎呀，那个甜，甜到心里头呢！

在一片欢乐祥和的气氛中，瓦片一层层铺上去。瓦片头压着头，边扣着边，交错搭接，搭接成鱼鳞状。

村里人说，屋脊上的每一片瓦都凝聚着父母的心血，浸染着村子的气息。

老屋子春天建好，我夏天就出生了。自此，老屋子便成了我的胞衣之所、血盆之地。

孩提时代，我在屋里翻滚，打闹，吟唱。屋子的泥墙和泥墙边那张吱吱嘎嘎作响的木板床一直堆放着我充满辛酸和淘气的童年。后来，两个妹妹接连降生，一家几口全挤在土坯房里。很显然，这间土坯房已装不下一屋子的辛酸和淘气。父亲只好在老屋的东头整理出一块地坪，再修一间偏房。父亲白天去茂名炼油厂劳作，晚上回村备料打泥砖。皎洁的月光下，父亲、母亲轮着挖泥、挑泥、装泥、提砖模，我就往砖模里撒稻草灰，泥砖全部晾干，就开始打地基。谁知，地基刚开挖，运货小道就被"哑佬油"砌墙堵死了。"哑佬油"手持两把锄头，喝道："此路是我开，要想从此过，留下买路财。"

无奈之下，父亲只好摸出二十元钱塞给"哑佬油"……

灌浆、码砖、排椽……墙砌了半米高，隔壁"秃头启"也跳出来寻衅滋事，百般阻挠，一会儿不让留窗户，一会儿不让挖排水沟。关键时刻，副村长"排骨平"也不忘插一脚，妄图拆散施工棚架。

母亲蹲在棚架下偷偷抽泣，泪水顺着指缝无声地流下……

改"推拉窗"为"平推窗"！父亲眼噙热泪："忍一忍就好了！"

汗水一滴滴往下掉，墙体一寸寸地往上长。屋顶盖瓦后，父亲故意开了个"洞"，并装上加厚玻璃。

忘了耗了多少时日，偏房终于建成了。奇怪的是，偏房一盖好，燕子就飞来了。燕子先飞到袂花江边衔稻草，再飞到何屋岭啄泥。它们先用嘴巴将泥土和稻草铺好，然后用嘴巴压实压紧，一层层地把窝筑起来。燕子的到来，给我带来了无形的安慰。

那时，我常倚在岁月的门槛上听风听雨听燕子呢喃。寒风从袂花江边吹来，掠过稻田，穿过山冈，打了个长长的唿哨钻进屋里。

凛冽的寒风穿透薄薄的毛巾被，把我冻得瑟瑟发抖，手脚僵硬。我把身体蜷缩起来，双腿弯曲，双臂环绕着膝盖。

蜷缩过程中，我隐隐听到了缝纫机"嗒嗒嗒"的声音。我知道，那"嗒嗒嗒"的声音是母亲用脚踩出来的。那"嗒嗒嗒"的声音伴随我度过了无数个寒冷的冬夜，也丰腴了我日渐觉醒的梦想……

那一年，我带着梦想出发，带着梦想进城。进城后，老屋子自然而然地留在原地，甩在身后。然而，我与老屋子，老屋子与我，似乎有一种割不断的深厚情缘。几十年来，我心底那份老屋情结总是抹不去，挥不走。我时常想念老屋子，想念老屋子成捆成捆的柴垛子，想念老屋子袅袅娜娜的炊烟，想念老屋子淅淅沥沥的雨滴。

逢年过节，我总要找个理由回老屋子看一看，坐一坐，回味一下老屋子的故事。

我知道，老屋子里寄存着祖先的脉息，岁月的重量；存放着父母的沧桑荣辱，情恨恩怨；也储藏着我的童年故事，历史记忆。我不管人在何处、身在何方，心中有多么彷徨，只要看到、想到老屋前漫出的炊烟，就会心怀希望，脚底生风。

在我的眼里，老屋子是会说话、会呼吸、会思考的。屋里一砖一瓦、一门一窗都镌刻着我童年深深浅浅的记忆和母亲高高低低的呼唤……

然而，这间曾为我遮风挡雨的老屋子却在岁月的侵蚀里，渐渐老去。不知不觉，墙上长出了蕨草，瓦面布满了青苔。

夜半，一阵急促的电话铃声骤然响起，父亲迅速拿起电话，那边传来神秘的声音："拆掉旧屋子，还地于我！"

原来，电话是神秘失踪多年的伯父打来的。他单方面撕毁口头协议，三番五次找上门来，逼拆，并用红笔在墙上写下一个鲜红的"拆"字。看着那个带圈的鲜红的"拆"字，父亲心里有说不出的滋味，像打翻了五味瓶。经过多次反复磋商，老屋子最终得以留存。

外面的风雨依然猛烈，老屋子在风雨中沉默，又在沉默中成谜。

一个风雨交加的日子，父亲收到村里的来信，说"哑佬油"建楼时故意将屋檐伸出十厘米，下雨滴水直接滴到屋脊上……

父亲接信后，嘴角抽动，发出一种低沉的喘息声。

父亲独自回村讨公道，却遭村干部"踢皮球"……

老屋子默默地注视着人间沧桑。从远处看，它像一位饱尝了人间酸甜苦辣的老农默默地孑立在风中，默默地承受一切，又默默地见证乡村的一切。

前些日子，"猪蛆伟"看不惯破旧老屋子杵在自己洋楼前，大搞污名化和民间操弄，企图以"三清三拆"之名，强拆老屋子，后经"拯救老屋行动"，才留住老屋根脉……

老屋子依然孑立在风中，我的思绪也飘荡在那缕风里。

老屋子守着夕阳，坐在原地，把生命中最后的风景，悉数纳入心底。老屋子似乎感到我的到来，它似有千言万语对我诉说。是啊，老屋子在岁月流转中，不知经历了多少风，多少雨，也不知有过多少苦难，多少辛酸。但它总是用土墙、用瓦片静静地吸纳所有的辛酸苦辣，吸纳所有的冷暖炎凉。

我伸手轻抚凹凸不平的泥砖，不知不觉手心沁出些许温热的汗珠。我用手掌反复拍墙，几分钟后感觉有点痒，黏黏糊糊的。

"见过世态炎凉，依然内心向暖。"我将缝纫机油滴入柴门锁眼，然后把锁匙慢慢插入门锁，来回抽动，"咔嚓"一声，锁打开了。打开锁头的那一刻，似乎感觉到了老屋子温热的脉象。

（原载 2022 年第 12 期《散文选刊》）

七爹的咳嗽声

喀喀、喀喀、喀喀……一阵紧似一阵的咳嗽声，划破了寂静的夜空，惊醒了沉睡的村庄。村庄慢慢地睁开惺忪的双眼，去寻找咳嗽者的身影。忽然，一个闪着银光的身影从村口冒了出来。银色的身影拄着一根蛇头拐杖，一瘸一拐地向着山坡挪去。挪至山脚下，那身影从兜里掏出一盒火柴，嚓地划燃。借着火柴的亮光，人们看清了那个身影，也看清他那沧桑的脸庞，但见他浓眉入鬓，满脸髭须，发须花白，一双眼睛泛着银光，显得锐利而有神采。啊，是村里的七爹！

火柴在七爹的手上哧哧燃烧，升起一束火焰，腾起一缕青烟。青烟飘过，七爹又剧烈地咳嗽起来。那咳嗽声就像打雷似的，轰隆轰隆地响。如雷的咳嗽声掠过田野，掠过树梢，掠过山冈。此刻，太阳从山冈升起，照亮了村庄，照亮了河流，也照亮了七爹银色的发须。

说起七爹，村里人最能想起的是他的一个绰号——"七铁锤"。是的，七爹入伍之前，是一个铁匠，且排行第七。1950年，七爹带着铁一般的意志、火一般的激情，踏进了绿色军营。

朝鲜内战爆发后，他便跟随部队跨过鸭绿江，奔赴炮火连天的朝鲜战场。

一入朝，敌机就在头顶上投炸弹。排长大喊："卧倒！""七铁锤"一个大跨步，冲到两棵树之间趴下。炸弹爆炸后，他回头一看，班上十六名战士，瞬间只剩下六人。"七铁锤"骤然发出一道咆哮，复仇的怒火冲天而起。

"嗒嗒嗒……嗖嗖嗖……砰砰砰……""七铁锤"顶着敌机的轰炸，走小路、爬雪山、穿树林，向着天德山挺进。

一路战火，一路鲜血，一路风雪。"七铁锤"随大部队日夜行军，硬是爬过了四座雪山。不凑巧的是，当他攀上山顶时，美军的轰炸机恶狼般扑过来，密集的炮火射向山头。"七铁锤"快速隐蔽，然而，就在倒伏的那一刻，他的心中突然升起了一股悸动。那是一种饥饿感！这饥饿感，并非身体的胃部传来，而是从四肢百骸间一齐涌出来。一阵寒风刮过，"七铁锤"突感眼前发黑，踉跄几步后，摔在地上，晕了过去。战友吴土福急忙把他扶起来："'七铁锤'，我还有半把炒米，你赶快吞下去，你一定要挺住！"

"风一更，雪一更。""七铁锤"凭着惊人的毅力与勇气，奇迹般地闯过了鬼门关，但战友吴土福却被美军飞机炸得血肉横飞。冰天雪地中，"七铁锤"只能用泪水祭奠，可泪水刚流出眼眶就结成了冰碴。

风越吹越猛，雪越下越大，天气也越来越冷。"七铁锤"强忍着泪水踏雪前行。

行至沙川河边时，"七铁锤"发现前方有一道道白烟。是敌机。还来不及隐蔽，凶恶的敌机已俯冲下来。

"啾啾啾啾……"多架敌机反复俯冲，连环扫射。密集的弹雨在空中交织成一道道火链，直接打在沙川河坝上，打得河坝石屑飞溅，烟尘四起。紧接着，十枚火箭弹朝着地道口砸下来。"轰轰轰轰！"一道巨大的火光冲天而起，地道口被炸塌，道口上的铁锅被炸飞。

惊天动地的爆炸响彻云霄，无数沙土泥石被剧烈的爆炸轰上天空。一时间，"七铁锤"只感觉地动山摇，耳膜被那巨大的爆炸声响震荡得生疼，嗡嗡作响，仿佛已经聋了一般。待敌机飞走，"七铁锤"才发现地道口已被大石、泥土以及动物的残骸封死。排长得知"七铁锤"失联后，马上组织战士去挖土，但挖了三天三夜，连个人影都没有找到。正要放弃时，突然发现洞里面飞出了苍蝇。战士们朝着苍蝇的方向使劲深挖，终于在地洞凹处把"七铁锤"救了出来。一出洞口，"七铁锤"就扑上去，紧紧抱住排长。

1951年10月1日，敌军密集的炮火划破阴沉的天幕，天德山战役打响了。美军在飞机、重炮、坦克掩护下，集中兵力猛攻天德山阵地。志愿军冒着美军密集的火力，拼死阻击。战斗中，弹片从左侧击中"七铁锤"的嘴唇，四颗门牙当场脱落，"七铁锤"用嘴咬住纸皮止血，飞溅的弹片再次击中他的脚踝，他爬向战壕，殊死一搏，直至敌人溃退才下火线。

2日拂晓，美军又发起了猛烈进攻。密集炮火像雨点一样砸向五〇高地，整块高地顿时尘土飞扬，瞬间变成焦土。焦土散发着一股难闻的焦枯味，随便抓一把，里面都有子弹头或碎骨肉，用力一捏竟捏出灰黑色的血水来。

"打！"志愿军的轻机枪、重机枪、冲锋枪向敌群愤怒地猛扫，美军横七竖八地倒下一大片。敌人贼心不死，五分钟后又发起了第三次猛烈进攻，先以轻重武器对五〇高地进行扫射，继以两个排的兵力，从阵地的左右蜂拥而上。守阵排长端起机枪跃出工事，一阵猛射。"为国舍命，人天共仰！""七铁锤"也跳出战壕，猛打猛冲。战斗中，"七铁锤"被打断了一根肋骨，但他忍着疼痛，继续向敌军扫射……

"七铁锤"从朝鲜战场上撤下来后，据说在延边医院昏迷了四天四夜，好不容易醒过来，落下个怕冷的病根，一到晚上就咳嗽不止。

隆隆的枪炮声远去了，但咳嗽声却从此不绝于耳。在石塘村村民的印象中，"七铁锤"退伍转业回村后，一直咳个不停，忙个不停。

回村第二天，"七铁锤"就拿起锄头到生产队参加劳动。那时，村旁有条小河，常发洪水，淹没庄稼。"七铁锤"用肩扛，用手掀，硬是在河边筑起一座简易堤坝。然而，每撬一块石头，"七铁锤"就咳一声，咳声夹杂着成痰后连带的沙哑混响，让人感受到一种来自五脏六腑的震颤。

工余之后，"七铁锤"就在村东头的大榕树下给孩子们讲述抗美援朝的故事和南京大屠杀的历史。讲到动情处，他会不住地咳嗽，咳声高亢激昂，短促有力，像战场上吹响的冲锋号。后来，这些听着故事长大的孩子，纷纷走出小山村，去大城市打拼，去旧金山"掘金"，渐渐地，村里只剩下了老人和孩子。虽然听故事的村民越来越少，但"七铁锤"仍坚持每天"开讲"。"七铁锤"说："我要让大榕树也能记住我讲的故事！""七铁锤"每天都燃一筒旱烟，绕着大榕树走一圈。缥缈的烟雾将咳嗽声与村庄缠绕在一起。

"七铁锤"说，咳嗽声已成为他生命的气息，正一点一点地融入榕树，融入土地，融入村庄。是的，七爹的咳嗽声，已与村庄缠在一起，融在一起。七爹每次咳嗽时，都感觉到村里有很多人随着一起咳。村民们记得，七爹的咳嗽，在冬日来临的时候，尤为严重。冬夜的寒风一吹，七爹就开始咳嗽。起初，七爹只发出几声闷哼，那闷哼声低沉而沙哑，像是被刻意"压"过似的。过一会儿，七爹忍不住又咳嗽起来，胸腔、咽喉处发出如风箱般呼哧、呼哧的声音。他那剧烈的咳嗽声就像打雷似的，连绵不断，一声接一声，显示出强烈的节奏，高潮过后，余音隆隆。

听惯了咳声的村民们说，七爹一咳嗽，小偷都跑了……

流星掠过苍穹，划过窗前，至子夜时分，七爹又开始咳嗽起来。

那咳嗽声一声紧接着一声，在寂静的晨曦中，就像起床号，高低起伏，节奏分明，咳醒了左邻右舍，惊欢了鸡鸭猫狗。咳嗽声在寒风中被撕成一块一块，丢弃在村子的南北大道上，村子里开始有人起床开门，生火做饭，屋顶上的炊烟，袅袅地升了起来……

村里人说，村庄是被七爹的咳嗽声叫醒的。

"咳咳，咳咳咳……噗——"

他那含着历史清醒剂的咳嗽声，震落了树上的枯枝，点燃了村里的炊烟，也擦亮了东边的山头！

（原载 2022 年第 12 期《散文选刊》）

满满"烟火气"

天色一暗，湛江湾畔的后备厢夜市便开始热闹起来。

一长溜的私家车沿西海岸排开，长龙般见首不见尾，而在东海岸，也有数百辆私家车扎堆排成"长蛇阵"，一眼望不到头。

很多人都说，这些私家车的后备厢里不仅藏着人间烟火，还藏着生活的模样。

海风吹过，各色各样的后备厢逐一敞开，露出"盲盒"般的商品，从湛江生蚝到烂镬炒粉，从毛绒挂件到珍珠奶茶，从图书文具到古玩字画，应有尽有。这些沾满港城烟火味的藏品在紫外蓝光的照射下，发出莹莹的幽光。

天色越来越暗了，后备厢上的串串灯、美颜灯、LED灯逐一点燃，一时间，后备厢夜市的氛围感被瞬间拉满。

挂上帆布招牌，支起折叠桌椅，贴上收款二维码，再搬出各式私家"宝贝"，一辆辆汽车顿时变成风格迥异的摊档。

一个后备厢就是一个摊档，每一个摊档的背后都藏着一段故事。故事里有烟雨，有乡愁，也有世情。很多摊主不仅将世情装进后备厢，也将世态融入到眼前一方小天地。

有世情有世态有人间烟火……后备厢里贩卖的不仅仅是人间烟火，还有人生态度。

很快，海边就聚满了赶集的市民。他们走走停停、停停走走，买的买，捎的捎，打卡的打卡，拍照的拍照，好一幅人声鼎沸的流动图景。

摊主们八仙过海，各显神通。他们有的竖起"文艺范儿"招牌；有的自扮"招财猫"；有的现场打起快板；有的架起设备，一边吆喝，一边视频直播……

"喜欢炭烧生蚝的，给我点点关注！"湛江生蚝哥将刚刚撬开的生蚝置于烤架上，然后，文火慢烤。约莫过十来分钟，烤架上的蚝肉便滋滋作响，咕噜咕噜地冒泡。

铺上一勺"秘制蒜蓉酱"，蚝肉顿时香气四溢。

"兴会不可无诗酒，盛筵当须有肥蚝。"我全身每一个毛孔似乎都被这一缕醉人的蚝香打开了。

"包你食过返寻味！"生蚝哥夹起一只肥嘟嘟的生蚝递到我的嘴边，我趁热咬上一口，顿觉口颊生香。那一缕鲜香的味道一直让我沉醉不知归处。

烤炉的火越烧越旺，透过缭绕的烟火雾，我看见生蚝哥的眼里闪着泪光。

生蚝哥告诉我，他曾经养过猪、开过店、运过煤、送过外卖，还搞过装修，最后都以失败告终。他回忆说："我把猪养成狗，越养越瘦。"后来，他又与发小合伙做服装生意，哪料合伙人卷钱跑了……

妻子无法忍受负债累累的生活，毅然与他离了婚。妻子走后，他正式成了一名酒鬼，每天，他都醉得如一摊烂泥。

"同是红尘悲伤客，莫笑谁是可怜人。"一个酒醉的雨夜，他与网友"菠萝妹"不期而遇，互诉衷肠。其实，菠萝妹也有一段六年创业三次失败的血泪史。

"摆烂，是生活的麻药，不是解药！"他与菠萝妹相视一笑，决意把"过去"留在"过去"。

"摆烂不如摆摊！"后备厢夜市的烟火霍地点亮他的眼眸。后来，他咬咬牙将一辆报废的"皮卡"改装成烧蚝车……

生蚝哥继续往烧蚝炉里加炭，扇火，再加炭，再扇火，忙得不亦乐乎！

忙活间，一轮明月已从海上升起，灵动的月光洒满整个湛江湾。月光下，生蚝哥对着喇叭高声叫卖，引来大批市民驻足围观。

月影在他的叫卖声中拉长，后备厢夜市也在他的叫卖声中延伸。不知不觉，西海岸夜市已延绵数公里，百余种潮品、甜品、饰品、饮品铺满整条街，街区上空充斥着浓浓的烟火味。一湾两岸双夜市，此时，东海岸的后备厢夜市也是灯火璀璨，热闹非凡。

一批咖啡师、调酒师、花艺师以及街头艺人相继加入摆摊行列，让东海岸的"市井味"搭上文艺风。

海风吹来，一名网络直播歌手边唱边跳，他以深情的歌声点燃海上的渔火。渔火闪烁，细浪耀金。听到对岸的歌声，生蚝哥也架上话筒，跟着和弦吼一嗓。他的歌声粗犷豪迈，充满了沧桑感。

歌声飘过，客流不断，叫卖声、吆喝声、欢笑声此起彼伏，一些打扮时髦的年轻人穿梭于夜市中，看表演、拍视频、吃美食、猜灯谜。他们时不时与摊主交谈聊天、拍照留念。热情的摊主们也不遗余力地吆喝叫卖。此情此景，仿若一百多年前，赤坎繁华街市在古埠重现。

月光穿过薄云，将银白色的光洒向后备厢夜市，夜市顿时像披上一层银装。

"来，喝一杯秋天的柠檬茶。"生蚝哥用劲揭开茶盖。我用银匙轻轻拨弄杯中的月色，心中有一种说不出的味道。

夜越来越深了，但湛江湾后备厢夜市的烟火依然滚烫，生蚝哥和其他摊主一样依然忙碌，他们似乎都忘记了时光，忘记了星月，忘记了疲倦……

（原载 2022 年第 12 期《散文选刊》）

一湖澄碧

一泓碧水凝日月，古往今来湖光岩。那古老神奇的湖光岩就像一块凝翠碧玉镶嵌在雄狮岭下，给温润的湛江增添了几分妩媚、几分灵动。

"白牛仙女""天崩地陷""龙鱼神龟""铁骨鲤鱼"……湖光岩玛珥湖的面积虽然只有二点三平方公里，但藏有九大千古不解之谜。

《雷州府志》曾记载，湖光岩"大旱不涸，淋雨弥月不溢"，"以水中皆黑沙石至清无垢，没肩尚可数足指纹，故亦名净湖"。

很多人都说，一个小小的平地火山口居然能储满一泓千年碧水，且千年不涸，这不能不说是一种神奇。

的确，湖光岩不仅有谜一样的身世，还有谜一样的身影。

从空中俯瞰，整座湖光岩就像一块心形宝鉴仰面镶嵌在火山丘之上，荡漾着迷人的清梦。那蓝幽幽的湖水，深不见底，碧绿碧绿的，令人以为是"天池"里的琼浆玉液。这琼浆玉液应是集天地之灵气酿造而成的吧?！透过碧绿的湖水，可以看见黑白相间的锦鲤在畅游嬉戏。偶尔，也可以看到锦鲤跃出水面，在空中翻腾旋转。

清风吹来，那蓝锦缎似的湖面泛起千年一梦的涟漪，涟漪一圈圈、一层层，荡涤出迷人的蓝、醉人的绿。

那湖水的绿与山岭的青交织在一起，融汇成"只此青绿"。

我蹲下身掬起一捧湖水，咕嘟咕嘟地喝下，顿觉唇齿回甘，意韵幽幽。紧接着，我又伸长手臂舀起一捧水，洒向天空，还没等水珠溅落，空中就飞来了一群白鹭。它们时而低飞斜掠，时而高飞长鸣，让碧澄澄的湖面骤然生动起来。

乘坐小艇，向湖心驶去，迎面吹来了碧绿的风，风里还携着淡淡的潮气。湖心的水很深，深得见不到底；湖心的水也很绿，绿得像一块千年的碧玉，泛着幽幽绿光。

我贪婪地吮吸着这"湖心绿"，顿觉神清气爽。我知道，这口"湖心绿"是带"魂"的，那是一种清幽、澄澈、透亮的"魂"。

"碧水锁清幽，一点湖心绿。"我举起"湖心绿"与天空对饮，突然发现天空也混着湖水的绿。那湖水的绿与天空的蓝融为一体，不是蓝不是绿，又恰似绿恰似蓝。

这醉人的蓝绿呀，是这般静谧、安详、幽深。泛艇湖上，我的梦被染绿。不知从何时起，白鹭的翅膀也被染绿。它们伸展着细长的脖颈在湖心滑翔，撩起一道道水花。待翅膀沾满湖水后，又扑棱棱地飞向楞严寺，飞向七星洞，飞向雄狮岭。

雄狮岭上碧树如云，荫翳蔽日；雄狮岭下碧草如茵，绵延不绝。微风拂过，岭上的灯火渐次亮起来，星星点点。远远望去，如同天上的星星，散落在山岭湖畔。

湖边的高杆灯、景观灯、草坪灯、地埋灯也不知道什么时候亮了，它们光芒四射，宛如一串串瑰丽的流火，照亮了碧湖，辉映着碧空。正当我被眼前的情景迷住之时，一轮碧月已挂在我的斜上方。她不远也不近地照看着我，只要一抬眼，就能望见她，好像从来没有离开过。那些顽皮的小星星围在月亮身边，像是一群托腮听讲的小精灵，每每听到湖光岩千古不变的传说，它们都会发出闪闪的亮光。

随着时间流逝，月亮越升越高，越来越亮，就像刚出浴的"仙子"，玲珑剔透。

"月亮仙子"轻舒广袖，将万顷月光泻入碧湖，给碧湖披上了一层朦胧的面纱。随后，"月亮仙子"穿过轻纱似的薄云，在碧绿的湖面上翩翩起舞。她那曼妙灵动的舞姿，引得鱼儿争相跃出水面。

临湖鱼曼舞，伴月影婆娑。望着水里的月影，我蓦地发现，湖光岩不仅有万年碧湖、千年碧水，还有百年碧树。那些碧月、碧灯、碧草更是常伴左右。如此澄澈清明之地，不就是安放灵魂的最佳之所吗？

"一湖碧水千年影。"一转眼，月影、灯影与云影交相辉映，融为一体，勾勒成一幅"烟笼碧水月笼纱"的美景，给人带来无限的遐想。

"湖光秋月两相和，潭面无风镜未磨。"此刻，我真想捧起那清冽的月光、碧绿的湖水，遥寄给远方的亲人和朋友。

月光如水，一切都仿佛沉醉在梦里，倒映在水中。醉卧在湖光岩这泓碧水之中，我久久不愿醒来，也不愿离开……

（原载 2022 年 9 月 6 日《羊城晚报》）

守望百年红树

　　一眼七百年！还没走进祠堂就闻到一股历史的气味，我深深地感到，这种气味或许就是从某个窄小的门缝、砖缝、石缝里挤出来的。

　　祠堂规模虽然不大，但很精致庄重，门前的石狮、石鼓以及横梁上的鳌鱼宝珠，还静静地散发着一种悠远的古韵，诉说往日的时光。

　　有人说，祠堂是大地上鲜活的遗存，它既能凝结乡愁传承家风，又能赓续血脉厚植家国情怀。

　　我踏着昨夜鞭炮的碎红，走进这座历经七百年沧桑的陈家祠堂，只见柱子耸立、巨梁横陈，屋脊、屋角、梁枋、梁柱无不雕梁画栋，穷工极巧。

　　阳光从天井泻下来，给案台、檩头、廊柱、石碑镀上一层金纱，暖暖的带着夏天的味道。

　　我伸出手去触摸阳光，触摸那些铭刻历史的梁柱与石碑。

我的手刚触摸到石碑，掌心蓦然涌起一阵阵温暖，我知道，那股浓浓的暖意是从"禁伐葭丁碑"的碑文里传来的。"禁伐葭丁碑"高1.06米、宽0.51米、厚0.06米，碑文正楷雕刻。

也许是受海风的侵蚀，碑文字迹大多已斑驳不清。但极力辨认依稀可认出"太祖海浦之葭丁吾后人务宜培植生长使此地葭丁树苍苍……自后乾塘族人等永不得斩伐葭丁……"的字句。碑文上的"葭丁"指的就是红树。其实，红树外表不红，相反，它是一片绿油油的存在。只因树皮里富含单宁，遇空气氧化后呈红褐色，故得名"红树"。

我在那百年石碑前驻足，把这泛着陈年墨香的碑文咀嚼，透过古朴的碑文，我似乎能触碰到石碑的呼吸。村里族老兴叔说，石碑是有灵性的，它既承载了村子的生态记忆，也镌刻着村子的生态自觉。

是的，村子的生态记忆就凝固在"禁伐葭丁碑"里，而那"禁伐葭丁碑"又似乎在风中诉说着它的前尘往事。

早在咸丰年间，广东湛江乾塘北马海围红树林就多次惨遭砍伐，致海水倒灌，害虫肆虐，田禾不得收。同治四年，村中长者召集乡贤达士、田间秀才公议，商定勒石为碑，禁伐葭丁以扶村之长久。

很快，村民就以氏族之名立碑禁伐禁牧。村子的百年生态梦想由此发端。

"禁伐碑"原文是没有标点的古文，至今村民们大多读不懂碑文的内容，但他们知道这"禁伐碑"就是祖上立下的"生态

规矩"，传下来的生态家风家训。

一百多年来，石碑上的"禁伐令"早已刻进乾塘村陈氏族人的心里，一代又一代陈家人朝夕恪勤，始终遵循着祖辈的遗训，用行动守护好北马海围那片红树林。

那一年，超强台风正面袭击乾塘镇，致河流决堤、桥梁坍塌，房屋整栋被卷走。而令人惊奇的是，北马海围海堤竟然安然无恙。后来，村里人搞了半天才搞清楚，北马海围海堤之所以不溃堤决口，皆因有红树林"护身"。

回忆起超强台风肆虐乾塘的惊险瞬间，兴叔至今仍然有些惊魂未定。兴叔清楚地记得，超强台风登陆前，海面出乎意料地平静，静得像一面镜子。当时，他和村里几位叔伯兄弟如往日一样在北马海围撒网捕鱼。

台风欲来云满天，突然，翻滚的乌云从南边压过来，就像千万匹脱缰的野马在空中扬鬃、咆哮。顷刻间，滚滚乌云笼罩了整个天空，眼前一片昏暗。紧接着，一道闪电划破天空，发出巨大的轰鸣，不一会儿，狂风卷着暴雨倾斜而下。这时，海上的船只全慌了神，惊吓得四处逃窜。狂风越刮越猛，只听到"咔嚓"一声响，船上的桅杆被拦腰折断。就在这生死关头，兴叔拼尽吃奶的力气，把船推进红树林，最终躲过人生生死劫难。"红树就是保命树呀！"兴叔瘫坐在船舷上，喃喃自语。

台风过后，有一位戴眼镜的学者来到北马海围，想捡几棵枯死的红树回去当标本，不料被村民拦阻："红树是林中一宝，想拿走，需全村人点头同意。"

"瘦似枯枝，待何人与分说。"兴叔告诉我，村里除了立禁伐碑外，还留了一条古训：如捡红树林里的枯木，一年只许一次，一次只许一个时辰。

是的，捡枯木是一个时辰，但守红树却是一辈子。兴叔和村里很多人一样，自小就守着这片祖宗林。每天清晨，兴叔就骑车出发，沿鉴江、米稔江、满洲江、北马海围巡查，仔细察看红树林的长势，以及周边有没有人捕鸟、电鱼。

那一年冬夜，兴叔在巡河时发现一艘电渔船。渔船上堆满电渔网、卷扬机、逆变器等电鱼工具。"撒网！"电鱼者将电渔网探入海里，刹那间海面泛起一片"白"，海里的鱼挣扎几秒钟就失去知觉，浮在海面。

兴叔深知，电鱼对红树林生态的伤害是毁灭性的，三百八十伏的电网一下水，电击范围之内的鱼虾蟹瞬间就会死绝。

"放下'电娃娃'！"兴叔纵身一跃跳上渔船。电鱼人轻哼一声，目露凶光，从衣兜里掏出弹簧刀便刺，兴叔侧身一闪，躲过一刀。电鱼人恼羞成怒，又用镰刀狠狠砍向兴叔，兴叔身形突起，提刀横架。只听哎哟一声，镰刀落地。这时，一阵急促的警笛声破空而来。电鱼人见势不妙，纵身跳进海里。兴叔来不及脱鞋，也"扑通"一声，跃入海里擒住电鱼人……

默默守护，只为海边那片红树。数十年来，兴叔始终不敢忘"禁伐葭丁碑"的祖训，始终不敢忘守绿护绿造绿的初心，坚定执着地守护着北马海围那片红树林。其实，乾塘陈氏历代子孙和兴叔一样，都遵循祖训，将红树当作生命的一部分来敬重、供奉。前些日子，村里人又将绿色生态理念融入山川土地，植入精神血脉，竭力保护村里一草一木、一鸟一兽。林海无言，石碑无语。一百多年的时光流转，世代守护，终于繁茂了北马海围六百亩红树林。北马海围里的红树林层层叠叠，密密匝匝，簇拥成生命岛屿。透过阳光，可以看到粗壮的气根，那些气根虬曲盘错，交叉地插入淤泥之中，形似鸡笼罩。鸡笼罩下有海螺在蠕动，弹涂鱼在爬行，招潮蟹在舞爪，而那珍稀鸟儿则在树上跳跃……

"快看，那边有白鹭！"我顺着兴叔手指的方向看去，正好与白鹭的灵敏眼睛相碰。

"莫须惊白鹭，为伴宿清溪。""锦石照碧山，两边白鹭鸶。"那些驮着古诗古词的白鹭如精灵一般穿梭于林间，它们时而在枝头交颈嬉戏，时而在滩涂低飞觅食，洁白的羽毛与碧绿的红树林交相辉映，绘就了一幅美丽的生态画卷。

听着白鹭欢快悦耳的叫声，我的眼前渐次迷蒙。兴叔告诉我，白鹭和红树在这里被族人认作"仙鸟神树"，都得到有温度的孝敬。

红树、白鹭，蓝天、碧海，稻田、竹林，古桥、野花，荷塘、水鸭，勾勒出独具韵味的乾塘图景，散发出迷人的气息，那气息湿润澄澈，让我沉醉其中不知归途……

（2022 年 6 月 16 日）

人与鸟"双向奔赴"

人与鸟双向奔赴，鸟与人双向温暖。梁一元与他的鸟儿们在桃花岛上结下了人鸟奇缘。

其实，桃花岛不是岛，只是九洲江中一荒滩。滩上长满了杂草和杂树。那些知名不知名的杂树一片接一片，一丛连一丛，堆满了安铺古镇的心事。梁一元从小喝着桃花岛的水长大，对桃花岛总有一种说不出的情结。孩提时期，他常常到岛上听风听雨听虫鸣……

后来不知道是机缘巧合，还是命运安排，梁一元竟从一名陶瓷工摇身变成了"桃花岛主"。

梁一元的脚一踏上桃花岛，就感觉脚底生风。很快，他就以"桃花岛主"之名种下几亩桃花。谁知，桃花还没发芽，一群白鹤就抢先飞了过来。

白鹤绕着桃花岛盘旋，随后"嘎嘎嘎"地向安铺文笔塔飞去。梁一元望着白鹤远去的身影，怅然若失，心头酸涩泛滥。

梁一元清晰地记得，父亲曾与鹤结缘，后又因鹤而去。父亲驾鹤西去时反复叮嘱："要善待白鹤！"

也许是上天所赐的缘分，白鹤于翌日傍晚又飞了回来。它们时而高飞，时而斜掠，时而滑翔，为晚秋的桃花岛带来不一样的欢愉。

突然"砰"一声，一只白鹤被盗猎者的鸟枪击中，从云中跌落，发出了凄婉而深沉的哀鸣。梁一元救鹤心切，纵身跳过栅栏，跃过篱笆。在茅草深处，梁一元终于见到了白鹤。此时，白鹤已躺在血泊中，洁白的羽毛已被染红。梁一元定睛一看，发现白鹤的脚上有一道两厘米长的伤口，鲜血仍汩汩地向外流。梁一元撕破衬衫，含泪帮白鹤包扎，然后飞一般奔向镇兽医站……自此，梁一元就与白鹤结下不解之缘，开启了一场平凡而动人的生命约定。

与白鹤共舞，与风雨同醉，与星月交辉……那段日子，他把整个身心扑在桃花岛上，他除了在岛上搭暖窝、挖洞穴、筑喂鸟台外，还建起"候鸟治疗室"和"候鸟试飞室"。究竟在"候鸟治疗室"里救过多少白鹤，梁一元已记不清。十多年来，桃花岛上的白鹤来了又去，去了又来，只要它们来，梁一元就在。

也许是听到了白鹤的召唤，白鹭、苍鹭、灰雁、红隼、黑鸢、小青脚鹬等也相继飞进桃花岛。它们混搭在一起，在树梢上叽叽喳喳，唧唧啾啾，那清亮、激越的鸟叫声穿透安铺古镇的黄昏。

前些日子，又有一批珍稀候鸟飞进了桃花岛。它们在树上盘旋打转，求偶喂雏、游弋嬉戏、雀跃啼叫，让原本热闹的桃花岛变得更加热闹。放眼望去，鹤舞莺飞，上下颉颃，一片鸟语花香。悬吊在树梢上的鸟窝密密麻麻，一个挨着一个。鸟窝形态各异，有碗状的、杯状的、球状的，还有袋状的，美得叫人移不开眼。

"我知你在等，你知我会来。"十多年来，这些候鸟都以秋风为信，用翅膀完成对桃花岛的"生命约定"；而梁一元则用陪伴作答，将这份默默守护刻进自己的余生。

"鸟在林中知人意，人在林外闻鸟声。"与鸟儿相伴久了，梁一元渐渐练就"闻声识鸟，依影辨鸟"的绝活，如今单凭看鸟的毛色，他就能叫出一百种鸟类的名字；单听鸟声，他就能秒猜出这种鸟属于什么鸟类，不仅如此，他还能模仿二十多种鸟叫，连鹦鹉都自愧不如。

每当梁一元发出唤鸟的声音，林子里总是一呼百应，众鸟欢腾。

梁一元说："我和鸟儿已'融'在一起，分不开了！"是的，人与鸟的双向奔赴、双向守护，让梁一元和鸟儿成了相依相亲的存在。在梁一元的眼里，鸟儿就是一个自带流量、自带神秘信息的人间精灵。

酉鸡年仲夏夜，那些自带神秘信息的鸟儿不知为何突然间变得狂躁起来，一些脾气暴躁的鸟儿还上蹿下跳，惊叫不止。

正当他感到莫名奇妙的时候，手机响起了短信的提示音："一哥，鸟嫂突发急病，急需送医！"

梁一元火速赶回，发现妻子马艳芬疼得在地上直打滚。梁一元着急了，背着妻子就往医院跑。抽血、照 B 超、做核磁共振，最后诊断为早期宫颈癌。梁一元听到这个消息犹如晴天霹雳，他整个人像是要炸了一样。

也怪，自从梁一元离岛后，树上的鸟儿没有一只落地，总是待在窝里叫，叫声里似乎多了些愁苦的情绪。

那天，梁一元将笔紧紧捏了起来，颤颤巍巍地在手术通知书上签了字。护士抬起眼询问似的看着他："你就是'候鸟医生'梁一元？"

梁一元深深地点了点头。很快，全院几名"最美医生""最美护士"闻声集结，蹲着为这位初次谋面的鸟嫂做切除手术。

术间，树上的鸟儿悄悄地躲在野生林里，不跳也不叫，以沉默不语表达着某种情感。

梁一元也默默地当起护工，埋头照顾患重病的妻子，也许是他的坚守得到了上苍的眷顾，鸟嫂的病奇迹般好了。

太阳升起来了，阳光像金子洒在桃花岛上。还没等鸟叔鸟嫂进岛，岛上就响起了"哦、哎、啾啾、咕咕、喳喳、叽叽喳喳"的混叫声。那混叫声高亢、清亮、激越，婉转多变，极富音律，使整座桃花岛充满禅韵。

听到鸟叔鸟嫂的脚步声后，鸟儿高兴得连蹦带跳，连飞带跃，从这棵树飞到那棵树，又从那棵树飞到这棵树……

（2022 年 6 月 18 日）

星河落人间

灯火如星，散落一地银河，灯光如炬，点亮一城璀璨。

璀璨的灯火沿着海岸线蜿蜒起伏，宛若一条游龙盘旋在湛江湾与东海岛之间。

巍然矗立的湛江钢铁一号、二号高炉透射出橘黄色的灯光，闪闪烁烁的，像游龙的眼睛。

高炉的炉台上铁水奔腾，钢花飞溅。那红彤彤的钢坯裹着热浪呼啸而来，呼啸而去，把整个热轧车间灼得滚滚烫烫。主控室里灯光灼灼，就像一簇簇燃烧的火苗在跳跃。火苗摇曳间，一场钢铁与烈火的工业交响正在激情上演。

铁水奔流时，烧结、焦炉、炼铁、连铸、厚板、冷轧车间的灯火次第点燃。白色的氙气灯、红色的霓虹灯、黄色的探照灯、绿色的泛光灯、蓝色的荧光灯一簇簇、一团团、一排排，高高低低、远远近近，宛如漫天星河，交相辉映，渲染出梦幻迷离的色彩。

"千门灯火夜如昼。"东山湖、衔头塘、"蒙古包",以及生态水族馆里的灯火也齐刷刷亮起来,那灯火层层叠叠、远近互衬,把十里钢城涂抹得流光溢彩。

东风吹过,钢富大道、钢城大道、钢展大道的灯火像荷花一样怒放,明亮而耀眼。那灯火一排排、一行行,荡晃闪烁,宛如一条条皓光闪耀的银河。道路上,车灯也争相亮了起来,一盏接着一盏,瞬间把十里钢城的激情点燃。

三十万吨级原料码头像在布阵,密集的灯火璀璨如星辰。码头边,大小轮船来来往往,进进出出,溅起不一样的灯花,给十里钢城平添了无限的生机和活力。轮船上的灯火密密匝匝,疏密有致,与码头的灯光、天上的繁星交织在一起,让人无法分辨出哪里是城里的灯火,哪里是天上的星星。

天上的星星密密麻麻、挨挨挤挤,倒映在海里,如千万点萤火闪闪烁烁。

"最暖万家灯火处,最喜人间喧嚣时。"不知从何时起,钢城内外的万家灯火也亮了,一时间,十里钢城变成了灯的世界、光的海洋,灿若云霞,暖如火烛。从空中俯瞰,十里钢城宛如一座童话的城堡,让人如痴如醉,浮想联翩。

"星河落人间,灯火如翻澜。"与湛江钢铁仅一墙之隔的中科炼化早已灯火辉煌。赤橙黄绿青蓝紫的灯光如梦似幻,把整座石化新城照得如同白昼。

银塔、油罐、机泵、管廊上的灯火层层叠叠,红的、绿的、黄的、紫的交相辉映,摇落满天星光。横贯南北的中科大道也是流光溢彩，飞红溅绿。闪光的车灯如同闪光的长河奔流不息。

巍然矗立的常减压蒸馏装置减压塔、裂解装置丙烯塔、裂解装置急冷油塔向天空和远方放射出万丈光芒，红色的、黄色的、紫色的，一束束七彩之光映出炼油厂的刚强之美。

油城灯火连星汉，高炉炼塔近斗牛。此时，天上人间、城里城外全是灯火。密密匝匝、高高低低的灯火如水晶般剔透，又犹如火焰般妖娆。灯影里的油城，明艳如斯，灵动如斯。

夜色在燃烧，灯火也在燃烧。渐渐地，中科炼化的灯火与湛江钢铁的灯火接连在一起，缀成一条七彩游龙，在空中盘旋翻腾飞舞。那绵延不绝的灯火不仅点亮城市的璀璨夜色，更点亮了城市的彩色梦想。

绵亘蜿蜒的灯带、霓虹闪烁的高楼、喷焰飞金的高炉、灼华流莹的银塔、璀璨夺目的球罐、流光溢彩的管廊……放眼望去，中科炼化与湛江钢铁星火交织，光影交错。这哪里是炼油厂、钢铁厂呀？分明就是天上宫阙落到人间。

醉眼看人间，处处繁花开。钢铁石化新城里灯火如千树万树的繁花盛开，不眠不休。炼塔之巅上的灯火依然在熊熊燃烧，散发出独特的光。

无论圆缺，皆有灯火在望，无论远近，皆有灯火可亲。此时，一个可亲可敬的身影由远及近。身影在银塔与球罐、球罐与管廊之间来回穿梭、来回奔跑。有人说，那是追光的影子、追梦的影子。人影灯影交织，大海深沉梦幻。这时，本来宁静的海面突然冒起白色雾团。

啊，起雾了！子夜时分，一团巨大的雾云滚滚而来，瞬间铺满天际。云雾时而流动，时而集聚，时而回旋，时而飞散，恰如给钢铁石化城披上了白色的绸缎。

一号、二号、三号高炉，丙烯塔、吸收塔、丁烷塔包裹在重重迷雾中，光芒忽明忽暗一闪一烁。一望无际的云海，在钢城与石化城之间缓缓流淌。乳白色的云雾与烟囱里喷出的袅袅烟气交织，交融，构成一幅奇特的平流雾大观。

云涛在翻滚、升腾、奔涌、追逐，整个东海岛全都掩映在奔流的平流云海之中，湛江钢铁、中科炼化在雾海里若隐若现，宛如"天空之城"，让人产生无限的遐想。

（原载 2022 年 5 月 19 日《羊城晚报》）

补锅强

已经很久没见补锅强了，但是他在村打谷场补锅的场景如今依然在我的脑海里闪现。

记得那是个小雨初晴的清晨，我还在睡梦里，就听到了"补——锅——嘞，补——锅——嘞"的吆喝声。

那吆喝声拖着长长的腔调，飘荡在村子的上空。

我一骨碌从床上爬起来，然后三步并作两步奔向打谷场。

补锅强早已在打谷场支起风箱，架好炉子，生起炭火。

"补锅啰，生铁补锅！"补锅强抡起铁榔头，噼里啪啦一阵乱打，将生铁片砸碎，然后把碎片嵌进如小碗般大小的坩埚里……

突然，一条土狗从打谷场的草垛里蹿出来，盯着补锅强龇牙狂吠。补锅强弯腰下蹲，拾起火钳。土狗急促转头，一溜烟逃远了。

"汪、汪、汪……"孩子们踩着土狗的叫声从村头村尾聚拢过来看热闹看稀奇。几个顽皮捣蛋的小家伙围着补锅强打转起哄："补锅嘞，补锅嘞，补你爹的耳朵嘞！"

补锅强板起脸，一脸严肃，浓黑的眉毛拧成了一个结。但这些捣蛋鬼仍不知趣地向补锅强扮着鬼脸。补锅强不由心头火起，抓起火钳啪啪乱舞。几个捣蛋鬼哄的一声，吓得四处逃散。

"新锅没有旧锅光，扔了旧锅菜不香。"大人们纷纷放下手里的活计，提起穿孔、开裂、烂洞的铁锅来到打谷场。很快，打谷场便堆满了大小不一的锈疮铁锅。

村民们围着补锅强打哈哈，讲价钱，谈家长里短、生活琐事。

村民们说，过日子离不开一口铁锅，铁锅炖煮着村子的酸甜苦辣，也暗藏着村子的生活密码。

那年月，几乎家家户户都有一口大铁锅。村民如自立烟火，再穷也会买口新铁锅。铁锅通常用生铁铸成，用久了，锅底就氧化生锈，一层层脱落，最后烧成破洞。然而，就算是烧出破洞，村民仍舍不得扔掉，也不忍心扔掉。那时，村里曾流传一首顺口溜："新三年，旧三年，缝缝补补又三年。"

闲来围观的男女老幼渐渐多了起来，打谷场已变得空前热闹。

我缩着身子钻进人群，见到补锅强手持火钳，从火堆里夹出一块火炭，凑到烟嘴上，给村长黄华庚把烟点燃。然后，将一口无耳烂锅举在手里，眯着眼，对着破裂的锅底瞅来瞅去。接着将烂锅翻转倒扣在木桩上，再用小铁锤敲打漏点边缘，錾出一个梅花形的锔眼。

"嘿嘿，"我憨笑着把手伸到炉口烤一烤，"强叔，我来给你拉风箱！"

补锅强将风箱拉杆递给我，示意短程抽拉风箱。我蹲下身子，使劲地拉着风箱。风箱忽哒忽哒地把风送进炉膛，炉火越烧越旺，腾起半尺高的火苗。

趁生铁片尚未熔化，补锅强用锉刀清除铁锅上的烟渍污垢。

"呼哧，呼哧——"坩埚里生铁片逐渐熔化，熔化成一团蠕动的火焰。

"得食！"眯缝着双眼观察火候的华庚村长忽地站起身来，发出一声低吼。

话音未落，补锅强舀出滚烫的铁水，飞快摊在黑黢黢的布块上，然后，对准錾好的锔眼，用力一压，另一只饱蘸石灰浆的手则从锔眼的背面用力一顶，只听"哗啦"一声，红彤彤的铁水迅速凝固成豌豆般大小的疤痕。紧接着，补锅强徒手抓着粗砂轮打磨凸起的补疤。

之后，他又从水桶里舀一瓢水倒入锅内，试水检漏。

敲敲、挤挤、压压、锉锉……补锅强一直忙到太阳偏西，才收拾火炉离开村子。

补锅强挑起箩筐，迎着夕阳走了。他肩上那副箩筐，扁扁的，装满了风箱、板锉、凿子、坩埚等工具，看上去沉甸甸的。

"蒸谷为饭，烹谷为粥。"相传，铁器时代就出现了补锅匠，可以说，补锅匠是一个非常非常古老的行当。补锅强从小对补锅就很好奇，十二岁时就跟着高雷补锅匠肖亚铁学补锅铜盆，十六岁时便独自挑着扁担，走村串户，吆喝补锅。

"快跑荡，慢跑庄"，每到一个村庄，他就把脚步放慢，并高声吆喝。他那浑厚而有磁性的吆喝声一直缠绕在乡村的袅袅炊烟里。

在村民的心目中，补锅强是一个直肠子，措辞干脆利落，他补的锅比新买的用得还久。补锅强补锅的工价常以"照火"来计算，每点一粒铁水就叫"一照火"，补锅强究竟一天能点多少"照火"，他从来不与人说，邻居背后猜测十"照火"左右。

在我的记忆里，补锅强每天傍晚都要喝二三两乡下米酒，说是解乏，但从不喝醉，生活过得既平淡又充实。

后来，村里人的日子一天比一天好起来，什么高压锅、电饭锅、电磁锅、不粘锅、搪瓷锅、不锈钢锅等纷纷"飞"入寻常百姓家，而各家之"锅"用坏了便扔，扔了再买，如此这般，补锅的生意便逐渐冷清起来。曾经沿街沿村吆喝的补锅师傅们，大多不见了踪影。

然而，补锅强却舍不得丢弃这门手艺，毅然决然选择坚守。

"补锅佬的扁担，两头翘。"补锅强依然挑着担子去走村串巷，云补四方。他的足迹，遍及湛茂阳的村村寨寨。他那脆生生的吆喝声，已成了我脑海里挥之不去的记忆。我一直固执地认为，补锅强的火炉能把乡村生活照亮。

离开乡村后，我遇见补锅强的次数便渐渐少了。后来，有村民告诉我，补锅强已跑到镇里搭起了一间补锅铺。不管逢圩闲圩，乡亲们总能看到他在铺里敲敲打打，修修补补。

那天，我莫名想起一些往事，于是，带上一口烧破底的铝锅去拜会补锅强，追忆一下曾经过往的岁月。

斜阳下，补锅强蹲在地下画线、裁切、配底。他身后是一间逼仄的补锅铺，铺子里堆满锅碗瓢盆等杂品。铺子很窄，窄到连一只脚都插不进去，干活时，只能把脚挪到门口。然而，就是在这间逼仄的铺子里，他却不知补了多少口锅。

叮叮当当声中，补锅强已接到四口铝锅。只见他拿起一口铝锅，左右瞄上几眼，斟酌一番后，便用大剪刀将漏了的锅底剪掉，接着用羊角锤内外敲打，新锅底跟原先的锅身就在一次次的敲打声中融为一体。

"补锅底最讲究巧劲，每次剪、敲、扣、贴都要出巧力。"补锅强边说边压缝。半杆烟的工夫，铝锅就补好了。透过炉火，我发现他的脚板弯曲变形了。但他说，脚板弯曲变形算不了什么，最让他揪心的是，找不到手艺传承人，他先后带过六个徒弟，可没干多久就跑了。

"只要还有人来补锅，我就会支起火炉！"他语气喃喃，浑浊的眼里噙满了泪花。看着他眼里的泪花，我心里有说不出的滋味。

前些日子，新冠肺炎疫情多点散发，局部暴发。茂建安公司的建筑工地闻风而动，全员核酸检测、全员一线抗疫。正当战疫正酣之时，工地里那口能煮出"千碗"面条的八印大铁锅突然裂开一条缝，"滴答滴答"地漏个不停。

"此铁锅非彼铁锅！"补锅强猛地挑起箩筐，便匆匆地赶往工地。

"嘭！"补锅强一进入工地，就听到一声巨大的爆炸声。

补锅强光着膀子冲进厨房，发现半月形的灶台上安放着两口锅，一口大铁锅，一口小砂锅，此时，小砂锅里的油已经全部着火，蹿起来的火苗有一米多高。肥婆厨娘被吓得脸色苍白，嘴唇哆哆嗦嗦颤个不停。"泼水救火！"不知谁在背后泼了一盆冷水，奈何弄巧成拙，火势越烧越旺。灶台上的杂物霎时被引燃，现场浓烟滚滚。

补锅强没有片刻迟疑，徒手端起着火的砂锅就往外跑。滚烫的油火四处乱溅，噼里啪啦地溅落在他的手上，他忍住剧痛，一路狂奔，最后因砂锅的锅柄太烫，补锅强只好将锅丢在地下，然后一脚把砂锅踢飞到三米开外的沙地上……

然而，砂锅之火刚扑灭，一则关于"补锅佬补锅引发火灾"的消息就在网络上不胫而走，而且有图有真相。

补锅强用衣袖擦把汗，嘴里不停地嘟囔着："这年头，究竟谁在补锅？谁在甩锅？"

"甩得了锅，但抹不了黑！"补锅强相信真相终究会见到阳光。他二话不说，就把八印大锅架到"三脚马"上，然后用夹钳将补丁敲好，紧接着使劲拉动风箱，风箱"哗啦啦"地拉得山响，坩埚里的小铁块在炉火里逐渐熔化，化成了绯红的铁水。补锅强用泥匙舀起铁水，沿着裂缝一点点地补上，下面用泥槽托着，每补一下，锅底就冒出一缕青烟。补锅强极其专注，眼睛死死盯着破损处，一照火一照火地补，整个过程没有使用任何胶粘和焊接，全凭手工完成。

炉火越烧越旺，熊熊炉火映红了补锅强黑黝黝的脸。他额上密密麻麻的汗珠，一点点坠落在炉子里，发出"扑哧扑哧"的脆响……补锅强告诉我，这也许是他"职业生涯"里补的最后一口锅了。补锅强用锉刀一刀一刀地锉去锅上的毛刺，眼里露出一丝不舍。是的，补锅强半个世纪的坚守所诠释的，就是自己对这门老手艺的热爱和不舍。

在补锅现场，有人舀水试锅："补锅，既要补岁月，又要补世道人心。"补锅强对这句话总是似懂非懂。

太阳快落山了，补锅强收拾火炉、风箱、坩埚、尖锤与铁锅，作最后的别离。

他刚走没多远，原本晴朗的天空瞬间乌云密布，山雨欲来。趁雨还没落下，工友们赶快将他补好的八印铁锅抬到灶台上，让它延续人间烟火。

（原载 2022 年第 8 期《海外文摘》）

悬停于城乡之间

不经意间，寒风已把辛丑腊月吹到眼前。在六姑的眼里，腊月不仅仅是烟火的味道，还是一抹浓得化不开的乡愁。

乡愁点燃了归家的念想。腊八节那天，六姑彩英开着小轿车回村去煮腊八粥。那锅由糯米、桂圆、绿豆、百合、红枣等十多种食材烧成的粤式腊八粥，香喷喷，热乎乎，唤起了人们对“腊月风和意已春”景象的向往。

六姑与七婶八姨九叔围炉而坐，在烧得滚烫的炉膛旁边侃边吃，边吃边侃，从稻菽侃到农桑，从家长里短侃到人生际遇，从柴米油盐侃到星辰大海，从核酸检测侃到疫苗接种，越侃越兴奋，越侃越起劲，以至于铁锅啥时候烧煳都不知道。

晌午时分，六姑背着手到村里转转。她从村头转到村尾，又从村尾转回村头，发现一切关于村庄的记忆都被重置，一条条乡道变宽了，一栋栋房子变新了，一道道山沟也变绿了。就连曾经荒芜的镜岭也变美了，田园书屋、农耕博物馆、“烟雨竹林"民宿、乡村艺术走廊已将镜岭的过去与未来串联起来。"村子变得都不敢认了！"六姑喃喃自语。

乡村的一切都在变，唯独不变的，是村口那棵古榕树。这棵古榕树作为村子的见证者和记录者，一直默默地伫立在村口，目送村子里的光阴故事。古榕树巍峨挺拔，高大葱郁，虬曲的气根上挂下连，挂满了村子的喜怒哀乐，恩怨情仇。六姑清楚地记得，当年，她就是从古榕树出发走向远方的。

然而，让她意想不到的是，一出门就遇狂风暴雨。粗壮的雨柱顺着风斜劈下来，射得六姑睁不开眼，喘不过气。六姑在风中匍匐爬行，浑身被大雨淋湿透，像个落汤鸡。当她气喘吁吁地赶到火车站时，火车已经离站。

考虑到身上的钱不多，六姑没有出站去借炉取暖，而是在车站的椅子上睡了一宿。

总算等到剪票进站了。广播一响，人潮瞬间汹涌，六姑左冲右突，一点点向前挤。

车门一打开，乘客就一窝蜂挤进去，无奈车门窄小，都卡在门口，叽里哇啦乱叫。一些自恃身强力壮的家伙，抠住窗沿，连爬带滚钻进车厢。

六姑被如浪的人潮裹挟着推进车厢，花布手提包带被挤断，皮凉鞋的鞋帮也被挤掉。

车厢如沙丁鱼罐头，头碰头，脚碰脚，过道也被堵得水泄不通，连落脚的地方都没有，六姑被夹在车厢的连接处，左脚还被"隔壁老王"的箱子给卡住，无法挪动。

"呜——嘶——哐当——"绿皮火车徐徐启动了，但火车比想象中慢多了。火车一路"哐当哐当"，逢站必停，车一停下，又一波人潮涌进来，六姑一个趔趄，差点栽倒。

六姑慌忙抓住顶上的吊环，往上提拉。一只脚累了，就缓缓抽起来，再换另一只脚落下去……

六姑进城后，这儿走走那儿瞧瞧，看着啥都新鲜。但在城里兜兜转转了一大圈，却找不到一个落脚点，六姑只好四处去蹭吃蹭喝，后来，不知跑了多少路，流了多少汗，才找到了一家玩具厂。六姑白天去玩具厂踩缝纫机，晚上则去南海茶庄烧水泡茶。

那段日子，六姑天天都是顶着晨露出门，披着繁星回到出租屋。

出租屋异常狭小逼仄，只够放下一张床。碰上"大胡子"上门查暂住证，六姑就只好钻进床底下。

六姑在出租屋蜗居了八年。很多亲戚都说，这间简陋的出租屋既承载着六姑的心酸过往，也承载着六姑的创业梦想。是的，六姑那个近乎于天方夜谭般的梦想就是从这间出租屋里启航的。丁丑牛年，六姑凑足了两千元钱，租下了玩具厂一间闲置的伙房，开始了她的创业生涯。

赚到人生第一桶金后，她又把目光投向高远的蓝天。然而正当订单雪片般飞来之时，一场因雷电引起的大火，把厂里设备全部烧毁了，十二年的心血瞬间化为乌有。六姑望着满目的残垣断壁，欲哭无泪。

"痛过之后是重生！"六姑从残垣断壁中站起来……

后来，她在达人达己之中实现凤凰涅槃。夜里，星星一样的灯火像接到厂里的通知一样，一盏又一盏地亮起来。那灯火与天上星星融在一起，点亮了六姑思乡的眼眸。

　　按捺不住满腔乡愁，六姑连夜把八十台机器连同乡愁搬回村，建起了分厂"扶贫车间"。随后，又盖起了一幢小洋楼。

　　打那时起，六姑就像候鸟一样频繁穿梭于城乡之间，悬停于青山与绿水之上。

　　"城里有套房子，村里有个院子，人间值得！"每每谈起当下的生活，六姑总是掩不住一脸的喜悦，"居于乡野时就遥望城市，住在城里时就回望乡村。"

　　"村里已涌现一大批'两栖'农民，他们和六姑一样经常穿梭在城乡之间，过上了'城乡粘连、城乡两栖'的生活。"村长林华水一边玩手机，一边抽水烟，"进得了城，回得了乡，城乡两头睡，香吧，甜吧?！"

　　六姑的乡野小洋楼就建在古榕树旁。古榕树挂满了红灯笼，那大红灯笼点亮了年味，也点亮了乡村。

　　古榕树的前方有一湾鱼塘，鱼塘连着袂花江，江边水清树绿，白墙黛瓦；江上架了宽阔的木桥，木桥下酒旗招展，似有乡亲摇桨欲渡。趁船桨还没划动，一群顽皮的孩子点燃了鞭炮，甩在桥上，然后躲在六姑身后，捂着耳朵，等待鞭炮炸响壬寅虎年的春天……

　　　　　　　　　　　　　（原载 2022 年第 6 期《散文选刊》）

"猪肉西施"

细长的柳眉、清澈的双眸、粉嫩的樱唇、晕红的香腮、甜美的酒窝、白皙的肌肤……怎么看都像是从画里走出的美人，但她居然手持砍刀立于肉摊前，劈砍斩切，吆喝叫卖。

大砍刀身厚、背厚、两头齐。草根摄影师"按快门"怎么都想不到，几公斤重的砍刀在她细嫩的手里舞起来，竟刀风呼呼，寒光夺目。砍、剁、削……还没等"按快门"看清，她已将猪剖成两半。

紧接着，她换把剔骨刀，三下五除二把小里脊肉剔下，随后，用力一掰，整块猪后腿便从白条猪上脱开。

"刀要顺着关节走！"她找准猪大腿的关节，一刀下去就将整个猪蹄髈卸下。

刺、撩、扫、挑……她手上的剔骨刀灵活穿梭在关节与关节、骨骼与骨骼之间，颇有"庖丁解猪"的味道。

刀刀直击关节，刀刀直挑筋骨。她手上的剔骨刀时快时慢，时深时浅，精确割下前腿、后腿、五花和里脊……整个分割过程行云流水，一气呵成。

很多人都说，叶梓涵的刀快稳准，已得到父亲的真传。是的，叶梓涵属于女承父业，她父亲一直是江城屠宰场首席执刀手，她父亲有句口头禅："刀子舞得好，不愁没人找。"起初，她本想仗剑走天涯，奈何剑断石门桥，最后只好回乡跟随父亲割猪肉卖猪肉。叶梓涵是个左撇子，割肉切肉习惯用左手，多年的卖猪肉生涯让她的左胳膊看起来要比右胳膊粗上一圈。她左胳膊上有道疤痕，是当年跟随父亲练刀时留下的。她说："每到冬季，旧伤口总会隐隐作痛。"多年的卖猪肉生涯外练刀功，内练眼力。如今，她只需要扫一眼，就知道排骨、胫骨、跗骨和跖骨的关节在哪里。更让人拍案叫好的是，她那"一刀准"的功夫，一块肉多少斤两，一刀就准。

又美又飒又准！她常登上热搜，火爆网络，被网友昵称为"猪肉西施"……

肢解下来的肋排、肋条和五花肉全被挂上铁钩，红色灯影下，五花肉显得通红透亮，润泽有致。

"要肋排吗？好嘞！""猪肉西施"手腕一甩，大力一挥，砧板哐哐一响，肋排即被剁开。

趁忙碌交易的间歇，她抬手掠一掠耳边的鬓发，擦一擦额间的汗水，嘻嘻笑了笑："哈哈，网红，出圈，猪肉西施……"草根摄影师"按快门"掏出单反相机，对着"猪肉西施"一顿狂拍。

"猪肉西施"举刀挡着他的镜头，喊道："我允许你拍照了吗？"

"对不起，我……我发觉我多了一个坏习惯，看见美女总想偷偷拍下来……"

"猪肉西施"上下打量着这位草根摄影师，之后，佯装嗔怒地说："拍照可以，但得先买二十斤猪肉。""即时成交，即时刷微信！""按快门"高兴得像麻雀那样跳跃起来。

"咔咔咔……"他拿着相机，拼命地狂拍："怎么看怎么好看，你该是误入凡尘的仙子吧？！"

"猪肉西施"莞尔一笑，脸上多日的阴霾终于一扫而净了。

前些日子，市场刮起了一股"黑旋风"，所有摊档、摊位全被"炭仔黑"暴力垄断。"炭仔黑"有一个杀气腾腾的诨名叫"劏猪新"，"劏"在广东乃"宰杀"之意。"劏猪新"为人彪悍凶狠，打斗中曾被削掉两个指头……

"我的地盘我做主"，2018年，"劏猪新"开始插手肉食经营。他纠集"大耳王""单眼七""猪公森""鸡头强"成立"地下执法队"，凶恶袭击屠宰户，肆意火烧菜市场，非法查扣运猪车。在江城那一带，商户要经营肉食，就得在肉上盖上"劏猪新"蓝色条形章，遇到不从者，二话不说拿刀就砍……

"劏猪新"还发布一条"禁令"："绝不让外地的'一头猪、一根骨、一片肉'进入江城。"

叶父听不懂黑语，仍跟"灰狗"去玉林、湘潭、泸洲采购生猪。"劏猪新"到摊位前警告他。叶父抗议了一句，却遭到一顿毒打，当时，"劁猪新"拿一根鱼钩挂着生猪肉，逼迫叶父吞至喉咙，然后，又硬硬从喉咙里拖出来……

一时间，整座市场被厚厚的雾霾所笼罩。"猪肉西施"更是遭遇黑风双煞。

一个月黑风高的夜晚，"劁猪新"将叶父绑到一个河沟里，威逼交出屠宰场的地契，叶父拼死与"劁猪新"搏斗，结果被拖入土坑活埋，危急关头，一阵尖利的警笛声破空而来，其中还夹杂着急救车的呜咽声。

这一夜，"猪肉西施"心间滚跳，辗转难眠。

"黑夜给了我黑色的眼睛，我却用它追寻光明。""猪肉西施"在微博平台留下一段治愈系文字。

没过多久，江城就"硬核"亮剑。黑色长剑挟裹无尽剑气，横扫一切黑恶势力。

笼罩在档主头顶的阴霾渐渐散去，档主终于露出了久违的笑容，"猪肉西施"却激动地哭红了眼。

"以前哭着哭着就笑了，现在笑着笑着就哭了。""猪肉西施"拾掇心情再出摊。出摊前，"猪肉西施"对镜画眉、施粉、涂唇……她说："用最美好的样子去迎接新的开始，这是对生活最好回馈。"

梨涡浅笑，樱唇溢翠，香腮微晕，吐气如兰，让人不忍多看，生怕目光会把她的梨涡刺穿。曾有新档主怀疑过，她应是哪位素颜艺人出来体验生活的，只有那些老档主知道，她是一步一步从肉摊上成长起来的"网红"。

"一个网红绝色美女拿起屠刀是什么样子？柔中带刚，刚柔并济！"草根摄影师"按快门"再一轮狂拍。

得知草根摄影师喜欢吃猪蹄，"猪肉西施"二话不说拿起小刀噌噌噌把蹄毛刮干净，然后，往砧板上一摔，再挥动大砍刀，把猪蹄剁成碎块。她手里的刀剁得飞快，眼力稍微差一点都看不清她的样子。

草根摄影师"按快门"看得目不转睛，舍不得眨眼，唯恐错过精彩的每一秒。"你持刀砍肉的样子真美！"

她听到这话，扑哧一声笑了，露出两排碎玉似的洁白牙齿。

"你的笑容可以照亮生活！"

她咧开的嘴角挂着浅浅的微笑，那浅浅的微笑，像一朵盛开的玫瑰花，使摊主感到亲切，使顾客感到愉悦。十里八乡的小伙子宁可多绕几道梁、多穿几道沟、多拐几道弯来叶梓涵的摊档买肉，就为了一睹她的芳容，感染她的笑。临别时，草根摄影师递给她一块粉色小手绢，然后轻声问："仙女，可以加个微信吗？"

（2021 年 10 月 26 日）

仰望历史星空

欲知大道，必先学史。能以《湛江通史》执行主编之名去聆听湛江的历史回声，去触摸湛江的历史体温，去感受湛江的历史脉动，是一种幸运，更是一种荣耀。

湛江地处大陆之南，南海之滨，海角之尾，自古以来就是一块风水宝地。数千年来，生活在这片土地上的一代又一代湛江人，开阡陌，耕海田，建村落，兴城镇，将蛮瘴之地建成美丽富饶的家园。可以说，湛江的历史就是一部波澜壮阔的生存史、奋斗史、发展史。

在编撰《湛江通史》的过程中，我感受到一种强烈的震撼，这种震撼源于对这座城市命运的一种感应，源于深藏在半岛深处的风雷，更源于对这片土地的深沉的热爱。

湛江历史悠久，人文荟萃，文化底蕴厚重。涌现出陈文玉、邓宗龄、陈瑸、黎正、陈昌齐、林召棠、陈兰彬、陈乔森、黄学增、张炎等一批名贤俊杰，他们的故事至今仍被人们所传颂。

在编撰过程中，我与历史进行了"历史对话"，与天地进行了"天地对话"，也与这些名贤俊杰进行了"灵魂对话"。名贤俊杰的励志故事深深地激励着我，让我的灵魂接受一次又一次的洗礼，也让我深深地懂得了"家国情怀"四个字的分量。

湛江的历史壮阔，历程壮阔，山水也壮阔。从八千年前遂溪县江洪镇鲤鱼墩人揭开湛江历史帷幕，到公元前 111 年汉置合浦郡徐闻县；从汉代徐闻港扬帆海上丝绸之路，到宋代"雷州窑"畅销海内外；从雷州得名之始，到湛江立名至今；从遂溪抗法战争的壮怀激烈，到南路革命点燃星星之火；从支援渡海作战解放海南岛，到军民齐心建造港口、筑库开河；从列入全国首批沿海开放城市，到全力建设省域副中心城市、加快打造现代化沿海经济带重要发展极，每一页都是那么波澜壮阔。在编撰《湛江通史》的过程中，我的第三种感受就是感动。这种感动源自于壮阔历史里感人的历史事件、历史人物和历史故事；源自于湛江当下火热的生活，火热的振兴发展图景；也源自于编撰现场发生的感人故事。为编好《湛江通史》，很多专家学者都倾尽所学，以"不畏前人畏后人"的历史责任感投身到编撰工作中去。他们站在历史与现实相结合的高度，准确地叙述了自古至今湛江波澜壮阔、丰富多彩的历史，清晰地勾画出湛江历史肌理和发展规律。主编、执行主编先后主持召开了五次征求意见会和十九次集中讨论改稿会，并潜心三个月时间对全书进行修改、把关。主编大到事件人物篇章体例，小到引文、词句、语言，甚至标点符号，都与专家学者一起反复斟酌推敲。

他们这种"面壁图破壁"的编史治学精神让我在感动中传播感动。

《湛江通史》一套共三册，全面展示了湛江地区缘起演变和先民肇始以来绵延不断的文明传承，内容涵盖政治、经济、军事、社会、文化乃至地理气候、海洋贸易、饮食习俗、宗教信仰、风土人情、民间艺术、民俗风貌等诸多领域。在编撰时，我的历史自豪感、民族自豪感、家园自豪感直线上升。

编撰这套丛书，我仿佛踏上了时空的穿梭机，畅享了一次盛况空前的精神大餐。

通史的核心是一个"通"字，通古今，通时空，通精神。沟通古今，贯通古今，融通古今。古今历史向我们昭示着岁月，岁月也向我们昭示出湛江是一个有奇迹发生的地方，也是能创造奇迹的地方。

只有以深邃的历史之思，方能洞悉时代前进之路。如今，湛江已进入全面振兴的历史时期，故此，我们更需从湛江这片历史星空中采集瑞气，吸取精髓，抒写伟大时代新史诗，同时将至真至深的家国情怀，深深植入湛江大地，把"知我湛江、爱我湛江、建我湛江"融入不懈奋斗之中，让"你的名字"在湛江的历史星空闪耀。

（编撰《湛江通史》散记）

红婵一跳惊天下

满分！满分！满分！全红婵用惊世一跳创造了"核爆"般的传奇。

2021 年，北京时间 8 月 5 日下午，全红婵神色淡定，走向十米跳台。她知道，这是世界跳水界最高跳台，这个跳台有着"世界屋脊"般的高度。

"向前翻腾三周半屈体。"全红婵凌空一跃，翻腾，入水，像流星在东京上空划过。动作干净利落，如行云流水。身如灵燕舞动，心如轻羽飞扬。全红婵第一跳就扼住了命运的水花。

又轮到全红婵上场了，这位来自湛江迈合村的姑娘异常镇定，表现出与年龄不符的沉着冷静。只见全红婵轻舒双臂，轻抬双手，轻舞身姿，接着"冲天一跃"，飞向碧空。那一瞬间，她那轻盈的身姿犹如灵燕一般，自由轻盈地飞舞。

熏风吹过，全红婵双手抱腿把自己卷成一个球，急速翻腾旋转，动作疾如流星，快如闪电，让人看不清她的脸，只见一个灵妙的身躯在空中飘飞。

还没等"水精灵"开口，她已经将双肩打开，脖子拉长，腰杆挺起，然后将手指、脚趾绷直，绷成一条直线，笔直笔直地插入水中，"哧"的一声，池面只溅起一丝水花……

"啊，水花消失术！"

现场爆发雷鸣般的掌声。

跃起似鸿飞，入水如针坠。全红婵史诗级一跳震撼东京，惊艳世界。现场七位裁判齐刷刷给出满分。

一时间，全世界都把目光集中在全红婵身上。在世人眼里，全红婵是一个爱吃辣条的乡村小姑娘。村里人记得，村里过年唱戏，她就在戏台下翻跟斗。

站在世界最高跳台上，全红婵显得那么渺小，但人们万万没有想到，她那小小的身躯里竟藏着如此坚强的灵魂，藏着如此神奇的跳水秘籍。全红婵的跳水秘籍里密密麻麻地写满"练"字。她每天从日出练到日落，从日落练到月升，一个动作陆上反复跳二百次，水上跳一百二十次。她相信，一个动作重复上百遍，身体就会有肌肉记忆。无论是在市队、省队、国家队，全红婵都是跳得最高、跳得最快、练得最多的运动员。她说："每次跳下去，感觉都很爽！"

一头扎进水中的感觉的确好爽，但全红婵也有悲闷的时候，奥运选拔赛，"207C"（向后翻腾三周半抱膝）把她吓哭了。后来，她日夜苦练"207C"，但奥运会跳台预赛，她还是跳砸了。"207C"几乎成了枚定时炸弹，随时爆炸。又轮到全红婵出场

高節清風曾見

鉌初秋

了，她的第三跳依然是"207C"。起跳前，现场所有人都屏住了呼吸，奇怪的是，全红婵丝毫不怯场，她凌空一跃，笔直如轻盈的箭插入池中，水面微微扬起波澜。这一惊险之跳竟也跳出了接近满分的成绩。

比赛一轮接一轮，观众的欢呼声也一浪高过一浪，但她始终沉静自若，不疾不徐。

只见她双掌撑地，双腿并拢绷直，直刺天空。紧接着一个"燕子摆尾"，便翻腾而下。飞身，翻腾，转体，全红婵在空中展示出教科书般的"燕子飞"。随后，含胸拔背，展直身体，夹紧双腿，"哧溜"一下插入碧波之中，水花几乎为零。入水瞬间，全场顿时沸腾起来。

有网友直呼："太牛了！我往水里扔个硬币都比她水花大吧！"外国网友也不禁发出惊叹："这一跳连宇宙都会为之流泪。"腾空翻转轻如燕，入水压花花不见。

全红婵以难度 3.2 的倒立动作，再次消灭水花，再次上演满分级别的神奇一跳。

在池边略做调息之后，全红婵再次走向东京奥运最高跳台。此刻，时间仿佛凝固了一般，四周静悄悄的，连根针掉水里都听得见。人们屏住气，静静地等待全红婵第五跳。

全红婵抖抖手，抖抖腿，深呼吸。看着全红婵做深呼吸的样子，整个现场鸦雀无声，观众紧张到几乎不敢呼吸。

在亿万观众瞩目中，全红婵纵身一跃，径直从台上跳下……此刻，场上的目光已幻化成云，轻盈地将她托起，衬着蓝天碧水，酷似仙女下凡，仙气逼人。

　　"向后翻腾一周半，同时伴随着旋风般空中转体两周！"全红婵犹如"凌波仙子"一般起舞，还没等观众缓过神，就绷紧绷直躯干，夹紧夹实双腿，以楔形姿势扎入水中，几股清澈的小水花拥簇着这位从天而降的"凌波仙子"。

　　入水后，全红婵水下转身，动作飞一般地丝滑，宛如"水中仙子"，如梦如幻，美妙动人。

　　"别人跳水是'扑通'一声，你是'哧溜'一下！"网友隔屏叫绝。

　　又难、又稳、又准、又轻、又飒！全红婵再次以史诗级一跳征服裁判，征服世界，满分！满分！满分！现场一片欢呼。最终，全红婵以466.02分强势夺冠。整套动作477分，全红婵居然跳了466.02分，那是神一样的存在！夺冠那一刻，迈合村彻底沸腾了，欢呼声潮水般漫过戏台、祠堂、村庄……

　　五个动作，三个满分！全红婵跳出人类奥运史上女子十米跳台最高纪录。

　　有网友戏说："鱼参加比赛都达不到这个分数。"难怪有人说，全红婵简直就是为跳水而生的。她步态轻盈，关节匀称，身形修长，手形如锥，身体韧性好，爆发力强，堪称是百年难得一遇的跳水奇才！她七岁才开始练习跳水，十四岁就站上了奥运跳水之巅，这不能不说是一个奇迹。

　　自古英雄出少年。全红婵用"惊世三跳"创下了一个属于湛江、属于中国、属于世界的奥运神话。

全红婵登顶的那一刻，人们就给她贴上"出道即巅峰"的标签，但她一脸平静："一切才刚刚开始……"

（原载 2021 年第 12 期《散文选刊》）

湛江，一座连鸟儿都眷恋的城市

数不清的红嘴鸥在湛江湾低空滑翔；数不清的青脚鹬在红树林追逐嬉戏；数不清的禾花雀在美燕坡盘旋舞蹈；数不清的栗喉蜂虎鸟在高炉边婉转鸣叫……

啊！百万候鸟飞湛江，珍稀水禽闹湛江，湛江无意间成了"候鸟之城""留鸟之都"。

一

"噢——噢——噢——"一群嘴红脚红的鸥鸟在湛江湾上空盘旋、鸣叫，那悦耳的叫声里含有隐秘的欢愉。

太阳渐渐地升起来了，金色的阳光洒在海面上，波光粼粼，鸥影如云。"噢噢！"一只鸥鸟在云霞里拍打着洁白的翅膀。它不时调整飞翔的姿势与速度，突然"嗖"的一声扎进水里，叼到鱼后瞬即腾空而起，接着，用力把鱼甩到空中，随后"空中转体"，张口啄住鱼头，顺溜咽下去……

"噢，是红嘴鸥！红嘴鸥又回来了！"人们振臂高呼。

红嘴鸥南归湛江湾，惊艳了一湾碧水，也惊艳了一城目光。

"康康……康康……"红帽子志愿者邱秋萍一边呼唤着红嘴鸥的乳名，一边向天空抛撒面包。刹那间，红嘴鸥们像箭一样俯冲过去，然后腾起，旋转，灵巧地衔住"空中之食"。它们那轻灵娴熟的动作，就像"舞的精灵"。

"咯咯咯……"一只眼明嘴快的红嘴鸥扇动着翅膀，扑棱过去，并以迅雷不及掩耳之势叼走邱秋萍手中的面包，"咯咯咯"飞离而去。看着鸟儿远去的身影，邱秋萍笑得花枝乱颤、前仰后合。红嘴鸥饱食之后，又向下俯冲，飞落到邱秋萍的肩上，不停地用嘴啄她的脖子、头发。随后，又发出"噢噢"的鸥叫声。我不懂鸟语，不知道它在讲什么，但我揣测，红嘴鸥也许是在讲述着"湛江与鸟"的故事。

那清脆的鸟语也许大海能听懂，军舰能听懂，"鸟姐"邱秋萍也能听懂。

邱秋萍清楚地记得，1998 年冬，潮水涨得很猛，滚滚涛声似惊雷，把湛江唤醒。邱秋萍踏着阵阵涛声，一路东去。

正午时分，邱秋萍独自在渔船船舷上听涛，忽然发现前方飞来一群不知名的海鸟。这些鸟嘴红脚红尾黑身子白，高飞时，翩翩犹如白衣仙子。

初来乍到，它们只敢盘旋空中或悬停树顶，有食物散落，就俯冲下来，叼住后，呼一口粗气，迅速拉升。

它们那黑溜溜的眼珠"滴溜溜"地转，时刻保持警惕。

邱秋萍试着将面包抛向空中，一只胆子大的红嘴鸥顿时从水面跃向空中，瞬间将"空中之食"叼住。

"唧唧！"这只红嘴鸥一声啼叫，便引燃了海湾众鸟的欢鸣，一时间，成千上万只红嘴鸥腾空而起，振翅高飞。

于是，更多的游人参与到喂食中来，很快，霞山观海长廊附近的面包店、副食店被买空。人们开始奔走相告，消息迅速传遍十里军港。

人们在惊喜之余，也疑惑这是什么鸟，来自何方，又去往何地。后来，人们从"小鸟写给湛江的一封信"中得知，这些鸟全是从西伯利亚飞来的红嘴鸥。

等不到周末，湛江数百名"红帽子"志愿者就组织了"挽留红嘴鸥"行动，抛食喂鸥。

志愿者将手中的面包、饼干、蛋糕抛向天空，红嘴鸥便鼓翅飞跃，上下翻飞，争相抢食，准确地将食物叼进嘴里。它们叼食的精准度就像通过"云计算"一样，分秒不差，令人瞠目结舌。众多市民也自发到观海长廊投料喂食，与鸥同乐。渐渐地，这些"红精灵"没了初来时的羞涩与紧张，没了初识时的恐惧感和陌生感。彼此的距离越靠越近，越拉越紧。

接纳，包容，呵护，随性……红嘴鸥与湛江结下了牢不可破的情缘。

二十多年来，红嘴鸥始终坚守飞翔的信仰，用翅膀为湛江投票。有人说，红嘴鸥平均寿命仅为三十二年。但它已经守望湛江二十三年。换句话来说，它是用大半生来爱着湛江。

幻变的世界，不变的情缘！湛江人对红嘴鸥的深情呵护始终如一，未曾改变。二十多年来，湛江人都在用善意和微笑点亮红嘴鸥的生活，演绎出无数温情的故事。

每到冬季，湛江都会备足优质的鸥粮，盛情款待红嘴鸥。与此同时，湛江还动用移动式防疫车，对红嘴鸥的栖息地、觅食地，进行清洁、消杀。

红嘴鸥前脚掌一着地，市民便呼朋唤友前去相见，或投食，或拍照，或欢呼。

红嘴鸥曾是邱秋萍最大的牵挂。每年冬季，她都会步行数十里，从麻章赶到霞山，与红嘴鸥亲密接触，上演一场穿越时空之恋。

一次台风过后，邱秋萍在观海长廊见到两只摔伤的红嘴鸥，便将其带回家包扎、敷药，并到麻章圩买回小鱼小虾喂养。放飞的那天，两只红嘴鸥在天空盘旋三圈后，又倏然飞回邱秋萍身边，温存地磨蹭着……

停泊在海港深处的军舰，也有一份无需言说的海鸥情。一见到红嘴鸥在码头聚集时，战士们总会将哨声和口号声放低。夕阳西下时，战士们还把吃剩的饭菜放在岸边，等待红嘴鸥前来觅食……

二

鸟鸣唤醒了清晨，唤醒了湛江湾，也唤醒了湛江红树林保护区。

"咕嘟——嘟""咕嘟——嘟"，红嘴鸥、黑嘴鸥、黑脸琵鹭迎着晨阳在树林间跳跃，展翅，昂首，翘尾，极尽其美。

太阳渐渐地升高了，万道霞光照亮了红树枝头。我和护鸟员田莉吸着清新而湿润的空气，迈步向红树林深处走去。

林子深处，四周全是浓密的树木，秋茄、木榄、红海榄交织成巨大的帷帐，为鸟儿撑起了一片天空。

田莉说，这片红树林有很好听的名字，叫"鹭鸟天堂"，里面栖息着非常多的野生鸟类。

我们一路走，鸟鸣声一路跟随。一群红的、白的、黑的、花的鸟儿在红树林里跳来跳去，"唧唧啾啾""咿呀咿呀"地叫，鸟鸣声此起彼伏，一阵高过一阵，清脆的鸟鸣声给红树林带来了一片喧闹，带来了无限生机。

鸟鸣声、潮水声交织在一起，薄雾、人影包裹在一块，清幽而淡远。

田莉林中拍掌，众鸟顿时腾起，鸣声悠远。红嘴蓝鹊、黑脸噪鹛、褐翅鸦鹃、白胸鹊鸟都不约而同地振翅翻飞，横翔竖降，激水扬波。

潮水渐渐退去，红树林那湿漉漉的树干一节节地裸露出来。忽然，红树林里悠悠地荡出白点、红点、黑点，一只、两只、三只，很快是密密匝匝一大群，啊，是珍稀水禽出来了！

勺嘴鹬出来了，青脚鹬出来了，白眉雕也出来了，它们悠闲地迈动长腿，在浅海滩涂上嬉戏、觅食、梳羽，尽享湛江的秋光。

黑脸琵鹭左脚套着色环，右脚套着脚环。它们来回跑动，汤匙般的长嘴不停点入泥滩，过了不久，就叼起了一条鱼，接着，喙部一张一合，便把整条鱼吞了下去，动作娴熟而优雅。

自小听着黑脸琵鹭叫声长大的田莉，对黑脸琵鹭有着特别的感情。她清楚地记得，2016 年秋，十只黑脸琵鹭在红树林边惨遭偷鸟贼毒害，血流不止。田莉立即对黑脸琵鹭进行包扎，止血。但黑脸琵鹭突然挣脱布条，扬起锋利的鸟翅，刺向她的左臂，血顿时从臂上流下来。她强忍着痛，直到将黑脸琵鹭包扎完后，才赶去医院诊疗。

后来，田莉给黑脸琵鹭戴上脚环，放归蓝天。看到这些黑脸琵鹭腾起时，她喜极而泣。

日落时分，潮水退至最低点，浅海滩涂更为广阔，前来觅食的珍稀水鸟愈加增多。它们时而戏水梳妆，时而玩耍嬉戏，偶尔，流线型的翅尖掠过平静的海面，在红树丛中舞动轻盈的美。

这时，不少鸟友举起相机，"咔嚓""咔嚓"连拍，水鸟似乎也习惯了，并没有受到惊扰。

大海如明镜一般，清晰地映照出蓝天、白云、飞鸟。

红的花、绿的树、白的云、飞翔的鸟儿，这是一幅多美的画面。望着一只只展翅高飞的水鸟，我的心好像也随之飞了起来。

三

候鸟是大自然寄给湛江的请柬。正当北国秋风萧瑟之时，一群衔着"红色请柬"的禾花雀就翻越千山万水，直飞南国湛江，飞抵兰石古镇。

兰石镇水稻多、水田多、水塘多，自古就是禾花雀的栖息地。每逢水稻扬花、麦子灌浆季节，大批禾花雀就会落到稻田间觅食。禾花雀形似麻雀，雄鸟头顶、背为栗色，胸部铺满橙黄色的羽毛。有人说，那是大片橙黄色稻子在胸部的投影。20世纪50年代，飞往兰石的禾花雀不计其数。每到黄昏，全镇举目之处皆鸟影。漫天飞舞的禾花雀成了几代兰石人的集体记忆。

兰石人说起禾花雀总会提起"庄园主放飞"的传说。

相传很久很久以前，兰石有一庄园主特别爱鸟。一天，他的儿子从集市里买回几只活鸟，准备活宰。正当明晃晃的菜刀高高举起之时，一只毛色异样的鸟发出凄惨的叫声。庄园主大喝一声："刀下留鸟！"在问清事情的来龙去脉之后，即打开鸟笼，让鸟儿重回蓝天。鸟儿逃出牢笼后，并没有飞去，只是绕着庄园主叫，嘴里似乎在嘟囔着什么。庄园主感觉忽然听懂了鸟的语言，随即在黄绸布上写下两行字："劝君莫打枝头鸟，子在巢中望母归。"

鸟儿系上黄绸布后，清晨起飞，洒下一片霞光。

过了一段日子，鸟儿又飞回村里，落在榕树树顶上，"吱吱喳喳"叫个不停。听见树上的鸟叫声，猎人即举起枪，装弹，瞄准……

这情景让正在田间放牛的牧童看见了，大喊："鸟的身上有字！"

猎人大字不识一个，也听不懂孩子们说的话。于是，再次举起猎枪，瞄准了那只鸟。

就在扳机即将扣动的那一刻，庄园主如救星般从天而降。庄园主合掌朝鸟深深一躬，然后厉声呵斥："鸟是上天派来的使者，万万不可驱赶、射杀。"

猎人不由自主地放下猎枪，讪讪地走远了。后来，这位猎人化身为护鸟员，守护鸟类的家园。

"春去花还在，人来鸟不惊。"那一年秋天，南粤大地发生了百年一遇的蝗灾，蝗虫所到之处，庄稼被毁，颗粒无收。电白、化州、吴川一带纷纷告急。就在庄稼人仰天长叹之时，禾花雀排成长阵直飞兰石三角坡，一见到蝗虫即用脚按住，然后咬在嘴里嘎嘣脆……

人爱鸟，鸟爱人，人鸟情相通。兰石人为感禾花雀"灭蝗"之功，每年秋收后，都在稻田的右角留下百株稻禾，当作禾花雀的越冬口粮。自此，稻田留禾成了兰石一种地方习俗。

数百年来，兰石与禾花雀结下了难以割舍、相互笃定的情缘。兰石因禾花雀而名动省城，禾花雀也因兰石而香飘万里。

然而，不知从何时起，这种体形娇小的鸟类被食客冠以"天上人参"的美誉，贴上了"补肾壮阳"的标签。

"宁吃天上飞一两，不食地上走半斤。"许多食客都把目光锁定在禾花雀身上。

一到鸟季，食客们从四面八方"飞"到兰石，吃禾花雀。白灼、铁板、椒盐、烧烤，兰石一时兴起以吃禾花雀为主的宴席。

面对餐桌上散发出的诱人香气，食客们不会想象禾花雀生时是多么活泼美丽，档主们也不会想象禾花雀生时是多么伶俐可爱。

推杯换盏间，食客大啖禾花雀，坚称禾花雀是食稻谷的害鸟，必须吃之。食用禾花雀渐渐成为一种奢侈消费和炫耀财力的象征。

一时间，捕杀禾花雀的行动如野火般蔓延，高州、化州、雷州纷纷布下天罗地网，捕猎禾花雀渐渐成了一门产业。

李三伟是兰石捕鸟道上的老手，他有一手模仿鸟叫的鸟哨绝技，可模仿四十多种鸟叫声。

李三伟对禾花雀的记忆极其复杂，既有川流不息的雀鸟市，也有万人空巷的食雀场景。

"每当看到禾花雀如乌云般掠过天空时，我就仿佛听到了

'天上落金子'的声音。"

入夜，李三伟在兰石美燕坡支起一张硕大的捕鸟网。三更过后，他点燃鞭炮，敲响锣鼓。震耳欲聋的鞭炮声、锣鼓声划破了天空的寂静。在坡上酣睡的禾花雀被吓得抱头乱窜。结果，噗噗撞入网中，头和翅膀被网卡住，"粘"着动弹不得。

收网时，网里全是鸟影鸟声。那些蜷缩在网兜里的禾花雀，密密麻麻，挨挨挤挤。李三伟说，那时，拾鸟都拾到手软……

子规半夜犹啼血，无奈春风唤不回。20世纪90年代，禾花雀在兰石镇遭到灭绝式捕杀。短短十多年间，禾花雀经历了从"近危""易危""濒危"到"极危"的等级调频，离"野外灭绝"只剩一步之遥。

英国哲学家杰里米·边沁说过："动物与人类一样，同有血肉，同感苦乐，同俱亲属，同解趋避，思及于此，何忍加害。"2001年，禾花雀被列入省重点保护野生动物名录，兰石雷霆出击，剑指非法猎捕！

李三伟原本以为捕鸟不算事，于是，重操旧业，继续在美燕坡设"天罗地网"。然而，让李三伟万万想不到的是，他因大量猎捕禾花雀而被检察机关提起诉讼，最终坠入"法网"。

减刑假释后，李三伟"金盆洗手"，一把火烧掉鸟网。李三伟扳手指数了数自己几十年捕过、吃过的禾花雀："我杀孽太重了！"

后来，李三伟自我救赎，转身变成护鸟员。十多年来，李三伟坚守兰石古镇，守候着南来北往的禾花雀。他用自己的鸟语，与禾花雀交流，引禾花雀驻足……李三伟的坚守感染了身边所有人，他十六岁的女儿每周放学回家，第一件事就是看鸟喂鸟。也许是对鸟一往情深，她常穿白衫白裤，习摹鸟的形态，久而久之，走路时亦如禾花雀般优雅。

经历了失鸟之痛的兰石镇更加懂得鸟之珍贵。全镇除了高位推进山水林田湖草系统治理外，还启动"人鸟"和谐机制，划出多处田地，作为禾花雀觅食区。村民只种不收，将水稻、白菜留在田地里，给鸟儿当"口粮"……

又到了稻谷飘香的日子，曾一度销声匿迹的禾花雀又飞回来了。

它们在清风朗朗的晨光中，上下翻飞，轻盈地划过万重稻香，站立在电线杆上，"唧唧啾啾"，呢喃久别重逢的思念。清风吹过，稻浪翻滚。禾花雀倏地飞落田间，啄起谷稻。一些胆子大的禾花雀在田间游憩，跳跃，摆出一副旁若无人、悠然自得的样子。

傍晚时分，外出觅食的禾花雀成群飞回来，它们在美燕坡上空飞舞，鸣叫，不时变换着各种飞行姿态。

望着那灵动、曼妙、熟悉的身影，李三伟有说不出的兴奋。禾花雀绕着美燕坡飞翔几圈后，群起而落，齐刷刷降落坡上，重现了万鸟齐飞、万鸟投林的盛景。

四

行走在中科大道上，我们听见一阵阵鸟叫声，抬头望去，一群白鹭由远及近，飞至木棉树上，叽叽喳喳叫个不停，好像在商量什么事情，又好像在呼朋唤友。

过了一会儿，又有几行鹭鸟如约而至，它们还没来得及抖落雨露，就引颈长鸣，"嘎嘎"之声响遍厂区。

厂区内银塔林立，管廊纵横，油罐成群。密密麻麻的银塔、油罐在阳光的照射下泛着银色之光。突然，油罐处传来了一阵欢呼声。放眼望去，但见银塔旁站满了鹭鸟，白色的、灰色的、褐色的，密密麻麻。它们无忧无虑地追逐、嬉戏、闹腾……如果不是人在现场，真的难以置信这是在炼油厂里看到的景象。

银塔旁有一片小树林，树枝上密密地点缀着一片片白点。

我随"老石化"欧先强钻到树底下才发现，这些白点竟是一只只"鸟中仙子"。树的枝丫上挂着几十只鸟窝，鸟窝里有好多雏鸟。

树枝上的白鹭一见老欧，就有节奏地伸缩着脖子，"咯咯咯"地与老欧打招呼。

老欧指着枝丫间的鸟窝说："那窝白鹭是刚孵化出来的。"

我抬眼望去，但见一雌鹭正站在窝沿，用自己丰满的羽毛和体温呵护雏鸟。海风吹过，雌鹭身形一颤，然后扇动双翅盖住雏鸟……

正午时分，成群的白鹭振翅飞翔，飞向海边，飞向与中科炼化仅一墙之隔的湛江钢铁厂。

钢铁厂内高炉耸立，储罐列阵，机泵密布，管道纵横。中央控制室旁种有小叶榕、簕杜鹃、异木棉和月季花。月季花正迎风盛开，而且一朵比一朵艳，一朵比一朵美。白鹭一飞抵钢铁厂，就在厂区空旷湿地上昂首、翘尾、展翅、起舞，极尽其美。

不一会儿，又飞来两只栗喉蜂虎鸟。

栗喉蜂虎鸟全身闪烁着艳丽的光泽。

栗喉蜂虎鸟扑棱着翅膀，伸长脖子，啄起一只蜘蛛，然后调整飞行姿态，飞到树上，将蜘蛛喂给雏鸟……

秋阳下，金色的炉台、银色的储罐、碧绿的湖水、洁白的白鹭与栗红的栗喉蜂虎鸟融在一起，构成了一幅饱蘸生命活力的绝美画卷。

五

鸟儿飞过的四季是春风十里般的秘境湛江。

湛江的确是一个"隐秘的角落"，它有神秘的海岛、神秘的峡谷、神秘的湖泊和神秘的鸟道。

每到鸟类迁徙季节，大量候鸟和旅鸟就会沿着这条神秘的鸟道涌向湛江。湛江的高空、林间、河道、海岛、湿地、庭院几乎都留下候鸟的身影。立秋过后，湛江就变成了一个巨大的鸟巢，万鸟翔集，如同在开一场世界鸟类大会。彩鹳、勺嘴鹬、小青脚鹬、中华凤头燕鸥都曾在"湛江鸟语大会"上"发表演讲"。统计数据显示，到湛江"参会"的鸟类已达二百六十多种。

"年年相见欢，候鸟相与还。"如果将候鸟"出差"的线路图标记出来，恐怕湛江已成为"候鸟的国际会议中心"。

有人说，很多鸟儿一出生，就将隐秘的湛江融入基因里，知道湛江湾是它们"远方的家"。湛江也早已把候鸟当成"家里人"互相帮衬，彼此守护。

这些来自远方的候鸟、旅鸟、猛禽给隐秘的湛江带来了灵动的风景和无限的遐想。

鸟有美喉，发生命之声。走在湛江神秘的"鸟道"上，可以感受到这座城市对鸟儿的态度，更可以让心像鸟儿一样自由自在地翱翔。

（2021 年 8 月 21 日）

野树茶姑

    与茶姑蒋春盈对望一眼，我就预感到福鼎方家山白茶园的遇见，定然美好！

    蒋春盈脚下粘着泥土，脸上化着淡妆，眼神清澈如水，透着一股子灵气，微扬的嘴角带着甜甜的笑。

    夏风夹带着泥土的气息拂过，蒋春盈迎风盘坐在蒲团之上，倾身于茶案之间。

    烧水烹茶！她砂铫掏水，泥炉起火。泥炉里面的火苗越烧越旺，舔红了锅底，映红了"天水坡"。

    待到砂铫水纯熟时，便挽起袖子，将砂铫挑起，淋罐淋杯，再将砂铫置于炉上，候其火硕，待二沸之时，她玉指轻拈，舀起一勺"绿雪芽"，轻轻抖入壶中。

    渐渐地，一个神秘古老的"绿雪芽"传说开始在我的脑海里浮现。

    相传尧帝时，有一农家女子因避战乱逃至太姥山中，栖身鸿雪洞，以种蓝草为生，人称蓝姑。有一年，山下麻疹流行，无数患儿因无药救治而夭折。一天夜里，蓝姑梦中得到南极仙翁提点，借皎洁之月色，采鸿雪洞顶仙树之茶叶，为患儿治麻疹，终于战胜病魔。从此，蓝姑就开始精心培育这株仙茶。后来，这株仙茶就成了"绿雪芽"……

啊，"绿雪芽"！光听茶名就已口齿噙香。

蒋春盈左手轻执壶蒂，右手轻扣壶把，低洒高冲。"绿雪芽"在水里蠕动、翻卷、升腾、沉浮，上演了一场盛唐的《霓裳羽衣曲》。茶汤慢慢由浅变深，由绿变黄。透过杏黄色的茶汤，我仿佛听到"绿雪芽"的呢喃。茶姑提起茶盏，翻转出汤，杏黄色的茶汤注入白瓷杯中。不一会工夫，一股白茶的毫香飘溢出来，伴随着一缕雾气，缓缓上升，上升，久久不散。

"喝茶，本是一种精神滋养。"她嘴角微微上场，噙着笑说，"在福鼎，小孩一出生，尝的第一口便是茶。"

"茶是有灵性的！"我以大拇指、食指、中指呈"三龙护鼎"之势接过白瓷杯，然后，将鼻子凑近嗅嗅，一股鲜爽型茶香扑鼻而来。这种茶香如铃兰，似百合，香得透墙，香得沁人心脾。这种茶香似曾相识，像是前世存留在鼻尖的记忆。

我轻轻呷一口，茶香的气息瞬间入鼻。我且啜且吸，更觉口舌生津，舌底鸣泉，一种从未闻过的山野清香顺喉而下，直沁肺腑。我清楚地知道，这缕茶香既凝聚了"绿雪芽"的千年烟雨，又包含了太姥山的千年滋味。

茶姑不断地为我续茶，偶尔抬头，总能瞅见她那双清澈的眼眸和眼眸里的"绿雪芽"。

不知不觉，喝了一杯又一杯，朦胧间，我似乎听到茶马古道上的驼铃声正从方家山上飘过……

茶姑拢一拢秀发，清一清嗓子，唱起了畲歌《迎远客》。她的歌声婉转动听，唱出了畲民对"绿水青山就是金山银山"的真切感受。她刚唱完，手机铃就响了。接着，手机里传来清脆的驼铃声。蒋春盈"扑哧"一声笑了出来："我也是踏着'驼铃声'，来到方家山的。"蒋春盈本是一个丹东女孩，早年曾去西安求学，后去北漂，但北漂不到一年就放弃财务专业，转行种茶。

一个偶然的机会，蒋春盈来到方家山，只一眼，就被这里的荒野茶树、荒野牡丹、荒野荔枝和原始古朴的荒山环境所吸引："就是这里了。"

方家山处在太姥山西南麓。在世人的眼里，太姥山不仅是一座白茶山，而且还是一座神奇的仙山。千百年来，太姥山一直以"石奇""洞异""峰险""雾多"而闻名遐迩。但奇怪的是，太姥山的奇石绿峰、翠雾青岚一至方家山就变得异常平实舒缓，似乎要将她身上的青烟翠雾统统化作滋养"绿雪芽"的养料。

是的，方家山的山、方家山的水、方家山的云雾，还有方家山的气候，都非常适宜茶树的生长。千百年来，方家山上的畲民世代以种茶为生，以制茶为业，留下了"畲山无园不种茶""园里无茶不成寮（屋），山上无茶不成林"等畲谚。

很多人都说，"绿雪芽"不仅是方家山的味道，更是方家山的乡愁。

然而，长时间以来，茶树并没有为畲民们带来"心灵自由"和"财务自由"。前些年，一大批畲民迫于生计离开了方家山，留下众多的茶园无人打理。久而久之，山上变得人迹罕至，杂草丛生。一些老茶树还被荒草野竹吞没。

山道弯弯，芳草萋萋，蒋春盈攀岩，钻洞，穿寨，像采草的蓝姑一路跋涉，去寻找心中的荒野茶树。旧茶马古道上，依旧留有斑驳的马蹄印。

蒋春盈踩着地上的松木、落叶、树枝与马蹄印，一步一步向深山走去。路旁的荒野茶山有一种无人打理的纷芜，更有一种遗世独立的气息。山上的茶树与灌木、杂树、野草交织在一起，率性地生，恣意地长，让人分不清东西南北。

靠当地人指路，她在一山崖边上，找到一棵被抛荒多年的荒野古茶树。古茶树枝干虬曲苍劲，枝杈粗壮，叶子浓密。从树干直径推断，茶树的年龄应超过三百年。

站在古茶树下，她似乎能触摸到时间根须，听到古茶树的生长的声音。

蒋春盈说："每棵茶树都有灵魂，有初心，有神性。站在古树前，你无法不去敬畏它。你的思维、色彩、气息，古树都能感知！"她伸手采撷下几片叶子，叶子上，每一条脉络都延伸了几百年光阴，每一条纹理都隐藏着太姥山的灵气、方家山的时光和畲民的体温。

茶姑把叶子含进嘴里，慢慢咀嚼起来，她的嘴唇马上染上一层绿绿的汁液。

"那该是荒野茶树的胆汁吧?!"

蒋春盈在荒野茶树前站了很久很久,一只蜜蜂一直在她的头上盘旋,仿佛在传递某种秘密信息。

那一次相遇后,古茶树的"野劲"一直留在她的脑海里。她相信,遇见本是一种缘。于是,她选了一个黄道吉日,将全部身家搬到福鼎,并与大荒茶业付明峰一起践行"一杯荒茶,不恋繁华"的初心。来到方家山后,她常将枯藤老树、日月星辰发至朋友圈,引来一片点赞。在一片喝彩声中,二十余万株散乱分布在太姥山周边的野生茶树陆续迁移至方家山,套种在原始雨林里。它们与乔木、灌木、杂树一起栉风沐雨,恣意生长。

"茶树最初就是野生的!"大荒茶业始终坚持不施化肥,不喷农药,让古茶树充分吸纳大自然的养分,野生野长。就连制茶,也不炒不揉不捻,坚守传统日晒,炭焙干燥。他们说:"种茶也要守住初心,保持本真。"

"走,咱们去认养一棵古茶树,让爱流转……"

我和茶姑踩着浓抹彩云,奔向"大荒天水坡"。

坡内树木丛生,百草丰茂。一些荒野老茶树,散落在茂密的杂树林中,与周边的灌木荒草交织在一起,让人无法辨清谁是茶树谁是灌木。

我在荒山里穿行,满眼都是清新明亮的绿色。行至一山坳处,我遇见一株奇特的古树,其枝干虬曲,枝丫遒劲,枝叶肥硕,叶芽清奇。树上不时传来鸟鸣声,或清脆,或婉转,或低吟。这该是荒野古茶树吧？我向古树深鞠躬，然后把认养证书挂到古树脖子上。

挂证，拍照，发圈……

很快，朋友圈就被刷屏了，不少微信好友打出爱心图案："到大荒天水坡打卡！"然而，还来不及兴奋，我就被茶友"茗皇红""拍了拍"：误将杂木当茶树。

我赶紧撷树叶一尝，尝后略感苦涩而无茶香。急请蒋春盈来诊断，她只是一味地摇头。我有些失望，也有些失落。突然，蒋春盈抬起头说："荒野古茶树是会跳舞的。"

荒野古茶树会跳舞？我鼓足劲儿往云雾深处走去。云雾深处里的野茶树，基本处在"林在茶中，茶在林中"的野生状态。它与周围的野草灌木完全融合在一起，如果不是人站在树根上，根本看不出茶树——隔远一点，只能看到一丛杂草——就算是用广角镜头来拍，也未必能看出哪一株是茶树，哪一株是杂木。灌木杂草几乎掩盖了古茶树真正的样貌。

在天水荒山茶园徘徊了半晌，我终于在窝凼处找到一棵古茶树。古茶树树冠硕大，树干粗壮，树干上爬满了老藤，老藤上长满了翠绿的叶子，叶子大小不一，形态各异，但每片叶子都保持着最原始、最本真的样子。一阵风吹来，叶子翩翩起舞，像曼妙的舞者，舞出夏日的气息。有人说："每片叶子都见证了昨天的历史，承载着明天的希望。"

茶姑拿起手机一顿拍："荒野古茶树本真的样子最美！"

我拿起锄头挖坑浇水，一锄下去就看到了几条大蚯蚓。不久，树坑就散发出一种潮湿和泥土的味道，仔细一嗅，还有一种淡淡的香味。这种香味既有岁月的滋味，又有阳光的味道。

一束束温暖阳光透过云层照射在山谷里，古茶树越发灵动，弥漫着的茶香淡淡地升起，如丝如缕。

我披着阳光，把"838"号认养证书悬挂在古茶树枝丫上，从此多了一份牵挂，一份思念。

"妹在深山把茶采，哥托彩云捎信来……"这时，荒野深处飘来一缕歌声，歌声极其缥缈，莫非传自太姥山外？

（原载 2021 年第 8 期《海外文摘》）

风送蚝香

很多人都说，生蚝是来自大海的"牛奶"。但在我的记忆深处，生蚝却是贱卖的。在过去一段时间里，湛江大大小小的蚝摊上，生蚝卖的几乎都是白菜价，一分钱一个，六分钱任意吃到饱。我记得，在官渡小镇，蚝农把生蚝堆成小山，然后坐在蚝山下撬蚝！蚝农将一把细长的蚝刀插入蚝壳尖头，再反手转动刀身，蚝壳应声断开，接着，用力一挑，蚝肉便跌落脸盆里。十秒一个，十秒一个，一盏茶的工夫，蚝肉就装满了菜盆。卖蚝时，蚝农从菜盆里舀出一大瓢论斤称，过秤后又大声吆喝："生蚝半价，买一送一。"

那低沉、质朴又苍老的吆喝声，穿过石门桥，绕过防风林，透过青瓦屋檐，久久地回荡在小镇的上空。

多年来，我对于生蚝味道的所有想象，一直停留在小镇的生蚝吆喝声里。后来，去一趟硇洲那晏海石滩，我才真正了解生蚝的前世今生。

那晏海石滩，一头连着千年古道，一头连着百年古塔。海石滩上布满或灰褐或深黛的礁石，礁石上又长满或淡黄或褐红的生蚝。

我抵达那晏海石滩时，正值秋分。蓝天白云下，海鸥低飞掠水，"凹"字形的海石滩一眼望不到头，渔民三五成群，穿着水靴，拿着蚝刀，正忙着凿生蚝。

湛江凿蚝、制蚝、吃蚝的历史，始于汉代。相传西汉元鼎五年（公元前112年）汉武帝派伏波将军率兵征讨南越作乱，扎营在武乐水（今太平库竹渡）北岸，北人南下，不习水性，不服水土，头晕呕吐，难于应战。士兵采摘岸边附在礁石上的蚝煮吃后，适应环境，不再晕浪，一举平定南疆。

千百年来，当地渔民一直沿袭"礁石凿蚝"这一生产习俗，每年秋分一过，各家各户驾着一叶轻舟来到海上，把长在礁石上的生蚝凿下。后来，渔民们又在传承中守护，在守护中创新，开创了"插竹养蚝"的历史，将野生采蚝转变为人工养蚝。再后来，湛江渔民又采用"棚架吊养"技术，将蚝的养殖从近海滩涂延伸到深海区域，书写了湛江生蚝的历史传奇。

风里来雨里去，湛江渔民除了培育出官渡蚝、北潭蚝、太平蚝外，还形成了一系列的生蚝生产习俗和文化习俗。

在湛江人眼里，蚝与"好""豪"谐音，有"好市、生财"之彩头。湛江人逢年过节、结婚生子、升职升迁、乔迁开业，总少不了生蚝，以表"好市"之遂愿。尤其是嫁娶礼单中，更要有蚝豉这一项，有的大户人家订婚过礼还以担算，蚝豉越多，礼越重，越体面。这种延绵数百年的民间风俗，积淀了湛江独特的"蚝文化"。

这种独特的"蚝文化"不仅烙刻在蚝屋上，还流传在蚝歌里。

"八月十五流干涸（流，潮水），见嬱打蚝海中央（嬱，对年轻女子的称呼）。脚妃戴銮手戴蜀，因乜哪条来打蚝（乜，为什么）？我母感伤在床上，不吃得饭想蚝汤。上又无兄下无弟，逼着我娘来打蚝。"一位头戴遮阳草帽的渔民站在那晏海石滩上唱起了蚝歌。她的歌声清脆、嘹亮、高亢，唱出了渔民礁石之上打蚝劳作之艰辛。歌毕，她握紧蚝刀，刀尖朝蚝壳尾部一插，然后用力一剜，一插一剜，蚝壳即与礁石分离。

我依葫芦画瓢，也尝试着去凿生蚝。生蚝凹凸陂陀，掩覆如盖。它跟石头贴得很紧，重重叠叠，密密麻麻，累累如蜂巢。我手捏一柄蚝刀，向蚝壳尽力砍去，结果只砍掉几个零星的小碴，蚝壳纹丝不动。

平日里，总觉得敲蚝只是简单的手工活，其实干起来一点也不简单。我弯腰反手抓住蚝刀剜生蚝的根部，却是纹丝不动，一丁点碎末都捣不下来。我找一把尖刀，向着蚝壳刺去，但因用力过猛，摔倒在石边，手被蚝壳划破，鲜血直流。"草帽蚝姐"砸开一个生蚝迅速贴在伤口处，血立即止住了。"草帽蚝姐"说："生蚝是天然的创可贴。"

潮水渐渐涨了起来，木桶里的生蚝也渐渐多了起来。我和"草帽蚝姐"扛着木桶，深一脚浅一脚向着岸边走去。岸边，绿色编织布搭建的帐篷排成了一长溜。每个帐篷里，都有人在敲生蚝壳挖生蚝肉。锤子敲打蚝壳之声，声声入耳，仿佛诉不尽这千年蚝民的生生不息。

"草帽蚝姐"坐在岸边的礁石上，顺手捡起一颗大大的生蚝。生蚝外表纹理明显，淡灰且黑，仿佛有一种历史的沧桑感。"草帽蚝姐"用五只手指压住蚝壳，刀尖朝蚝壳尾部缝隙处刺去。紧接着，她手腕一转、一抠，蚝壳即应声而开。蚝壳打开后，青云似的蚝肉一览无遗。"草帽蚝姐"用手轻轻一挑，将肥腴的蚝肉挖出来，递到我面前，示意我尝一尝。

此时，莫泊桑笔下的那种"开壳即食"的情景，立刻浮现在我的脑海里。我"嗞溜"一声将那颤巍巍的蚝肉连同汁水一起吸进嘴里，起初，是一股淡淡的苦涩味道，后来咀嚼一两下就感到一丝微甜，随之是满口鲜甜，咽下肚里时，口感异常新鲜甘美，感觉将整个大海吃到了嘴里。我真没想到，这种表面凹凸嶙峋、样貌丑陋的生蚝，里面却隐藏着如此温软的"内心"。

时隔三分钟，唇齿之间仍是蚝肉的甘美清甜。

"食之甚美，未始有也。"自此，吃蚝便成了我的一种习惯，一种想戒也戒不掉的习惯。

我隔三岔五就会去酒楼、酒家"打卡"，寻找生蚝最纯粹的味道。很多人都说，吃生蚝会吃出大海的味道和大海的记忆。的确，生蚝自出生之日起，就不知疲倦地过滤着海水，它不仅将大海的风情锁在壳内，还将大海的记忆刻在肉里。

每只生蚝都藏有一片海，每只生蚝都刻有一道海湾风情。在湛江海边，每隔三里五里就有一间独具海湾风情的海鲜酒家，间间都以"蚝"作为招牌菜式，有的酒家甚至还推出全蚝宴，让人吃蚝吃个爽快。随便走进一间海鲜酒家，都能听到敲击生蚝和吮吸蚝汁的声音。

最近一段时间，湛江又兴起一种炭烧生蚝。炭烧生蚝就是将洗净的半边蚝壳放在炭火上烤。烤得巧妙时，生蚝表皮就会泛出金黄的色泽，端上桌后，蚝肉还在蚝壳里颤动。

"忽如一夜春风来，千树万树梨花开。"一夜之间，炭烧生蚝就在湛江的大街小巷风靡起来。每当夜幕降临，湛江的大街小巷都飘荡起烧蚝的味道。街巷里的夜宵档一档挨着一档，档档都打着"无蚝不欢"的招牌，夜宵档内摆着熏得黢黑的铁炉，铁炉上架着铁网，铁网下堆着木炭，铁网上摆着已去半壳的生蚝。烧烤小师傅拿一小扇子，使劲地扇风，风助火势，火借风威。很快，"半壳蚝""吱吱"地冒起水泡，小师傅拿来酱料，一蚝一勺，把整个蚝肉覆盖。之后，来回翻转。翻转间，香味飘起来了。

风送蚝香，月落窗前。我闻香寻蚝到赤坎。虽然夜已深沉，但百园路烧蚝街的人气依然旺盛。

街内大大小小的餐厅都在"烤"生蚝，街外大大小小的餐桌都坐满了食客。食客们边吃烧蚝边喝酒，边猜拳边打闹。食客们的市井人生、家长里短、柴米油盐似乎全包藏在一只生蚝里。

食客们说，蚝于湛江人心中，早就不只是一种食物了，而是一种牵挂、一种情怀和一种味道。

我找一张桌子坐下，先叫上三个已烧好的生蚝。刚刚端上来的时候，生蚝还是烫手的。

我轻轻一嘬，将蚝肉连着汁水一起吸入口中，唇齿顿时盈香。炭火烧过的蚝头爽脆，蚝身柔软嫩滑。我闭上眼睛慢慢嚼，似乎嚼到了大海的味道，也似乎触摸到了大海的记忆。

越嚼越有劲儿，越吃越有味儿。我大声喊老板娘再加十个生蚝，现开现烤。

老板娘右手拿着开蚝刀，沿着蚝壳缝隙处插进去，撬开。然后，将半边蚝摆到烤网上烤。老板娘手执葵扇对着炉子扇风，火星哔哔响着，火很旺，壳体导热也很快，贴边的汁液滋滋作响，不一会儿，细腻软嫩的蚝肉缩成一团，并溢出一小汪盈盈秋水。看到蚝肉开始跳舞时，老板娘即加入一勺蒜蓉。

随着噼啪的欢快声响，浓烈的香味徐徐散发出来。我自觉不自觉地沉醉于鲜香之中，脑海里也自觉不自觉地涌出无限想象。

老板娘把汁水收干，再反面烧烤。又是几下哔哔的响声……

终于，老板娘将炉子上的熟蚝一只只夹起，递给我。烤熟的生蚝，蚝肉紧贴着蚝壳，蚝壳锁着蚝汁，外酥内嫩。我将那热腾腾香喷喷的炭烧蚝往嘴里塞，顿时，热、辣、腥、鲜、甜，各种味道一起袭来，蚝肉在嘴里很软，入口即化，吃起来有又软又糯的感觉。紧接着，我拿起蚝壳，从较宽的一端将蚝汁吸入嘴里，一股北部湾的气息瞬间在口中弥散开来！

啊！炭烧生蚝，蚝香湛江！

（原载 2021 年第 6 期《散文选刊》）

烛照乡村

天一擦黑，四寮小学的灯光和星星一起亮了。灯光和星光交织在一起，点亮了乡村，点亮了乡村孩子的心灯。

"快看，教室的灯亮了！"一群乡村孩子挥着手臂朝刚落成的教学大楼奔去。

"吉时已到，燃放鞭炮！"噼里啪啦的鞭炮声骤然响起，教学大楼顿时沸腾了。孩子们在鞭炮声中追逐打闹，攀爬玩耍。一时间，鞭炮声、打闹声、欢笑声，此起彼伏，飘荡在教学楼上空。

粉红色的教学楼，坐北朝南，青砖黛瓦、雕门画梁、刻窗飞檐，隐隐透出一股水墨清香。教学楼的后面有图书馆、实验室、仪器室、电脑室。电脑室的斜对面有篮球场、排球场和足球场。足球场外有一大片水稻田和蔬菜园……

村里人都说，这间小学承载着几代人的童年时光和美好回忆。

清泉流响
黄康生

村民黄信源与这座乡村学校特别有缘。他一家四代深耕乡村教育，三代共同坚守四寮小学。

四寮小学始建于民国初年，坐落于南北两村之间，共六间房子，均是泥巴筑墙茅草盖顶。

教室的门前，有一棵"歪脖子"榕树，树丫上吊着一口铁钟，铁钟满身的铁锈，似乎在诉说着它的年代久远……这口铁钟究竟从何而来，黄信源也无法说清。但他清楚地知道，四寮小学就是在钟声第一次响起的时候正式开张的。

"当、当当、当当当、当当当……"那急促、悠扬的钟声在小村上空跌宕起伏，余音袅袅。那个年代，校园里的钟声也许是村里最动听的声音。它不仅叫醒了上学的孩子，也唤醒了沉睡的村庄。

黄信源说，铁钟是父辈们梦想启航的地方。

后来，铁钟一夜之间不翼而飞，神秘失踪了！小学里的茅草屋也被秋风所破，只剩下几堵土墙。

生怕土墙倒去，村里人赶紧找来八根木棍撑住。过了一段日子，村里人开始凑石子、瓦片、砖块、木料。木料凑到最后还差几根，黄信源他爹就把自己家门前的两棵大松树砍了给凑上。原材料备齐后，村里又组织青壮劳力大干苦干一百天，终于盖了一排红砖瓦房。

入伙的那一天，黄信源他爹眼噙热泪："村小凝聚了全村人的心血呀！"

新校舍入伙后，前来四寮小学求学的学生越来越多，从最初的几十人一下子翻了番。每到课间，孩子们都在操场上捉迷藏、追逐、撒欢。

砖瓦房、木格窗、竹子爬竿以及乡间小道无不留下孩子们求学的背影和欢快的笑声。

然而，到黄信源入学的那一年，学校已不复往日的喧闹，红砖瓦房也失去了往日风采。历经多年风吹雨打，教室墙根开裂，墙面空鼓脱落。

上课时，常有灰尘扑簌扑簌从屋顶掉下来，偶尔，还有"飞天鼠"从横梁上蹿过……

有一天，黄信源发现屋顶漏水。起初，屋顶漏下的雨水一天能接一杯，过了一些日子，一天就能接半脸盆。

渐渐地，那排课室成了危房，村里人没钱翻修，只好砌两根柱子顶着横梁。

夕阳西下，落日的余晖洒在横梁上，变幻出迷离的光影。很多学生都踏着那迷离的光影离开四寮小学，离开百年村庄。很快，四寮小学从数百人的完小，变成百把人的初小，再从初小变成教学点。很多年轻的教师都走了，只留下黄信源一名本土教师。三十年来，黄信源凭着一只独臂，撑起四寮小学的一片天，语文、数学、体育等各门课程一肩挑。黄信源因为讲普通话带很重的"黎音"，所以在讲授拼音时，常使用汉语拼音标准发音示教仪。有学生戏称："我的语文是体育老师教的。"

前几年，村里人不断往外走，一些留守儿童也被带去远方的城市。四寮小学招生越发困难，撤点并校的呼声日渐高涨。

黄信源剃了胡子坐在"歪脖子"榕树下抽着烟，吐出无数个烟圈。

"东头村，西头村，东西两头手空空，六个学生娃，分三级，一年级一个，二年级两个……"这句顺口溜常在黄信源脑海里盘旋。

四寮小学该何去何从？就在他困坐愁城，百般无奈之时，忽听远处传来一阵叫声。那声音既浑厚又洪亮，仿佛蕴含着某种力量。黄信源惊起抬眼，但见一个胡子拉碴的中年男子正阔步迎面走来。男子戴着草帽，身穿咖啡色上衣，脚踩胶鞋，有点像刚赶集归来的农夫。"老哥，你好，我是来驻村的，今后请多帮衬。"中年男子伸出一只长满老茧的手。握过手后，黄信源才知道，来者正是驻村扶贫队长宋吉广。宋吉广是一位有头衔的干部，其从三江合流的地方走来。

一番寒暄后，黄信源带着宋吉广到村庄四处转转。转到四寮小学，宋吉广发现校门已被人上锁了。

看着生锈的铁锁，宋吉广心里五味杂陈，不知说什么好。夜里，他辗转难眠。

海风猛烈地吹。院子外，不时有"汪汪汪"的叫声传来。

宋吉广从床上弹起，披上衣，带上门，找黄信源谈心去。两人借着手机的光亮聊了起来。

宋吉广说，《红楼梦》里，秦可卿死前托梦凤姐，说"永保无虞"的法子，就是在祖茔边置田产，就近设家塾，便能保住家族最后的退路。

黄信源说，村小是乡村的精神地标，有村小在，乡村的魂就在，乡村的血脉就在！

这一夜，他俩越谈越投机，越谈越兴奋。手机电池换了一块又一块，直到曙光初露。

天一亮，宋吉广就进村入户，"板凳家访"。

在熹微的晨光里，宋吉广看到乡村的沉重与无奈。在清凉的晨风中，宋吉广又听到"富脑袋""富口袋"的乡村之声、田野之音。

很快，四寮小学改扩建工程就被列为重点扶贫项目。

宋吉广连夜驱车回城，拿房产证向银行抵押贷款。接着广泛发动社会力量，共同奏响"教育精准扶贫大合唱"。

水泥运来了，钢筋运来了，石料也运来了，村里青壮劳力全部上阵，搬砖、运土、拌浆、砌墙……

火辣辣的太阳炙烤着村庄，忙着搬砖的人们个个满头大汗、满脸通红。但搬砖砌墙的节奏并没放慢。

一栋栋身披"绿衣"的高楼拔地而起，一辆辆肚装"砂浆"的罐车来回穿梭……

沙尘扬起后，一条条长长的文化走廊，将行政楼、教学楼、宿舍楼以及食堂、操场、阅览室串联起来。文化走廊呈"H"形，中间穿插绿化天井。曲折环绕的走廊有"童话蘑菇""书虫小屋""开心转转桶"。

从茅草房到砖瓦房到新楼房，四寮小学经历了"三级跳"，从一支粉笔、一块黑板、一张嘴到智慧教育、空中教室、多媒体课堂，四寮小学实现了华丽转身。新教学楼亮灯的那一天，村里的"家园"微信群"炸开了锅"。有群众留言："村小的灯一亮，乡村就不会冷！"

黄信源忙不迭地用镜头记录校园的美好。他指着远处的灯光说："这微光，可烛照乡村文明。"

古人说："教子孙耕读两行。"一个温暖的午后，宋吉广把特岗教师请到村里来。

说起来奇怪，特岗教师一进村，村边那些知名的不知名的花竟同时绽放，且开得异常热烈、慷慨，密密匝匝装点了整个村庄。特岗教师带着孩子钻进花丛中，一起看花开花落，云卷云舒。

课余时间，她还带孩子们到田间地头，收集土壤，观察禾苗生长；到沿海滩涂，捡贝挖螺，感受大海的气息。

特岗教师发现孩子们很喜欢跳、唱、画。于是开设了音乐课、美术课和国学课。

特岗教师与宋吉广专门组建了一支校园合唱队。每当夕阳西下，他俩就和孩子们唱起《四寮的春天》，让歌声飘荡在校园里。

后来，特岗教师与宋吉广通过微信朋友圈，寻回四寮小学那口古老的铁钟。

"当、当当、当当当、当当当……"那清脆而悠扬的钟声划破了校园的宁静，飘荡在乡村上空。

（2021 年 4 月 30 日）

最是一年春好处

春天的脚步无可阻挡。轰隆隆、轰隆隆,滚滚春雷在天空炸响,惊醒了沉睡的大地,也唤醒了蕴藏在严冬里的勃勃生机。春雷滚过后,万物复苏,飞燕归塘,小草破土而出,五彩缤纷的花儿争妍斗艳。稍不留意,就红了木棉,绿了杨柳,粉了桃林,黄了芦荟,醉了春风……春意枝头闹,繁花灼灼开,盎然的生命力在春天勃发。

小草一向是报春的使者。春雷刚炸响,小草就从土壤里钻出来,抽出嫩嫩的、绿绿的叶子。小草看似柔弱,却异常坚强。它穿石隙、顶砖块、破春风,一点点地往上拱,一寸寸地往上长,展示出浓烈的生命之气。

"草色侵官道,花枝出苑墙。"惊蛰过后,木棉、紫荆、芦荟、橘红、红千层、三角梅、油菜花、黄花风铃花等竞相绽放,点燃了春天万种风情。

桃李无言黄花现,春风吟唱风铃响。在春日暖阳的抚慰下,黄花风铃树蓄积了一整个冬天的力量，灿然开放。黄灿灿的风铃花沿着湖光快线绵延开来，交织成鹅黄色的童话隧道。黄花风铃树树干直立，枝粗叶疏，枝丫间挂满风铃状的鲜黄花朵。远远看去，那枝条就像是五线谱，挂在枝条上的风铃就像是串串音符。清风吹过，黄花风铃树发出"铛铃铃，铃铛铛"的响声，摇醒了沉睡一冬的梦想。钻进花丛里的人们也成了演奏者，他们发出爽朗的笑声，如同竹笛般清脆。

一树黄花惹人醉。黄花风铃树下，有一吹竹笛者，横笛而吹，笛音清澈明净，不带一丝尘世的杂音，总让人错觉它湿润中沾着黄花风铃花的香气。

一袭白衣着锦绣，云想衣裳花想容。不远处，一群白衣女子踏着音乐翩翩起舞，曼妙的舞姿与天上的白云、树上的黄花相映成趣，构成一幅唯美的画卷。

黄花风铃花还未落尽，芦荟花已是满秆金贵。芦荟是生命力极强的草本植物，它不择土壤，不择气候，只要插入土壤就会落地生根，开花结苞。

镜头里花苞像饱满的精灵，黄得让人不忍触碰。花海里，各个花枝竞相挺举着几十朵嫩黄的花朵，像是一群渔家姑娘在尽情地展示自己的妖娆！

偶尔有两三只蝴蝶飞过，也像是慕名而来。它们带着微笑在花间轻盈地飞舞，为徐闻县骏马村这片芦荟花田平添了几分生机。

"来，笑一个！"一群风姿绰约、仪态万千的汉服男女在芦荟花海中上演一场华丽的国风穿越之旅。他们时而在花间拍照发圈，时而在田边抚琴弄剑，时而在田野上追逐嬉戏……欢声笑语在时光里荡漾，为芦荟花印上一抹古韵。

"浅薄月季频出镜，纯情芦荟慎开花。"一位撑着伞的汉服小姐姐笑着道："在民间，芦荟开花是福兆，寓意好运、健康。"她拈花轻嗅，银铃般的笑声，回荡在幽幽的花影中。

等不及严寒褪尽，憋得鼓鼓囊囊的木棉花苞就炸开了，赤红的火焰从枝丫间喷薄而出，热烈而奔放。火红的花儿一簇簇、一排排，像一炬炬燃烧的火焰，腾腾烈烈，穿虹贯日，把天际染得通红。那一树树炫目的红，仿佛已驱散新冠肺炎疫情的灰霾，让人心里一下子敞亮起来。站在木棉树下仰望，可清晰地看到红色的粗大的花瓣中间围着一圈圈淡黄色的花蕊。花蕊叠叠有序，敦厚肉质，沉实安详，似蕴藏着某种力量。

在木棉树下下象棋的老王说，木棉花瓣红艳似英雄血染，瞟一眼，心底的热血就会跟着燃烧起来。

仿佛一夜之间，廉江樱花公园内的一千六百棵樱花集中绽放，一簇簇樱花挂满枝头，红色的、白色的、粉色的花瓣交织在一起，像一片片彩云，开成塘山岭上一道亮丽的风景。仲春的风吹过，粉色花瓣翩然落下，如同一场"樱花雨"。许多市民和外地游客循香而来，踏春赏花、拍照留念，整座樱花公园游人如织。湛江江陵画院的几位美女书画家在樱花林下挥毫泼墨、以墨会友。她们说，樱花不仅给她们带来了春天的气息，还有对美好生活的向往。

浸染樱花香气的春风，吹向弥漫着泥土芬芳的村庄，油菜花绽放出金黄。

"黄花烂漫满田头，画里春光眼底收。"和很多乡村的油菜花不同，廉江市吉水镇白石村的油菜花不只有黄色，还有桃红、炫橙、淡紫和粉白。

从高处俯瞰，金灿灿的油菜花层层叠叠，与朴实的农舍、荡漾的溪水、蜿蜒的小径相互交融，相互映衬，美轮美奂。暖风吹拂，菜花摇曳，淡淡花香弥漫在广袤的田野。蜜蜂不时在花丛中飞舞，给乡间田野增添了一份乡野之趣。花海中，几个顽皮的孩子正追逐着飞舞的黄蝴蝶。"油菜花，花儿黄……"他们边追边唱。忽然，黄蝴蝶飞进大片金黄的油菜花里。一片金黄之中，隐隐传来了孩子们的欢笑声。"儿童急走追黄蝶，飞入菜花无处寻。"恍惚间，南宋诗人杨万里笔下的场景仿佛重现眼前。

人赏花，花映人。如织的游人带着手机、相机在油菜花田里忙着拍照，记录着文字无法描述的美好。不远处，当地村民正紧锣密鼓进行春耕。翻地、插秧、施肥、喷药……一派繁忙景象。

湛江儿女怀着对美好生活的憧憬，用辛勤的双手，把梦想的种子撒向人间，播进田垄。

一道道劳动的身影，与金灿灿的油菜花融在一起，成为春天里动人的风景。

"开犁喽！"八台神牛25型拖拉机发出隆隆的轰鸣声，且拖着犁尖插进微热的土地，犁开条条深沟，犁出美丽的春天。几位拖拉机能手拿出手机，进行跟拍直播，好不热闹。几位村姑还就地跳起了广场舞，脸上洋溢着灿烂的笑容。红衣舞者龙凤凤说："世间美好已与春日一同醒来！"

（2021 年 4 月 3 日）

万里归心

　　鼠年最后一天，阴阴沉沉的苏丹喀土穆终于出了太阳。这久违的阳光洒满整间屋子，驱散了萦绕在心头的阴霾。表兄林杰夫迎着清晨的阳光，匆匆赶往喀土穆机场。林杰夫拖着沉重的行李箱，一步一步向检票口方向挪去……

　　消毒、验护照、查机票、测体温！林杰夫几经周折终于登上了飞往广州的包机。作为一名地地道道的农民工，林杰夫做梦也没想到自己能坐上包机回国。登机前，他仍陷在"回不了家"的焦灼情绪之中。

　　银色的飞机呼啸着飞上了天空。机舱外山峦叠嶂，云雾缭绕。林杰夫望着窗外，脑海里却是喀土穆的影子。

　　庚子鼠年春，林杰夫从广州飞到迪拜，再从迪拜转到喀土穆，开启了人生第二次异国打工之旅。林杰夫清楚地记得，刚走出机舱，就遇上一股热浪。当时，他伸手去拉汽车门，即被烫起水疱。一走出机场，即有一群孩子呼啦啦地围拢过来，然

后笑着露出洁白的牙齿。胆大一点的黑孩子还大声喊叫："嘿，撒狄嘎！"（阿拉伯语是"朋友"之意）

到达喀土穆后，林杰夫才知道喀土穆是一个"世界火炉"。

喀土穆不仅天热地热水热，人也特别热情。用广东人的话来说，就是"热到发烫"。

那天，林杰夫独自走上图蒂半岛大桥。"嘿，撒狄嘎！"一群喀土穆青年簇拥过来，递水、擦汗、扇风、拉话、牵衣袖，并争先要领路。在桥上，林杰夫结识了卖迈德。两人边聊边走，越谈越投机，不知不觉出了喀土穆城五十里。拗不过卖迈德的热情相邀，林杰夫住进了卖迈德家中。后来，两人结伴到一家中餐馆打工。

三尺灶台弄烟火，一把炒勺舞人生。每天清晨6时，当喀土穆还沉睡在梦中的时候，林杰夫就早早地来到厨房。他先涮净锅碗瓢盆，然后煮鸡蛋、蒸馒头、烹小鲜。林杰夫还把厨房边的一块荒地整成了菜园，种上油菜、韭菜、豆角和圣女果……

一个炎热的午后，林杰夫跟卖迈德一起去集市采购。集市虽然不大，但是里面的商品琳琅满目，既有外地运来的水壶、水杯、水盒、水罐；也有当地生产的秋葵荚、玫瑰茄、苏丹棉花和阿拉伯胶。摊贩一家挨着一家，有的就地支个摊子，摆上粗布床单、拖鞋和头巾；有的搭起简易的棚架，挂上宰杀好的牛肉、羊肉和骆驼肉；有的直接将动物骨头和皮张放在沙地上，用喇叭吆喝着……轰鸣声、叫卖声和喧闹声交织在一起，响成一片。

　　绕着市场转了三圈，林杰夫终于买到了称心如意的骆驼肝、骆驼肉。摊主用指头蘸点唾液，一张张地数着苏丹镑。未等摊主找零，就见远处狂风乍起，大片的沙尘已冲天卷来。狂风卷着沙子、沙砾在天空横冲直撞，肆虐飞舞，形成一道道高百余丈的沙墙，重重地砸向这座拱形的集市，霎时间天昏地暗，树叶乱翻，碎屑齐舞。不待摊主睁开眼，两头骆驼就已经惊慌失措，哀嘶长鸣。"沙尘暴？"林杰夫一张口，嘴里就灌满了沙子，呛得眼泪都流了出来。林杰夫学着骆驼那样不停抖落身上的沙粒，以防被埋。

　　听着沙尘暴诡异的"叫声"，林杰夫突感头晕、胸闷、恶心，想吐又吐不出来。

　　沙尘暴刮过后，林杰夫仍睁大眼睛，怔怔地看着灰暗的天空。

　　踏尘归来，林杰夫即烧火炙烤骆驼肉。一刻钟、两刻钟、三刻钟……骆驼肉发出扑哧扑哧的响声，飘出丝丝缕缕的肉香。但不知是为什么，他一闻到骆驼肉香就呕吐。离开灶台后，林杰夫仍呕吐不止，持续不断，夜里还出现发热、胸闷、气急等症状。

　　林杰夫感觉不太对劲，于是连夜赶去一家小诊所打点滴。事隔三天，林杰夫病情越来越严重，呼吸越来越困难，血氧饱和度也越来越低。卖迈德用驴车送林杰夫去当地一家医院就诊，但仍查不出病因。

持续高烧不退，反复咳嗽不停。林杰夫隐隐约约感觉到有些不妙。卖迈德急得像热锅上的蚂蚁团团转。就在这危急关头，同乡会为他组织了一次远程视频会诊，几服中药下肚，病竟然奇迹般好了。

非洲有句谚语："不睡觉，没有梦。"正当林杰夫深夜辗转难眠时，手机忽然发出一道声响："大使馆将组织包机接苏丹务工人员回国。"之后，大使馆还给他送来一个健康包，包里有N95口罩、消毒纸巾、防疫知识指南和连花清瘟胶囊。

喀土穆的雨终于停了，回国的航班也最终敲定了。临登机前，卖迈德专门赶来送别。他隔着人群，使劲挥着手，高喊："再见了，撒狄嘎！"

飞机越飞越高，渐渐钻入了云层里边。舷窗外的云一团团，一簇簇，一匹匹，如狮如象，如龙如虎，如金刚如厉鬼，形状怪异，变化万千。望着那怪异的云，林杰夫的思绪瞬间又回到利比亚。

辛卯年夏天，林杰夫与村里六名老乡一起到利比亚米苏拉塔一建筑工地打工。林杰夫清楚地记得，通往建筑工地的是一条沙漠土路，路面布满沙子、碎石与土丘。

一个夏日的早晨，林杰夫拉了一车土石，从米苏拉塔出发赶赴工地。皮卡车一路风驰电掣直取米苏拉塔北端。车至半程，林杰夫发现前方出现了许多凹凸不平的沙丘。他一咬牙，猛踩着油门直向沙丘冲去。哪知刚冲过去一半，皮卡车一歪就打旋了。试着加大马力硬是旋不出沙坑，而且越旋越深，越旋沙越多。铲沙，支千斤顶，挖轮胎，垫石头——林杰夫耗尽了气力，但车子依旧深陷流沙之中。

天越来越黑，风越来越大，乌云也越来越密集。

就在这时候，"唰"的一声，一辆红蓝相间的沙漠救援车停在林杰夫的面前，下来了一个亚洲面孔的壮汉，他对林杰夫大吼："赶快接钢丝拖车，今晚有风暴！"

沙漠救援车的引擎轰鸣声骤然加大，整辆车慢慢向前冲了出去，皮卡车也随之冲出沙坑。踩离合，挂挡，加油，皮卡车急速冲出乌云，冲出沙丘。

皮卡车在风雨中飞驰，但一进入工地，利比亚就发生了战乱。"砰砰砰……"子夜时分，工地门外响起一阵剧烈的枪声。一个戴女式披肩假发套的劫匪端枪率先冲进北楼，举枪就是一阵扫射。

"哗哗哗，哗哗……"工地响起了紧急哨音，那是紧急撤退信号。林杰夫与工友们仓皇撤退，躲进附近一个闲弃的大羊圈里。大羊圈不时传来鬼哭狼嚎的嘶叫声，仿佛里面困锁着无数被风沙、战乱吞没的灵魂，正在声嘶力竭地嚎叫，让人不寒而栗。凌晨时分，大羊圈外仍不断有枪声响起。那时，林杰夫的精神紧张到极点，外面一有什么声音，心立马就提到了嗓子眼。当晚，营地所有人没有合眼，每个人都裹着毛毯蜷缩在羊圈里，坐等天亮。

"天终于快亮了，黎明熄灭了天空的星星。"踏着第一缕晨曦，林杰夫与工友们深一脚浅一脚向港口码头方向走去，足足走了二十多公里，才见到一间混凝土搅拌站。

半个时辰过后，太阳猛地一跃，跃出了海面，出现在米苏拉塔上空。这时，搅拌站大喇叭响了起来："同胞们不要慌，祖国接你们回家！"登上"徐州"舰，工友们兴奋地抱在一起，激动得又蹦又跳，大喊大叫……

时间飞逝，转眼之间，辛卯年过去了，庚子年也过去了。踏着辛丑牛年的蹄声，林杰夫回到了家乡。

"过年喽！过年喽！"孩子们那一声声清脆的嗓音，犹如一阵阵悦耳的银铃声，在村子上空回荡。有人说，孩子们的欢笑声、田间的流水声、市场的吆喝声、杯盏的碰击声和村头的鞭炮声是村里人过年最动人的旋律。零点的钟声还没敲响，林杰夫就"哧"地点燃一捆冲天炮。"嘭嘭嘭！"冲天炮喷射着火焰，直冲云霄，然后在空中炸开，炸出一缕青烟，炸出一团花瓣。很快，礼花炮、旋转炮、呲花炮、红莲喜炮也腾空而起，噼噼啪啪，震耳欲聋。整个村庄顿时变成了鞭炮的海洋，欢乐的海洋。

望着绚烂的夜空，林杰夫引颈长嘶："鞭炮炸开笑脸，笑脸炸开春天！"

（2021 年 3 月 5 日）

和顺"文坉"

文坉村不大，却很和顺，很灵光。村庄的前面，是碧绿的振江。村庄的后面，是金黄的稻田。

稻田黄澄澄、金灿灿，飘着一缕比泥土还要香的稻香。秋风拂过，稻香飘过振江，飘过村庄，萦绕在"文坉"的上空。稻香深处，有蜻蜓在飞，有蝴蝶在舞，还有水稻收割机在来回穿梭。

切割、脱粒、分离……稻谷倾泻而下，像一道金色的瀑布，眨眼间，已装满一麻袋。

"颗粒归仓，丰收到手。"农夫们说着、笑着、忙碌着，那丰收的喜悦从田间一直延伸到天边。

村民小组长李日福伸手捧起一把黄澄澄的稻谷，翻来覆去地看，脸上泛出了笑意："大疫之年，丰产丰收！"

我俯下身去，把鼻子凑近稻谷，用力一吸，啊，那幽幽的一股稻香哟，顿时在我的心间荡漾。稻香到底是一种什么样的香？那是一种沁人心脾的香，一种安神宁绪的香。它不仅有谷粒的清香，还掺和着泥土的芬芳、江水的清冽、秋阳的味道和村子的气息。

这是久违的稻花香！那是儿时打开窗户就能闻到的稻花香味。

我微微闭上双眼，慢慢地吸吮着这青青、幽幽、糯糯的稻花香。这是来自土地最深处的味道吧？

一腔稻香，满腹沉醉。我仰起头，闭上眼，似乎醉了。

醉意蒙眬间，我依稀听到秋天的脚步声和农人的欢笑声。

"哈哈哈！"农人的欢笑声比原野上风的吟唱还要爽朗。我睁开蒙眬的眼睛，隐隐约约地看见一团身影在耕读公园里晃动。是的，他们正在修建"文圳"耕读公园。耕读公园占地一百多亩，包括荷香园、书香园、稻花园和耕读文化长廊。紫衣村姑笑呵呵地告诉我："耕读公园将于明年底建成开放。那时，亲戚朋友可来'文圳'品诗、赏荷、拾穗、共明月。"

说话间，一辆四驱四轮农用车由耕读公园疾驰而来。咣当！司机一脚刹车，农用车猛然停下。司机跳下车来，嘴上叼着一根过滤嘴香烟，向李日福招呼了一声，"老板，有没有火，借个火？"李日福抬眼，从裤兜里掏出打火机扔过去。然后，赶紧装袋、装车，将稻谷运到晒谷场……

晒谷场的面积虽然只有一个篮球场大，但却承载着很多"文圳"人的童年记忆。历史上的文圳村是一座有"田园气息＋烟火味"的古村。全村一百七十多户，有李、文、林、梁、黎五姓。生产队时期，各姓各队都有晒谷场，有的大些有的小些，大的比一个篮球场还要大，小的也有一亩地光景。那时，村民从地里收回来的稻谷、花生、玉米、绿豆都放在晒谷场上晾晒。农闲时，村民就背上草席、拿着蒲扇，来到晒谷场上乘凉。小伙伴则在晒谷场上跳绳，捉迷藏，推铁环，玩弹球……分田到户后，晒谷场逐渐废弃了。前些日子，村民开始怀念晒谷场时光，于是拆除临时搭盖、废旧房屋，筹资建起了"和顺（晒谷）广场"。

村民代表、网红带货主播文二娘说，"和顺（晒谷）广场"就是取"和和顺顺"之意。"和顺（晒谷）广场"不仅是五姓共建，而且是五姓共有，可谓"多姓共一广场"。

"和顺（晒谷）广场"上刻有"仁、义、礼、智、信、孝"六个金色大字。在村民的眼里，"和顺（晒谷）广场"装的东西很多，既有乡风、乡音，又有乡情、乡愁。平日里，"和顺（晒谷）广场"是村民唠家长里短、说酸甜苦辣的聚集地。一到农忙时节，"和顺（晒谷）广场"则成了打谷、晒谷、扬谷的"集中营"。

李日福将麻袋里的稻谷倒在晒场上，然后用谷耙将稻谷耙开耙薄耙匀。

"晒谷要看天！"李日福说，晒谷比收割还重要，天气不稳定的话，稻谷不易晒好。李日福弯下腰，铲上大半簸箕稻谷，然后用力一举，把簸箕举过头顶，接着，手腕朝里一翻，一簸箕稻谷便慢慢倾泻下来……

翻晒、清扫、除杂……李日福一直在晒谷场忙碌。然而，比李日福还要忙碌的，是窥视已久的八哥、斑鸠、禾花雀。它们围着"和顺（晒谷）广场"飞舞盘旋。趁李日福不备，便噗噗地落下啄上几口。

晒谷人怎会不知道吃谷鸟想偷吃呢？晒谷人瞥见鸟儿，就挥手哟喃一声，象征性地驱赶一下。鸟儿也不胆怯，人一转身，便照啄不误。谈起鸟儿，晒谷人脸上总会带着笑意，那笑意一直延伸到田野，延伸至振江。振江属鉴江支流，它呈"S"形穿过文垌村后流入沙角漩，注入大海。数百年来，振江用澄澈的乳液滋养着文垌人的血脉和风骨，孕育着文垌村的烟火和性灵。

碧绿的振江水在静静地流淌，流过村庄，流过农人的心房。或许是受江水的浸润，文垌村既有田畴膏腴，沃野接天，又有"秋高水稻落，鳞介满沙脊"。后来，因沙土淤积，桥孔壅塞，导致振江频繁断流，直至干涸枯竭。

饮着振江水长大的乡贤李日荣无法淡漠振江的清朗光泽，更无法忽视乡亲的长期守望、殷殷期待。庚寅年春，李日荣斥巨资，启动江道疏浚、江底清淤、江岸植绿、江面架桥工程，全力打造"一江碧水向东流"的胜景。

一场夏雨过后，振江江道疏浚、江底清淤、江岸植绿、江面架桥工程先后告竣。一江碧水、两岸秀色的景致又回到了村民视野。

碧波清水环绕，绿树红花相映，古厝洋楼交错，青砖黛瓦飞檐翘角……"文垌"在振江碧绿的江水里长出了别样的容貌。

如血的夕阳染红了"文埇"，也染红了江水。江上，有渔人在撒网，一网撒去，捞上许多鲫鱼、鲤鱼、罗非鱼。

渔舟唱晚，渔人笑得合不拢嘴。渔人的笑声深处，有一群群鹭鸟在翻飞，它们时而掠过水面，时而飞上树梢。偶有汽车从江岸飞驰而过，它们张翅飞离，但确认过"眼神"后，又飘然落于江面之上。

有江便会有桥！浚深后的江面上已架起醉荷桥、月光桥、公埇桥、山垇桥，建起醉荷亭、月光亭、振江亭、公埇亭。一条二尺见宽百米长的醉荷桥，横跨江面，坚实的桥墩屹立于江心，桥下是流不尽的江水，桥上是讲不完的故事。一位村姑纤细的身影，袅袅地走在拱桥上，她莫非就是村里荷锄暮归的小芳？很多人都说，从桥上走过，就能清晰地回望村子奔腾的岁月和那些未曾远去的背影。文埇人的情感，文埇人的家国情怀，都镌刻在桥墩上、桥梁里。我站在桥墩上，注视着江水，一遍遍地想象着它们将流向何方。

穿过拱桥，水域更见宽阔了，清澈的水里不时有野鸭游过，偶尔还能听到吴阳荻花的歌谣。

漂着歌谣的江水，静静地照着文埇。我本想从江水上找出村子远古的沧桑，可深情的文埇，却把乡村振兴的密码藏于静思亭如烟古柳中，隐于文化楼的藏书阁里。文化楼临江而筑，古香古色。

文化楼内设有农家戏台和智慧书屋。智慧书屋里有村民在"云阅读""云观展""云直播""云创作"。文化楼的显眼处，写满了河、荷、和、合、顺几个字，似乎在讲述着人与天地、人与江河、人与村庄和顺相处、和谐共生的关系。

文化楼前，几位老人悠闲地坐在椅子上吧嗒吧嗒地抽水烟筒，脚边窝着一条老黄狗，眯着眼享受着阳光的照拂。撒野的鸡在道路上招摇过市，压根不怕来往的车辆。文化楼里，十余名村民齐聚一堂，或弹、或唱、或跳。看到我从台前走过，他们报以热烈的掌声，或许这掌声就是对外来客人的友好回应。文化楼外，孩子们在追逐、嬉戏，打闹声、欢笑声汇成一片欢乐的海洋。

一群鸽子从文化楼的屋顶起飞，带着孩子们的欢笑声，飞成了剪影。那一瞬间，振江波光粼粼，如诗如画。在江上穿过，我的气和顺了，身心也和顺了。

傍晚时分，江边的节能路灯次第地亮了起来，黄色的灯光弥漫着、呵护着和顺的村庄。夜幕降临，农家姐妹们从村头村尾赶来，踏着音乐的节拍，翩翩起舞，舞出一股股沸沸扬扬的热风。扭腰、迈腿、摆手、转圈，她们越跳越投入，越跳越兴奋，越跳越带劲……

来吧，来吧，一起来跳吧，跳出文垴的精气神，跳出农家的好日子！

（2020 年 11 月 20 日）

状元江水流长

霞街飞白云，霞江扬清波。

霞江属鉴江水系，她犹如一条游动的玉龙，从碧空逶迤而来，在霞街的门前左折右转，形成一个深深的龙泉湾。那时，龙泉湾湾阔水深，碧波澄澈，百鸟飞翔。湾面千帆竞发，商贾云集，买鱼沽酒，击棹讴歌，热闹非凡。夜里，霞江橹声欸乃，粤曲悠扬。那吱嘎吱嘎的船橹声由远及近，由近渐远。在吴川人的记忆深处，霞江是南来北往的船只，是舟楫密布的古埠，是道不尽的繁华与喧嚣。

数百年来，霞江一直在流动、奔走，奔走、流动。碧绿透亮的霞江水不仅承载着南来北往的船只，而且孕育着千年霞街，滋润着一代又一代霞街儿女。饮着霞江水长大的清代状元林召棠曾"泽畔行吟"："宝江北来三百里，青山夹送苍虬（球）尾。鉴江东过青一湾，无数烟螺明镜里。"

北来三百里的江水呈"个"字形流淌在霞街的田野间，水深且碧。很多人都说，霞街因霞江而得名，霞街儿女，也因霞江而有了更多的神奇的色彩。然而，霞江更神奇之处，还在于它不断用时光修炼自己，最终炼成一条"状元江"。

霞江从历史深处流来。她不仅滋润着浓浓的吴阳风情，也为古街注入了岭西水乡的灵气。她的每一滴水，都蕴藏着光阴的故事；每一朵浪花，都在讲述一个动听的传说……后来，因筑吴阳之围，开塘尾支流，修闸口水坝，致使淤泥壅塞，活水断流。再后来，因泥沙垃圾堆积，生活污水直排，导致霞江频繁断流。到了20世纪70年代后期，霞江的生态彻底崩溃，江水又黑又臭像墨汁一样，水面常年漂浮着叫不出名的白色脏物，散发出一股股刺鼻的怪味。不日，霞江就失去了当初的灵性，河虾没了，鱼群也失去了踪影。钓鱼的人更是难得一觅。江边浣衣、渔翁撒网、水清舟悠、鱼虾成群、白鹭栖息的动人画面，只残留在老一辈霞街人的记忆中，年轻一代看到的是一条黑臭的"龙须沟"。

这就是那条曾用碧绿透亮的江水，灌溉丰饶的土地，滋养黄澄澄稻粮的霞江吗？这就是那条曾用清甜流淌的乳汁孕育一状元、四进士、十九举人，数百数千贡生、廪生、硕士、博士的"状元江"吗？

"状元江"静默无言，江边的树也静默无言！然而，透过那光秃秃的苦楝树，村民却分明听到了霞江沉重的叹息。

霞江之殇，刺痛了霞街人的心。霞街人说，霞江乃霞街的血脉之江，文脉之江，怎可"说断就断"呢？靠水耕作的人们开始怀念水清鱼跃的时光。众乡亲、众乡贤借着手机的光亮研读林召棠殿试《对策》："源委既远,疏道之方所宜详也。夫治河之吏知有堤而不知有河,密于修防疏于浚道。营田之吏知有田而不知有河,利其淤垫忘其涨塞。将因势利导并收厥功,如虞集之议海田。何承矩之耕水田,可仿其法矣。"

疏通江道,赓续文脉,还"状元江"一泓清水!霞街社区痛下决心,实施浚江工程,疏浚江道,奉还"会呼吸"的江岸。乡亲们从挖淤泥、浚江道、清理垃圾开始,发誓要将臭水沟变回曾经的"状元江"。甲午年春,村民举起自发治水之旗,全社区不分老幼、不分男女,纷纷有钱出钱、有力出力,将这个水乡景致,从遥远的童年记忆,拉回到人们的视野里。短短几个月,这个并不算富裕的社区,捐款高达两千多万元。

疏浚江道,不仅是霞街人穿越历史的探口,更承载着霞街人的守候和期许。丁酉年夏,疏浚江道的第一声号角在霞街响起。

号角声声起,烽火燃百里!历经烽火洗礼,霞街的地平线豁然亮丽起来,曾经的臭水沟也迎来华丽的转身。原本只有三米的江道一下子扩宽至三十米。江面上飞架起四座桥。江边筑起四个亲水平台和九个污水处理池。

江通了,水绿了。澄净如玉的江水在白云下缓缓地流淌。

那一弯江水宛如一条血脉,从霞街的左心房流出,又从右心房流入。从左心房流出的碧水映照着蓝天,映照着树影。一江碧水重现,让霞街重拾月貌,也让鱼儿重回江中。

大小不一的鱼儿在水中追逐，不时还跃出水面，露出美丽的鳞片。

鱼儿失而复得，让村民喜出望外。他们纷纷加入护江护鱼行列，人人争当"民间河长"。村民们告诉我，为了这一江碧水，为了碧水里的鱼儿，霞街人基本改变了千百年来烧秸秆、蹲旱厕、乱排放的习惯。另外，霞街人多管齐下，多措并举，清除流动污染源。

他们说："为子孙后代留下一江碧水，一江鱼儿。"

"一江碧水金不换呀！"河长林振潮说，"在霞街，人和水相互依存，彼此滋养。"

舟行绿水上，我们仿佛听到古老的渔歌从云霞间传来。

江水清澈见底，波光粼粼。那清澈的江水映照着朗朗的蓝天、悠悠的江云，映照着状元坊、状元井，映照着"高贤里"和错落有致的农家小院。农家小院前，村民正在舞剑，耍太极，跳广场舞。甩手、踢腿、扭腰、旋转、阔步……村民在江风中尽情地跳，欢快地舞。他们喜悦的身影，与碧绿的江水、悠扬的歌声重叠在一起，尽显一村人与一条江共同的自在。

"穿花蛱蝶深深见，点水蜻蜓款款飞。"一大群蜻蜓扑扇着晶莹剔透的翅膀在江面上自由飞翔。它们时而低飞点水，时而歇息状元桥头……

状元桥飞架东西两岸，连接着霞街的过去、现在和将来。站在桥上举目望去，但见熊岭叠翠，绿水潆回。远处，千亩稻田犹如一张金地毯，秋风吹过，涌起十重稻浪。

风从桥上吹过,包含着霞街过往的气息、气味,以及"乡村振兴"的历史足音。

一江碧水长流,一河清波荡漾。霞江正载着乡愁、诗意和希望流向大海,流向远方……

（2020 年 11 月 3 日）

苦楝树下

苦楝树孤零零地站在江边。树上的叶子几乎落光了，只剩几粒干瘪的苦楝果还挂在枝头。它的样子，很像那个叫"婷"的苦命女人。

不知道是巧合，还是冥冥之中的安排，阿婷刚出生时，那棵苦楝树就遭受强台风"蝴蝶"的袭击。"蝴蝶"一登陆，就张开猛兽般的血盆大口，"咔嚓、咔嚓"地吞噬家园，撕裂城镇。"蝴蝶"裹挟着骤雨，以摧枯拉朽之势直扑梅菉古镇，阿婷家的砖瓦房轰然倒塌，父亲的双腿被倒塌的横梁压断。江边那棵苦楝树也被"蝴蝶"活生生地撕成两半。

村里人都以为这树活不成了，没想到它竟慢慢恢复过来了。春风吹过，原先光秃秃的枝丫上冷不丁地抽出鲜嫩的绿芽。那绿芽嫩嫩的，绿绿的，像一个个小生命，在"咿呀、咿呀"声中开始人生苦旅。春雨飘来，这些绿芽"噌、噌、噌"往外冒，个头儿"嗖、嗖、嗖"往上蹿，叶子也由嫩绿变翠绿，再由翠绿变墨绿。很快,那墨绿色的叶子就盖过了树冠,叫人嗅到了春的朗润与微醺。

清明过后,它生长得愈加旺盛,灰褐色的树干擎着一株株黛绿的枝丫。三五场春雨一落,那黛绿的枝丫就交织成翠绿的大伞,路,由此而成了廊。这把翠绿的大伞高悬空中,给村里人撑起一片阴凉。到了傍晚,村民们便不约而同地来到苦楝树下纳凉。他们三三两两围拢一起,或谈天说地,或家长里短,或阴阳八卦。阿婷和村里很多女孩子一样,也常围着苦楝树嬉戏打闹。苦楝树不仅记录着阿婷的生活点滴,还见证了阿婷的成长岁月。一晃十几年过去了,阿婷已经长成亭亭玉立的少女。苦楝树也是一年比一年茂密,一年比一年粗壮。巨大的树冠绿荫如盖,占地半亩。

树大招风,树大也招鸟。不知从何时起,这棵苦楝树招来了许多不知名的鸟儿。鸟儿在树上叽叽喳喳,唧啾啼鸣。鸟儿的唧啾声,婉转嘹亮,清脆悠扬,给苦楝树平添了几许野性的意味。

"谷雨秧芽动,楝风花信来。"那一年夏天,苦楝树开花了。万千淡紫的小花绽蕊吐芳,一串串、一团团、一簇簇,星星点点,细细碎碎,丝丝缕缕。走近细看,每朵花似米粒般大小,素雅带些蓝晕,形小瓣多。五彩花瓣中间长着深紫色的花柱,花柱里吊着淡黄色的花蕊。淡淡的、苦苦的花香就是从黄色花蕊里散发出来的。

那黄色的花蕊,就像是春心萌动的阿婷,正伫立在江边等待一场夏雨，让夏雨把自己的心事淋湿。

夏雨如约而至，哗啦啦地下了起来，苦楝树的叶子顿时沾满透亮的水，花的香味也越发香浓。急雨横斜，粉色的花瓣纷纷掉落，就像下起一场花雨。花雨过后，成千上万只蝴蝶绕树飞舞，然后成块成串地栖息在树枝上。

恰似彩蝶翩翩舞，半树花雨引人来。这半树花雨不仅引来游人，还引来了一位货郎。

货郎头戴斗笠，肩披雨蓑，手推独轮车。路上，独轮车"吱吱呀呀"地唱着千年的凄凉。独轮车刚停稳，村民便呼啦啦围拢过来，瞧个稀罕。货郎小心翼翼地打开箱子，里面分门别类地放着红头绳、雪花膏、棉花糖、香烟火柴、针头线脑，还有一支牧笛。阿婷踮起脚尖，用手扒着箱子，眼睛紧紧盯着那支牧笛和那根红头绳。货郎似乎看穿了阿婷的心思，即刻拿起笛子吹奏了一曲《秋蝶恋花》。笛音清亮悠远、婉转缥缈，宛若天籁遏云绕梁。

"真好听！"阿婷轻轻掸落微粉的花瓣，眸光灼灼地凝视着货郎。货郎似乎察觉到她的目光，眼睛缓缓睁开，四目相接的一瞬间，两人都愣了一下，阿婷的心扑通扑通跳个不停，慌里慌张地转过身去。就在阿婷转身的那一刻，货郎已把心留在原地。

从此以后，货郎日日推着独轮车进村，每次进村都见到阿婷拿着扁担从苦楝树下走过。她那红格子衣裳与淡紫的苦楝花相互映衬，看起来格外亮眼。进村后，货郎都会站在苦楝树下吹笛，而且只吹那首《秋蝶恋花》。笛音或抑或扬或顿或挫，悠扬缥缈、绵延回荡，萦绕着无限的遐思与牵念。

"那袅袅笛音，该是梦里的声音吧?!"阿婷每次听到那缠绕在苦楝树上的笛声，总会产生一种莫名的情愫。

一曲未了，阿婷就绕着苦楝树跑，货郎绕着苦楝树追，一串串笑声在苦楝花间飞扬。也许是笑声的催化，苦楝树撒野似的生长起来，蓬蓬勃勃，枝繁叶茂。不经意间，苦楝树又开花了！村里人都说，苦楝树迎来了"第二春"！

"楝花飘砌，簌簌清香细。"满树苦楝花铺天盖地地开着，开得热烈，开得奔放，开得大气磅礴。远远望去，那淡紫的碎花，既像一朵朵的紫云，又像一缕缕烟霞。

绿中有紫，紫中有绿。原来青绿和淡紫搭配起来是如此好看，既清新又别致，既清丽又婉约，很有春天的味道。

"吹落红，楝花风，深院垂杨轻雾中。小窗闲，停绣工。帘幕重重，不销相思梦。"在一个楝花淡红的日子里，货郎与阿婷再一次不期而遇。四目相对那一刻，空气似乎都凝固了。阿婷抬起头，似乎想要说点儿什么，却被垂下头来的货郎狠狠地吻住。这强烈而炙热的吻，烧烫了她全身每个细胞，烧热了她所有的意志和情绪。货郎越抱越紧，恨不得将她整个人都吸进去。阿婷被货郎抱得快要喘不过气来，拼命地咳嗽。咳嗽声震落了头上的苦楝花。

待到楝花落尽时，楝果也已簇生成串。秋风乍起，楝果渐渐地由青色变黄色，由黄色变橙色，再由橙色变褐色。

然而，就在苦楝果由橙色变褐色之时，货郎突然间在阿婷的世界里消失了，谁也不知道货郎去了哪里。开始时，阿婷坚信，苦楝树在，货郎就会回来！

　　苦楝树，相思苦。阿婷像苦楝树一样站着，每天不曾消失。一天、两天，一个月、两个月，一年、两年……货郎始终没回来！

　　树枝一天天地往下沉，叶子一片片地往下掉！此时的苦楝树和村庄一样已显得十分单薄。

　　阿婷搂着苦楝树干直哭得太阳落了又升，升了又落。后来，村头来了一顶花轿，硬生生把阿婷撕心裂肺的哭声载走。花轿出村时，人们发现苦楝树上系着一根粗粗的红头绳。

　　阿婷带着苦楝树的"苦"嫁到东岸，又带着苦楝树的"苦"南下海南。出门前，阿婷特意采摘一大把苦楝树叶，做成花环，戴在头上。车子徐徐启动，阿婷绕着苦楝树走了三圈儿，才含泪离开。

　　阿婷噙着泪，登上了开往海南的客船。站在船头，看着远处翻滚的海水，她不禁潸然泪下。上岸时，她踩到香蕉皮摔了一跤，鲜血直流。她撕下了一片衣角，将伤口简单地包扎。然后，拖着疲惫的身体往小旅馆方向走去。头两天，因为伤势严重无法张嘴，她滴水未进。两天后，可以吃一些流食了，却只能用牛奶泡着饼干勉强下咽。坐在竹竿床上，她想哭，想大声地哭，却又哭不出来。她知道，这座城市最不缺的是眼泪，最不相信的仍然是眼泪。

阿婷含着泪开始了艰难"打拼"。她在工地上干过小工，学过裁缝，当过菜贩，后来盘下一家餐馆，经营海鲜和白鸽粥。每天清晨，天还没亮，阿婷就在厨房里忙碌，城市也在她那锅碗瓢盆的"交响乐"中苏醒。尽管忙得不可开交，阿婷还是抽空抬起头来，向海北眺望，眺望江边那棵苦楝树。乡土诗人告诉阿婷："苦楝苦楝，就是'苦练'。"

那段日子，阿婷日夜苦练刀工，磨炼厨艺。一只乐东黄流老鸭经她慢火浸煮后，即香气诱人。肉纯而不腻，酱料香而不抢味，"酱香乐东黄流老鸭"一下子成了小店的招牌菜。食客越来越多，生意也越来越旺。拼命打拼数年之后，她有了三间大酒楼，一双好儿女。

然而好景不长，那一个雨夜，丈夫遭"大耳窿"绑架了。原来，正当她挕起袖子拿起锅铲为家人幸福打拼的时候，丈夫却染上赌瘾，欠下一大笔赌债。

阿婷变卖房产，转让店铺，四处筹钱，为丈夫还赌债。谁料旧债未清，丈夫又借了一百多万赌债，且输了个精光。

新债加旧债，利钱滚利钱，丈夫欠债已达八百多万元。债主们隔三岔五上门讨债，让她整天提心吊胆。

盯梢、跟踪、打电话、泼油漆……"大耳窿"追命连环招，让她不堪其扰。有一次，"大耳窿"一脚踹开大门，威逼阿婷吞下三粒苦楝果。阿婷一仰脖，硬将三粒苦楝果吞下。"苦吗？""不苦，不苦，甜着呢！"阿婷含着泪笑了。

阿婷又一次站在苦楝树下，抚摸着斑驳陆离的粗壮的树干，满眼含着泪水。苦楝树上叶子已落尽，只剩几粒暗黄色的苦楝果孤零零地吊着。

一粒苦楝果就像一座大山压得阿婷喘不过气来，但她并没有向命运低头。她说："再苦再难，也要像苦楝树那样，生长不息，花开不断。"

那个雨夜，她又在海口街头卖起烧饼来，之后又盘下一家皮草专卖店。每次进货，她都自带干粮上路。说实话，阿婷吃的苦，比苦楝果还苦。不负苦难，不负儿女！她的女儿也从苦难中成长起来。一个温暖的午后，她送女儿去大连读大学。火车启动的那一刻，阿婷仿佛听到了梦醒的声音。

秋风起，秋雨至。一场秋雨一场寒，冬天如期而至。那一个冬夜，一声惊雷突然从浓密的乌云中蹿出，直扑大地。惊雷贴着房顶炸响，腾起一束束电光。"咔嚓、咔嚓——轰——"惊雷挥出锯齿形的闪电，直刺大地，直劈苦楝树。刹那间，苦楝树被雷雨劈成两半，树干被烧焦。就在苦楝树遭雷劈之时，远方却传来女儿的死讯。这对阿婷来说，无异于晴天霹雳。阿婷哭天喊地，几乎要把一生的泪水流干。如泣如诉的哭咽声和那昆虫的叫声，交织出一曲凄凉的哀乐。女儿的突然离世，对于她来说，是生命中无法承受之痛。她抗拒这样的事实。她总是想念女儿，奢望女儿还活着，希望这样能减少一点儿痛苦……

假如，苦楝树有灵性，应会感知阿婷的眼神，读懂阿婷的内心。

（原载 2021 年第 3 期《散文选刊》）

珍稀水禽闹湛江

彩鹮、勺嘴鹬、东方白鹳、黑脸琵鹭、中华凤头燕鸥……一只又一只珍稀水禽在飞舞、盘旋、鸣叫。

"咕咕咕……咕咕咕……"彩鹮扑棱着两翅，展翅高飞，飞出一道亮丽的彩虹。彩鹮在空中盘旋后滑落到前方的滩涂上，然后伸长脖子，啄起一条弹涂鱼。彩鹮叼起弹涂鱼径直飞进红树林。枝叶摇晃间，彩鹮已将弹涂鱼吐出，喂到雏鸟口中。雏鸟扑棱着稚嫩的小翅膀，啾啾地叫，黑豆一样的眼珠儿叽里咕噜乱转，四处瞅着红树白云。

红树树干卷曲，地根盘错，如龙如蟒，似狮似猴，像鹤像鹰，千姿百态。树干上抽出的红叶似火，树枝里吐出的绿叶如兰。微风抚过，绿叶便闪着鱼鳞般的微光。微光里有珍稀水鸟在啼鸣。

我和护鸟员"佩玉琼琚"放轻脚步，蹑手蹑脚地往前走，生怕惊扰鸟儿的歌唱。

"滑——儿，滑——儿，滑——儿"，暗绿绣眼鸟"萌萌"从一棵树飞到另一棵树。我们仰头望它们，红树叶的清香和晨光，还有那清脆的鸟声一起倾泻下来，瞬间将我们淹没。

海风吹过，红树林哗啦哗啦翻涌。这时，一群大凤头燕鸥驮着《诗经》从天边飞来，落在树梢上。紧接着，十多群灰褐色的水鸟也从四处盘旋而来。它们在空中组成了一片"黑云"，一时上升，一时回旋，密不透风地从空中飞落丛林。这些鸟儿蹬在树枝上，叽叽喳喳吵个不停，吵闹声在几百米外都听得到。

朝阳越升越高，禽鸟也越来越多。红的、黑的、白的、灰的，品种繁多，数不胜数。这些鸟儿一只挨着一只，一群簇拥一群，密密麻麻挤在一起，如同在开一场"万鸟大会"。

"会场"一片嘈杂，许多不知名的小鸟叽叽喳喳地在树间跳来跳去；几只刚孵化出来的雏鸟也从鸟窝里探出头来，嗷嗷叫……

"嘎嘎嘎！""嘎嘎嘎！"头鸟的咳声由远而近。"会场"顿时鸦雀无声，似乎连根羽毛掉水里都听得清。头鸟朝众鸟点了点头，然而把口里衔着的东西"吐"到树叶上。

众鸟看了印在树叶上的"文稿"后，都仰头抖动羽毛。"一鸟曰隹，二鸟曰雔，三鸟曰朋，四鸟曰乘"，会场响起了"哦、哎、哇哇、咕噜咕噜、咿呀咿呀"的混叫声。

混叫声从一片叶传到另一片叶，从一棵树传到另一棵树。鸟群借树叶的亮光，用眼神交流着。约莫过了三分钟，鸟群的混叫声转换成了"啾啾"的短鸣，这种声音像是在讨论如何觅食，又像是研究如何规避飞行风险。

"唧唧！"鸟群似乎达成某种共识。过了一会儿，群鸟跳跃，唧唧啾啾，甚是热闹。

"春花鸟语欲青山，万鸟争鸣又一春。"正午时分，彩鹬、琵嘴鸭、白腰杓鹬、东方白鹳等都不约而同地振翅飞出红树林，飞向田野，飞向山岗，飞向通明河。

通明河畔，成群的泽鹬、青脚鹬、大滨鹬、黑腹滨鹬正在水草间觅食，尽情享受午后暖阳。

潮水慢慢退去，裸露出大片滩涂，原来泊在水边的小渔船，已斜斜地搁浅在碧波之外。

一只黑脸琵鹭背立船头，不时挥动小铲子一样的长喙。一见水上有动静，便快速升空，然后箭一样直刺水面，未等水花落下，它已经叼起一条鱼。紧接着，嘴一张一合，便将整只鱼吞了下去。

潮水越退越低，裸露的滩涂也越来越多。此时，两只中华凤头燕鸥又从远处飞来，与先期抵达的黑脸琵鹭"交会对接"。

它们在滩涂上跳跃、展翅、昂首、翘尾，奏响了候鸟王国的"无声恋曲"。

海风又一次拂过通明河，鸟群哗然而起，齐齐飞向大海，飞向天空，飞向湛江钢铁厂。

湛江钢铁厂像一个"钢铁巨人"屹立在海天之间。厂内高炉耸立，管廊纵横，油罐成群。热轧车间里更是铁水奔流，钢花飞舞，火龙飞蹿。

一进入厂区，我们就听到了清亮的鸟叫声。那清亮的鸟声像透明的雨滴，缓缓地滑进我的心田。我们循声找去，终于在高炉边看到它的"倩影"：栗红色的喉，蓝色的尾翼，绿色的翅膀，黑色的过眼纹，还有橙黄色的羽毛……啊，是栗喉蜂虎鸟，"中国最美的小鸟"！

我们站在岁月的肩膀上远眺，但见栗喉蜂虎鸟时而在东山湖上飞舞，时而在衔头塘中游弋，时而在凤凰树上嬉戏，完全一副回家的感觉。

其实，早在2018年7月，栗喉蜂虎鸟就把"家"搬到湛江钢铁厂。之后，栗喉蜂虎鸟年年相与还。湛江钢铁厂俨然已成为它们的"爱巢"和"产房"。

栗喉蜂虎鸟到钢铁厂"筑巢"，让湛江摇曳着某种惊喜和某种带有神秘气息的欢欣。

栗喉蜂虎鸟"嘤嘤"地叫着。湛江人说："有鸟叫的地方，才会有鸟语花香的生活。"

于是乎，他们将对鸟语花香生活的向往化作向往的力量，不断挖池修渠种树，短短几年间，竟在厂区内种下十多万棵红枫、凤凰木和小叶榄仁。

我们站在凤凰树下，仰头看见一只雄性栗喉蜂虎鸟正给雌鸟喂虫子。这时，空中飞来一只蜻蜓，雄性栗喉蜂虎鸟倏地起飞，闪电般扑向蜻蜓，并用长而尖的喙啄断蜻蜓的翅膀，待蜻蜓下落时，再俯冲飞行"接"住蜻蜓，然后转体飞向雨水收集池。

雄性栗喉蜂虎鸟衔着蜻蜓，在空中滑翔、悬停、回转，画出了一道蓝色美丽的弧线，让人产生无限的遐想……

（2020 年 8 月 8 日）

科长与狗

在张艳科长的眼里，"泰迪"是一条狗，也不仅仅是一条狗。张艳科长清楚地记得，第一次遇见"泰迪"是在戴帽局长家门口。当时，"泰迪"舒展着身子趴在"宝马"车轮下，嘴巴杵在花盆的凹凸处。见张艳科长进门，"泰迪"假装不见，神情异常地冷。

张艳大着胆子往前走。"泰迪"怒眼圆睁，目光锐利，露出一副龇牙咧嘴的凶相。

张艳抿着嘴，弓着腰，蹑手蹑脚地走到窗边。忽然一阵冷风吹来，张艳禁不住打了一个寒战。突然，"啪"的一声，张艳的手机掉到了地上，屏裂了。张艳立即蹲下身子去捡手机。这个举动对欲扑的狗来说无疑是一种挑衅。"泰迪"后腿用力一蹬，龇着的獠牙狠狠地朝张艳的后心咬去。张艳惊出一身冷汗，本能地往后一闪，只听"哧"的一声，衣服前襟已被"泰迪"利爪划破。

"金毛！"戴局长厉声喝住"泰迪"。"金毛"仰头看看主人，似乎明白了什么，赶快收起尖利的獠牙。戴局长没好气地瞪了"金毛"一眼，瞪得它紧缩了一下身子，尾巴夹得很紧，很紧……"汪！唔汪。""金毛"讪讪走远了。看着"金毛"渐渐走远的身影，戴局长突然有些怅然若失！客厅里，一下子就安静下来。戴局长歪着头，倚靠在官帽椅上，看着窗外无情的滂沱大雨，也念着雨中的"金毛"。

　　"金毛，回来！"戴局长在雨中呼叫。"汪汪汪！""泰迪"在雨中奔跑。一进门，"泰迪"就用力抖动身体，抖落一身灰雨。

　　"去，给老爸拿鞋！""金毛"跑来跳去地将拖鞋叼到跟前，戴局长满意地摸摸"金毛"的头。啊！"泰迪"就是"金毛"！"金毛"就是"泰迪"！张艳似乎明白了什么，蹲下身子，摸了摸狗狗的下巴。"金毛"懂礼，即趴在地毯上吐出红红的舌头。

　　从此以后，张艳隔三岔五就往戴局长家里跑，给"金毛"送狗衣狗饰狗粮。

　　送至戴家的全是高营养、高适口狗粮。这些狗粮全由张艳烹制。每次出锅，张艳都会用嘴品尝一下狗粮的口感。

　　一见到张艳送来的"美味料理"，"金毛"总会用嘴拱一番，然后耷拉着舌头朝张艳哼唧着。

　　吃得好却睡不香！张艳打探到"金毛"有反常的表现后，即飞赴广州，定制两个咖啡色狗笼。狗笼为豪华抽屉式，可自动调温清洁。

温度调节好了，人狗之间的距离也渐渐拉近了。在人与狗相处的日子里，张艳还常去庙里烧香磕头祈福，祈愿"金毛"平安。

一个深秋的夜晚，"金毛"突然发病倒地，浑身抽搐，口吐白沫。张艳立即从床上弹起来，飞奔冲向戴局长家。张艳熟悉狗性，略通药理。一见"金毛"瞳孔扩张、牙龈出血，就初步判定"金毛"已中毒。于是，张艳赶紧将"金毛"送往宠物医院。听诊、量身高、测体重、做B超、化验粪便，一轮下来，张艳累坏了。但张艳痛并快乐着。经兽医们"会诊"，最终诊定为葡萄球菌毒素中毒。洗胃，补液，打强心剂。那段日子，张艳像亲人一样日夜陪护在病床前。擦洗、翻身、按摩、喂饭、端屎端尿，张艳让"金毛"得到亲情的慰藉。在药物和亲情的双重作用下，"金毛"终于挺了过来……

渐渐地，"金毛"被眼前这个殷勤的张艳吸引住了，双方的感情快速升温。"久久不见久久见，久久见过还想见。"每次相见，"金毛"就会摇着尾巴"汪汪汪"地叫。

"来，金毛，姑姑给你剪趾甲！"张艳抓稳狗狗的脚趾前端，然后用剪刀尖头轻轻夹住趾甲，再用力往下一按，"咔"的一声，趾甲落地。也许是用力过猛，"金毛"感到钻心的痛。它突然扭头咬了张艳科长一口，伤口很深，一直流血。张艳飞脚踢开"金毛"，冲出了大门，急速飞奔冲向医院。打了免疫球蛋白、破伤风、狂犬病疫苗针后，张艳的心情才慢慢平复。

兽医用半开玩笑的语气说："凡是被戴家的狗咬过，都会升官的！"

张艳一下子就忘记了痛，赶紧卷起狗用香波、香水、链子、狗衣往戴家赶。一时间，狗用香波、香水、链子、沐浴露等物充塞戴家各个角落。

"噢呜汪、汪、汪！""金毛"与张艳的心越走越近，情也越交越深。在居家的日子，张艳与"金毛"还滑入舞池，跳起快活双人舞。彼此的亲密度浓得化不开。一曲舞毕，张艳即向"金毛"行一个屈膝礼："这是和春天一起跳舞！"

自此，一人一狗就成了形影不离的"好战友"。

一起跳舞，一起遛弯，一起晒太阳，人与狗其乐融融。一天傍晚，张艳牵着"金毛"去瑞云湖遛弯。湖内波光潋滟，满目生翠。"金毛"一边摇尾巴一边汪汪大叫。它走起路来昂首挺胸，大摇大摆，一副旁若无人、居高临下的样子。行至万花岛时，却被一位修自行车的老人堵住了去路。"汪，唔汪！""金毛"龇牙咧嘴，朝着单车老人的身后狂吠。单车老人害怕极了，汗水一个劲地往下流。"轰隆隆——""金毛"猛扑上来，冲着单车老人的脸和脖子狠狠撕咬。单车老人赶紧用手格挡，狗又咬了他的手臂。手臂瞬间被撕咬出多道伤口，血流如注……

紧接着，"金毛"大摇大摆地扬长而去——

一路红尘一路歌。然而，"金毛"回到戴家不足一个时辰，就神秘失踪了。

张艳心急如焚，到处张贴"重金寻狗启事"："我和'金毛'的感情特别深！'金毛'走失时颈挂黄铜铃铛，身穿粉色皮套。

如帮我寻回，定重金酬谢。'金毛'如家人一样！"

半个月过去了，"金毛"一点消息也没有。就在张艳觉得希望越来越渺茫的时候，网友传给她一张照片，是"金毛"！看到"金毛"所在的位置，张艳十分震惊，它竟然跑到了南极村，那里离戴家足足有一百三十公里啊！张艳立即驱车赶往南极村。在发现了蜷缩在树边的狗狗后，亲切地喊道："金毛，我的宝贝，是你吗？"

"金毛"使劲摇着尾巴。

张艳一个箭步冲了上去，一把搂住了"金毛"！归去来兮，人狗不了情……张艳抱着"金毛"哭倒在树底下。此时，"金毛"的尾巴摇得更厉害，且发出呜呜呜哀鸣声。正当张艳哭得稀里哗啦之时，手机突然响起报警声。手机屏里蹦出了一条信息："戴帽局长涉嫌严重违纪违法，目前正接受市纪委监委纪律审查和监察调查。"

张艳眼皮直跳，背后更是升起了一股莫名的寒意。

"这年头，连狗都靠不住了！"张艳一掌把"金毛"狠狠推开。

"金毛"一脸茫然。

"滚，滚，滚，有多远就滚多远！"张艳大骂一声，抬起脚，一脚踹向"金毛"的腹部。

"嗷！嗷！""金毛"即时发出凄厉的惨叫声。那凄厉的惨叫声在南极村的上空久久回荡……

（2020 年 7 月 3 日）

情定大陆之南

北纬 20° 13′ 14″，一个孕育神奇的地球刻度，停留在极南之地——徐闻灯楼角。

一地拥双海，徐闻灯楼角自古便是海角妙地。从空中俯瞰，但见灯楼角状如犄角，自北向南揳入琼州海峡，与海南天涯海角、台湾鹅銮鼻一起演绎"爱在南三端"的传奇。

灯楼角上有塔，一新一旧，一高一低，新塔为六角棱形，塔身用白色瓷砖镶嵌，自启自熄；旧塔为石砌圆形，高十六米，与海南临高角遥遥相望。在世人眼里，这两座塔不仅藏着历史烟云，还藏着爱的密码。

相传很久以前，徐闻角尾乡一渔郎出海打鱼时邂逅海南临高一渔姑。渔姑时值芳龄，模样俊秀，宛如迎风绽放的山稔花。

"有一美人兮，见之不忘。一日不见兮，思之如狂。"渔郎的深情表白，把渔姑感动得泪流满面。很快，两人便坠入爱河。

平日里，渔郎渔姑隔海相望，寄相思于"哩哩美"："渔民耕海唱渔歌，柔情满怀妹爱哥，渔歌唱得鱼满舱，金鳞银翅千万箩。哩啊哩哩美，哩啊哩哩美。"

为解相思之苦，渔郎渔姑决心修筑一道海堤，把灯楼角与临高角连接起来。他俩披荆斩棘，搬石移礁，堵海筑堤。慢慢地，手磨破了，脚也磨出了血。海龟和海鸟深深被他俩的真情所打动，纷纷背起小石块、大石头往海里填。眼看快要合龙时，却被夜叉发现，夜叉即舞动金刚杵直接将海堤捣毁。结果，渔郎渔姑双双殉情，葬身大海。后来，渔郎变成灯楼角，渔姑变成临高角，深情守望岁岁年年。千百年来，灯楼角、临高角见证了无数凄美感人的爱情故事。"深知身在情长在，怅望江头江水声。"如今，仍有不少恋人守在灯楼角下，等待远方情人归航。

很多人都说，藏在灯楼角、临高角里的爱情，不仅仅是浪漫，更多的是风雨兼程。

灯楼角的北边有两棵树，一棵是葱郁苍劲的榕树，一棵是笔直挺拔的槟榔树。古榕树与槟榔树紧紧地"抱在一起"缠绕着生长，俨然一对"夫妻树"。据说，这对"夫妻树"已在风雨中站立一千年。

灯楼角的西边有一片野生菠萝林。菠萝林盘根错节，藤蔓错杂，周边长满了鲨藤、仙人掌、相思子等植物，形成一道原始神秘的幽谷，人称"情人谷"。

野生菠萝树如刀如剑，叶缘和背面中脉均有粗壮的锐刺，轻触即见血。传说中的滴血菩提子就藏在这片野菠萝的果束里。

"莫将菩提子，化作相思豆。留待相思绪，缠绕在心头。"据说，那些滴血菩提子就是由角尾热血青年阿勇和阿浪幻化而来。阿勇阿浪从小一起长大，青梅竹马，自是情投意合。一个秋风萧瑟的日子，阿浪到海边拾螺捉蟹，正捉到兴起时却遭遇强盗，强盗垂涎阿浪的美色强行将她掳走。后来，阿浪不堪受辱咬舌自尽。得知恋人已含恨九泉，阿勇悲痛欲绝，最后殉情在恋人的坟前。不久，他俩的坟地周边便长出一片野菠萝……

据当地渔民介绍，这片菠萝林曾多次遭受台风、海潮的袭击，林里的大小树木均被折断，而野菠萝树却一直郁郁葱葱，花繁叶茂。到成熟的季节，野菠萝开出紫色的花，结出圆球形的果。如今，这片野菠萝林已成为祈祷爱情圆满之福地，四季情侣游之不绝。一对来自五指山的男女青年曾把"同心锁"挂在树丫上，并写下一段浪漫又富有诗意的情话："照一半的阳光，吹一半的海风，留一半的爱，遇见一半的你。"

灯楼角的东边有一座古老的书院。书院前庭有几株凤凰树、古榕树，还有一口"梦泉"古井。据说，"东方情圣"汤显祖就是饮了此泉水后，梦魇缠绵，才思泉涌，触景生情，因情成梦，因梦成戏，而后写成了流传千古的《牡丹亭》。杜丽娘是《牡丹亭》中的女主，她因情而梦，因梦而病，因病而死，死后三年又因情复活，最终与柳梦梅双宿双飞，共赴白头。

"情不知所起，一往而深。生者可以死，死可以生。生而不可与死，死而不可复生者，皆非情之至也。"

四百多年来，这部跨越生死的浪漫爱情故事感动了无数青年男女，也勾起了青春不再的另一群人深深的回忆。"但使相思莫相负，牡丹亭上三生路。"前些日子，《牡丹亭》以雷剧面貌"还魂"。一时间，古灯塔内外皆是"游园惊梦"。

灯楼角的南边有一片沙洲。沙洲如金簪自北向南揳入琼州海峡，与织女星遥遥相望。有人说，月圆之夜，就会听到牛郎织女的窃窃私语和缠绵的情话。沙洲上布满了晶莹璀璨的贝壳和千姿百态的红珊瑚。涨潮时，来自南海的"湛蓝蓝"与北部湾的"灰蓝蓝"就像一对热恋中的男女紧紧抱在一起，如胶似漆，激情拥吻，吻出一道玫瑰的痕印。当地人称之为"接吻浪""情人潮"。

吻痕叠着吻痕，浪花追着浪花，不知何时，"情人潮"里游来了两个鲎。

鲎，堪称海洋里的远古遗民，它从四亿多年前问世至今仍保留其原始而古老的相貌。鲎的长相虽然有点奇特，但它对爱情却忠贞不渝，雄雌一旦结成夫妻便长相厮守，生死与共。平日里，肥大的雌鲎总是驮着雄鲎相叠而行。春夏之交，雌鲎就背着雄鲎游到沙滩上，扒沙做窝，然后抱合产卵孵化。这些"夫妻鲎"，无论是刮风还是下雨，无论是贫穷还是富裕，无论是健康还是疾病，从来都是双宿双飞，雄飞雌从。如果其中一只夭折，另一只绝不独活。如果其中一个被捕，另一只绝不独自逃离宁愿舍身殉情。

据《闽书》记载："雌鲎负雄，获雌则得雄，雌或脱去，雄亦终毙。"鲎也因此获得"海底鸳鸯"的美称。

趁着"情人潮"还没完全退去，雌鲎驮着雄鲎缓缓爬上沙洲，挖坑筑巢，续写"亿年老鲎的现代爱情故事"。

"夫妻鲎"如此多情，引得沙洲上那对情侣爱意爆发。两人交颈相靡，耳鬓厮磨，执手直欲偕老。这对情侣都有一个绝美的网名，一个叫"北港不夏"，另一个叫"秀英不秋"。两人相识于网络、结缘于网络。起初，他俩都不相信爱情，后因共建中华鲎栖息地而碰撞在一起。"爬一世，驮一世，海水不干情不逝。"两人面塔立盟，向海誓言，情定大陆之南。"思君梦里常相见，许我心头总自知。"在他俩的眼里，大陆之南本就是一座梦幻的伊甸园。那里不仅有相思塔、夫妻树、情人谷、接吻浪、"牡丹亭"、"海底鸳鸯"，还有一眼万年的浪漫时光和不老的东方爱情传说。

那至死不渝的爱情传说，忠贞不渝的爱情故事无不给神秘的沙洲披上一层神秘的色彩。这块坐落在北纬20°13′14″线上的"金簪沙洲"时刻都用神奇而又富有寓意的经纬度向世间宣告爱的誓言。一登上"金簪沙洲"就仿如登上了丘比特小船，而小船前头的"白头浪"，恰好是灯楼角最生动的注脚——长相守，到白头。

傍晚的海风越发温柔，"金簪沙洲"上空的星月更加明亮。

星月浅唱，塔畔定情，情定大陆之南，爱至海枯石烂！

（2020 年 5 月 16 日）

汽笛声，城市的心跳

时隐时现，时断时续，时强时弱，湛江港里的汽笛声既难以捕捉却又真真切切。与车站里的汽笛声相比，港口里的汽笛声更具晕染之感和生命质地。

千百年来，湛江就在那飘忽不定的汽笛声里发育，成长，沦陷，崛起。

城市的喜怒哀乐、悲欢离合、酸甜苦辣全都储蓄在那飘忽不定的汽笛声里。

我伫立在赤坎踏跺式码头上，凝视着烟雨迷蒙的海面。时间一如八百年前的样子轻轻流淌。坐在系船的石墩上，我似乎触摸到历史褶皱里的余温。

南宋绍兴年间，赤坎就在一片潮水般的汽笛声中开埠，那时商船可乘潮出鸭嬷港、沙湾，经高州、广州、福州，直抵南洋。数百年来，赤坎一直在"呜呜"的汽笛声中走过漫长的岁月，至清道光年间，赤坎古埠筑起了十个踏跺式码头，呈现出

"商旅攘熙、舟车辐辏"的昔日胜景。踏跺式码头在过去的那个年代，曾是湛江祖辈买舟渡海、战风斗浪、闯荡天下的起点与终点，也是商贾大亨南货北运、追名逐利、荣辱兴衰的人生站台及世路港湾。

一代又一代的湛江人，都曾带着历史的体温，带着红土的气息从这里登船奔向远方。

曾经，赤坎古埠码头千船蚁集，万里樯橹，昼夜鼎沸。沸腾的码头上时常传来轮船的鸣叫和纤夫的号子。那一船船洋伞（雨伞）、洋钉（铁钉）、洋油（汽油）等洋货不仅压弯了纤夫的腰，也压弯了轮船的汽笛声。如今，汽笛声已随风飘远，踏跺式码头也在风中日渐老去。但码头上的繁华喧嚣、声色犬马仍烙印在城市的记忆里，彻骨入髓。那绵延百里的汽笛声里仍流淌着湛江先贤放眼远方的目光。

潮起潮落，云卷云舒。码头枕着涛声睡去，湛江也枕着涛声睡去。突然，海面掀起狂风巨浪。数百米高的巨浪直接打向城市的"心脏"。就在这危险时刻，法国战舰巴斯噶号、狮子号、袭击号伺机闯入湛江海域，强行武装登陆。

法国战舰在海头汛横冲直撞，并鸣笛示威。那尖锐的汽笛声宛如钢针将苍穹刺破。听到那振荡耳膜的汽笛声，湛江的心中就像扎了千万根钢针，异常地疼。

在一片哀嚎的汽笛声中，湛江沦为法国殖民地。

法国殖民主义者强行登陆后，即在霞山筑堤岸，建栈桥码头。栈桥码头长三百三十四米、宽七米，只能停泊三十吨级的木帆船。尽管栈桥码头很短，但却见证了湛江的苦难和被殖民的岁月。如今，栈桥码头连同那尖锐的汽笛声，都深埋在历史深处。

历史、现实、未来，是一条不可逆的时间之轴。不管是汹涌的浪、怒吼的潮，还是咆哮的风、霹雳的雷，都改变不了时间的节奏。

1956年10月，波兰籍"玛布切克"号远洋巨轮犁开万顷碧波，疾速驶进湛江港。

"呜——呜——呜——""玛布切克"号远远就拉响了汽笛。那一声明亮的汽笛，犹如平地惊雷，惊起一滩鸥鹭。紧接着，扳轮转动，吊桥升起，码头起吊，吊机的轰鸣声与轮船的汽笛声、渔船的马达声、海鸥的鸣叫声交织在一起，构成一曲雄壮的海的交响曲。这高亢激昂的"大海交响曲"既向世人宣告湛江港正式开港，又向世人宣告湛江已"满血复活"。

"日月之行，若出其中；星汉灿烂，若出其里"，港内的货船、轮船、渡船、渔船、商船日夜穿梭于东西两岸。

为了能更真切地听清船只的汽笛声，我特意在西海岸租了一间小房子住下。房子不大，但打开窗可看到海。每次看到轮船从窗前驶过，我就会举起酒杯与轮船对饮。酒过三巡，我就在猜想这船有多大，有多宽，能抗几级台风；猜想这船建于何年，建于何地，能装几吨货物；猜想这船如何战酷暑斗严寒，如何战狂风斗恶浪，如何直挂云帆横渡沧海……

我总是喜欢以自己的方式，把自己的呼吸、色彩融入那一阵阵汽笛之中。

　　船笛也总喜欢以自己的方式，把自己的气息、味道糅进我的梦里。梦里的笛声时而激越，时而舒缓，时而高亢，时而婉约。乘着笛声的翅膀，我的思绪在飞，飞向高山，飞向大海……

　　千年潮未落，风起再扬帆。前些日子，湛江港又响起了那雄壮、浑厚的汽笛声。那威震八方的汽笛声对天长吼，激起了滔天巨浪。汽笛声中，中国海军护航编队解缆起航，奔赴亚丁湾。那浑厚的汽笛声穿越历史，穿越时光，永久地留在了湛江湾。

　　日月在航道上穿梭，时光在汽笛中流逝。2020 年 4 月 4 日 10 时整，湛江港又响起了凄婉的汽笛声。这一刻，海港内的所有船只停止一切作业，集体鸣笛致哀，深切悼念抗击新冠肺炎疫情牺牲的烈士和逝世同胞。

　　天空垂泪，海浪呜咽，泪水在船与船之间流淌。三分钟，一百八十秒，哀思充满心间，填满海港。听到哀痛的汽笛声后，船上的狗也大声吼叫，继而泪流不止……

　　逝者安息，生者奋进！次日清晨，一缕缕千年的阳光柔和地洒在翻滚的浪花上。"嘟——嘟——嘟——"停泊在港内的货船、轮船、渡船、渔船又奏响了激越的汽笛声。汽笛声铿锵嘹亮，响遏行云，经久不息。那汽笛声与机器声、车轮声、吆喝声、欢笑声、鸟鸣声交织在一起，回荡在历史与现实的天空。在铿锵嘹亮的汽笛声中，湛江钢铁航母、中科炼化航母、巴斯夫化工航母逆风起航。

　　此起彼伏的汽笛声已在湛江的上空飘荡一千年。那千年的汽笛声越过重重高楼，穿过茫茫岁月，飞溅到浪花之上。汽笛声里既凝聚着历史烟云，又藏着历史密码。我竖起耳朵静静地听，似乎可听到城市的历史心跳，触摸到城市的生命脉动。

（2020 年 5 月 6 日）

罗斗沙岛，那一抹停泊的蓝

　　头大尾小，东高西低，罗斗沙岛宛如一艘"月牙船"，悠悠停泊在琼州海峡东口。

　　"春潮带雨晚来急，野渡无人舟自横。"伴着琼州海峡的潮水，罗斗沙岛一直在漂移，一刻都没停歇。后来，"罗斗沙"玩失踪，神秘地消失好几年。清康熙年间，"罗斗沙"又从海底突然冒出来，重新形成一片新沙洲。"罗斗沙"重出"江湖"后依旧保持原有的"江湖"习气，整天玩"水上漂"功夫。

　　在世人眼里，"罗斗沙"不仅会"漂"会"跑"，还会"跳"会"唱"。

　　说来也奇怪，"罗斗沙"上不仅树会"跳"会"唱"，鸟会"跳"会"唱"，连沙滩也会"跳"会"唱"。

　　岛上有一条黄里透白的沙滩。沙滩上长满了鲎藤、滨刺草和咸水香附。这些护沙植物都是任性地生、恣意地长、放肆地开，没有任何掩饰。

沙滩上的沙粒很细、软软糯糯，我用手插进去，轻轻一划，沙粒就从指缝间溜走。用脚踩进去，慢慢向前犁，沙粒就发出"吱吱"的声音。

乘坐滑板从沙顶自然滑下时，身下的沙粒便翻卷滚动，相互摩擦，发出管弦鼓乐般的隆隆声响。这种从沙子内部发出的妙音，让人遐想不已。

然而，更让人产生无限遐想的还有远处的那片木麻黄树。木麻黄树一行行，一排排，延绵不断，逶迤起伏，构筑起一道绿色屏障。

我还没有走近，木麻黄树就发出了咻咻的声响。这种声音来自岁月深处，承载着岁月的打磨和沉淀。细细一品，可追忆岁月之声。

在人们的记忆里，罗斗沙曾是一个尘土飞扬、寸草不生的秃岛。20 世纪 70 年代，一批下乡知青以战"沙虎"之名来到岛上安营扎寨。刚上岛，他们就遇到暴风沙。

当时，他们挖一个树坑，沙子就填一个树坑。煮饭时，锅盖稍稍盖晚一点，米饭就会变成沙饭。

面对肆虐的风沙，他们立下铮铮誓言："不治风沙终不还！"

他们排起人墙，挡住风口，然后挖坑种树浇水。然而，要在秃岛上种树种草种春风，又谈何容易？树苗种了死，死了种，种了又死呀！但他们"任尔东西南北风"，始终"咬定青山不放松"，经过"死磕"，硬是把木麻黄栽在沙地里。

春雨过后，一棵棵木麻黄树拼命地生根发芽。

阳光过处，一棵棵木麻黄树拼命向上生长。吸吮着阳光雨露，这些细小的幼苗终于长成了大树。可以说，知青们是吃着沙饭挺过来的，而木麻黄树却是吃着风沙挺起来的。

然而，人算不如天算。一场突如其来的台风将海岛的蓝色梦想彻底摧毁。台风过处，好多木麻黄树被拦腰折断或者被连根拔起，有的甚至还来不及呻吟就轰然倒下。

面对如此惨象，知青们禁不住号啕大哭。树木断裂处流出来的树汁，不就是知青眼里掉下的眼泪吗?!

然而，"罗斗沙"不相信眼泪! 哭过之后，他们又像以往无数次一样，重新挖坑种树浇水施肥。

他们对着幼小的树苗喊:"即使倒下，也要站起来迎接下一轮风沙! "

为了让木麻黄树苗壮成长，他们捞来小鱼小虾积成肥喂养幼树。幼树在春风里生，春风里长。那温暖的春风除了吹绿树芽，也见证了幼苗的成长。

长大后的木麻黄树挺拔劲秀，绿意葱茏。松针般的枝条厚积亭顶，周边挂满了小棒槌状的褐色的"球果"。很多人都说，每个"球果"里都有段"罗斗沙"的故事。

我钻进林间，脚下尽是木麻黄针叶。踩着厚厚的落叶针毡，耳边完全是木麻黄的歌唱。

耳朵贴着树干细细地听，听到一种浅浅的"沙沙"声。这种声音似情人在窃窃私语，如燕子在呢喃。

风乍起，林涛飒飒作响，像是林海在歌唱。此时，林声、风声、涛声、鸟声混在一起，浑然成天籁之音。

林涛声唤醒了海岛的早晨，也唤醒了树上的鸟儿。

"啾啾""咯咯"，鸟儿在枝丫间顾盼，跳跃，欢快地鸣唱。那些鸟叫声清脆悦耳，婉转动听。

透过树的缝隙向上仰望，我隐约看见一群又一群的鸟儿从远处飞来。它们绕树盘旋三周后，突然哗哗地落下。一时间，木麻黄林里到处都是鸟声、鸟影。灰的、黄的、红的、黑的全都拉开它们婉转动听的歌喉。

"啾啾""吱吱啾啾""唧唧啾啾——"它们一会儿短鸣，一会儿长调。这种声调里既有春天的旋律，又有春天的宣言。

林带里全都是鸟，万只鸟儿或飞或走或卧，千姿百态，构成了一幅万鸟闹春的图景。这些鸟密密麻麻，遮隐着冉冉春光。

我蹑手蹑脚钻到树林里，"呼——"群鸟忽然腾空而起，遮天蔽日。

鸟儿时而排成"一"字，时而排成"人"字，伸长着脖子，对着天空发出"咿呀、咿呀"的声音。很多人都说，这些"咿呀、咿呀"的叫声，就是"罗斗沙"的"岛语"。而这些"岛语"也恰恰证明"罗斗沙"早已成了一个四季鸟岛。的确，在"罗斗沙"上，不仅春季有鸟儿来栖息，连冬季都有海鸟来繁殖。仲夏时节，更可见到万只海鸟集中到岛上产蛋，而且一个沙窝一个鸟蛋。这些鸟蛋颜色各异，大小不一。待海沙的温度升至"爆点"，鸟宝宝便会破壳而出。如果海沙温度过高，这些海鸟就用嘴衔来海水给海沙降温……

铺天盖地的飞鸟，扑棱着翅膀，飞上天空，飞向大海。

然而，大海的天气也是说变就变，刚才还是晴空万里，转眼已乌云密布。乌云越聚越密，越压越低。顷刻间，暴风雨倾泻下来……

风雨过后，夜空终于出现了朦胧的月亮光影。月亮仿佛也戴上了口罩，只露出小半张脸，注视着这座海岛。我虽然看不清月亮的脸，但这是我见过最美的月亮。月光像被海水淘洗过，带着大海的味道。海岛上的树、鸟、人，甚至海岛的一切都融入半明半暗的月色里。此时，一阵薄雾也从月色里慢慢地晕开。渐渐地，渐渐地，雾越聚越多，越聚越浓，直至将罗斗沙全笼罩起来。薄雾在岛内游动，在幻变，萦绕出一番云阶月地的仙景。

"行到水穷处，坐看云起时。"坐在礁石上看云起云飞，观雾浓雾淡，我的心情渐渐地平复下来。

一个人在这苍茫的月下，什么都可以想，什么都可以不想，这是多好的状态呀！

不知不觉，雾渐渐地稀薄，渐渐地融化了。此时，我的内心似乎也与雾融化在一起，既无悲也无喜，既无所求也无所惧，既不怀恋过去也不奢望将来，好一个真我本我。其实，内心清简，一切皆安，多好！

浓雾散尽了，太阳也渐渐地红起脸。

突然，一道七彩的霞光瞬间席卷而来，片刻之间便拉皱琼州海峡的天空。"哧哧！"祥云犹若七彩火球一般不断在空中翻腾、跳跃、飞舞、燃烧、爆裂。约莫一刻钟工夫，七彩火球幻化成一条金色的河流，河流两岸耸立着亭台楼阁、城郭古堡，远远望去就如同仙境一般。

七彩祥云持续在天空中燃烧，一直"烧"至海之南。祥云下的海口市也是霞辉缭绕，宛若海市蜃楼……

（原载 2020 年第 7 期《散文选刊》）

感时花溅泪

从没有哪一个春季，能像庚子鼠春那样让我们如此焦灼不安；也没有一个春季，能像这个庚子鼠春那样让我们如此泪流满面。

一

庚子鼠年本应是一个神奇的年份，但新冠肺炎病毒却将庚子鼠年的神奇化为魔幻。

新冠肺炎疫情来势之猛，蔓延之快，危害之烈，让人避之如虎，谈之而色变。

新冠"毒魔"携带"嗜血的弹头"狂轰武汉，肆虐神州。一时间，长城内外，乡村阻隔，城镇封闭。荆楚大地，更是万户萧疏唱悲歌。危难时刻，无数中华儿女毅然决然告别家人，挥别家乡，义无反顾冲上火线，冲向战场。一群又一群白衣天使无畏生死，"逆行"出征，就像战士开赴战场一样，子与父别，女与母别，妻与夫别……

出发总是披星戴月，护士郑春岚一接到"军帖"，就披白衣战袍，深夜出征。一出家门，原本晴朗的夜空突然阴云密布，紧接着，一场毫无征兆的大雨便从天上降下来。母亲没带伞，就跟在车子后面狂追。担心和祈盼在母亲的心头碾出两道深深的车辙。雨越下越大了，豆大的雨点像子弹一样射在地上，击起一朵朵泪花。"春，你要平安归来！"听到母亲深情的呼唤，郑春岚终于忍不住抹起了眼泪。

风萧萧兮鉴水寒，壮士一去兮要复还呀！一抵达武汉，郑春岚即进入"战位"。手套、口罩、面屏、防护镜、防护服……一层一层，一步一步，迅速而有序。隔着厚厚的防护服，郑春岚仍能听到自己心跳声。"战场"上"魔弹"在乱飞，"群魔"在乱舞。郑春岚一踏进重症病区，就听见了阵阵嘈杂声和哭泣声，郑春岚的心一下子提到了嗓子眼，来不及琢磨，赶紧推门而入。12床的重症患者徐煜蜷缩成一团，抱头痛哭。原来他妹妹昨晚因新冠肺炎病情急速恶化，不幸离世了。郑春岚在徐煜的病床边坐下，默默地递给他一张面巾纸。徐煜擦脏了扔到纸篓里，他扔一张郑春岚再递一张，直到纸篓里开满了"白色的花"。

郑春岚蹲下去拍了拍徐煜的肩膀，安慰道："徐伯，人死不能复生，节哀顺变吧！"

夜里，窗外下起霏霏细雨。武汉街头，寒凉，寂寥。"嘀嘀嘀——"凌晨 1 时，病区里突然响起急促的铃声。这急促而短暂的鸣响，像是死神发出的索命符，让病房的气氛格外紧张而肃穆。郑春岚从椅子上弹起来，并以百米冲刺的速度冲进病房。徐煜蜷曲在病榻上，口不停吐白沫。郑春岚快速上前，捏着皮球，插鼻导管，但徐煜的病情仍未明显缓解……

铮亮的手术刀片，直抵徐煜喉部，郑春岚知道，下一瞬间，剧烈的胸腔气流就会携带着新冠病毒，喷薄而出。但她没有犹豫，笔直划了下去。

切开气管前壁后，郑春岚马上为徐煜接上呼吸机，进行无创模式辅助通气。无奈，中心供氧系统不支持高流量氧气，只能使用最原始的"大炮筒"氧气瓶。郑春岚又以百米赛跑的速度，推来重达五十公斤的氧气瓶。

氧气瓶的氧气消耗特别快，每小时就要换一个。郑春岚来回搬运沉重的氧气瓶，累得几乎迈不动脚了。但是想起徐煜老人的病情，她连一个"累"字都不敢喊。换了三瓶氧气后，徐煜的血氧终于升至 86%。但看见徐煜老人仍没有尿量，她又马上实施静推速尿，更换液体。

汗水封眼，身体脱水，体力严重透支。一天下来，郑春岚都累趴了。

"护理病人就像坐过山车，刚还在高处，转眼就跌到谷底。"次日凌晨 2 时，徐煜老人的病情突然恶化，血氧饱和度直线下降，出现了严重的呼吸窘迫症。收到病危通知书，其妻整个人瘫倒在椅子上。意识模糊的徐太太连笔都握不紧，更看不清单子的内容，只能匆匆签下单子接受抢救。

"气管插管，我上！"郑春岚不畏感染风险即时为徐煜施行紧急气管插管。郑春岚左手握镜柄，右手持气管导管，插入口腔。一秒、二秒、三秒、四秒、五秒，插管成功了！"65，70，80……"床边监护仪上的动脉血氧饱和度迅速飙升，患者生命体征重回稳定。

病房内，墨菲式滴管里的滴答声、心电监护仪的嘀嘀声、白衣战士急促的脚步声交织在一起。

七天后，徐煜老人的病情再次恶化，出现心力衰竭、呼吸衰竭，随时有呼吸心跳骤停的风险。"与死神抢人，一刻都不能等！"

"赶快上 ECMO（人工心肺）！"郑春岚再次"披挂上阵"，为徐煜安装 ECMO。郑春岚正脸贴近病人口鼻，争分夺秒从死神手里抢人。

时钟嘀嗒嘀嗒走过，汗水一颗一颗掉落。面罩之下分不清是汗水还是雾水。整整苦战六个小时，郑春岚终于把徐煜从死神的手里拽了回来。

郑春岚走出病房时，已经疲惫至极，不想说话，唯一的知觉就是小腿痛、脚后跟痛、右髋关节痛。

从"大白"变"大黄"，徐煜像是噩梦初醒一般。有一天，徐煜用油性笔在白纸上歪歪扭扭写下："爱，可以超越生死，也可以隔离病毒。"

无需太多的言语，一个字，一个手势，就会温暖整个寒冷的冬春。此后，郑春岚每天都来病房，与徐煜说病情、拉家常，还托人帮他购置了睡衣、拖鞋等日用品。有一天，郑春岚走到徐煜床边，扶他坐起，端起饭盒，一口饭一口菜地喂他，吃了几口，老人说要喝水，郑春岚赶忙端来温水。就这样，一口饭菜、一口水，慢慢地喂。饭后，徐煜随口说了句，想吃水果了。

　　郑春岚立马削了菠萝，一口一口地喂到他嘴里。

　　"太好吃了！那个味道这辈子都忘不掉。"徐煜老人说，这是他第一次吃到广东的菠萝，味道好极了。

　　立春的那一天，江城的天空飘起雪花，这是庚子鼠年落到武汉的第一场雪。

　　徐煜老人踏雪出院了！捧着贺卡与鲜花，徐煜感动得热泪盈眶："虽然没有看过你的容颜，但我已记得你的声音。"

　　雪花飘飘，寒风萧萧，天地一片苍茫。郑春岚目送着徐煜的背影远远离去……

二

　　夜幕降临，寒风中突然响起一阵急促的手机铃声。"赶快过来，转运病人！"王楚森听到手机里的吼声，即从车厢钻出，直奔江城小区。病人全身都在颤抖，眼神里充满了惊恐与无助。"转运病人，一刻也不能等！"王楚森抬起病人就往楼下走。

病人块头大，身体已经瘫软，直往下坠。王楚森咬牙死死托住。一步、两步、三步……王楚森艰难地蠕动着。三层的阶梯和一个小山坡，似乎成了他们一个难以跨越的障碍。王楚森一点点地向前挪，每挪一步，都显得异常吃力，付出的艰辛更是平常的数倍。病人晃晃悠悠的，仿佛是风中的一棵脆弱的稻草，一吹就倒。王楚森弓着腰吃力地往前挪，汗水顺着额头淌下，模糊了双眼……

上车之后，病人一直咳嗽，咳出的痰有时是黄色的。咳嗽声声，王楚森顿感头皮发麻，身体发紧。路上，武汉的天空突然下起了大雨，车玻璃形成了一层层"水幕"。窗外，一些小树杈正随风雨翻滚。雨渐渐下大了，王楚森的护目镜上也罩着一层雾气。开车灯，摘护目镜，王楚森驾车穿越风雨……

一进入医院大厅，王楚森的心像被狠狠攥了一把：目力所及全是病人，陌生而密集的病人！听到病人发出的痛苦呻吟声，王楚森背后直发凉。

王楚森睁大双眼，倒吸一口冷气，紧紧拉着一旁的收治人员喊道："病人来了，请接收！"王楚森搂着病人的腰，收治人员抱着病人的腿，吃力地从病魔隐形的巨爪下穿过。此时，病人情绪极度不稳，对送医非常抗拒，王楚森和收治人员费了九牛二虎之力，才帮助病人做完检测。一番忙碌下来，已是晚上8点。

返程路上，王楚森瞥到身边的护目镜，突然紧张起来："病毒飞沫会不会通过眼部传染？"一种紧张的情绪顿时笼罩在他的心头。

雨，仍然飘飘扬扬地下着，路上没有一个行人。一进入小区，王楚森的脚步渐渐慢了下来。家里的灯还亮着，他知道，这是妻子给自己留的灯。"万一，自己被感染，岂不是把病毒带回家？"

夜已深，何处可栖身？疫情笼罩下的武汉，王楚森一时找不到住处。他想到在车里过夜，于是发信息让妻子把被子放到电梯口。

取了被子，他就独自到车里"隔离"。

雨声敲打着车窗，声声慢，声声重！也许是一天下来太紧张、太累了，没多久他就睡着了。就这样，他在车里度过了红马甲志愿者的第一个夜晚。

次日，武汉下雪了，大风呼啸，雪花飞扬，地上也结了冰。一大早，王楚森又出发了。风雪之中，他又将一对小夫妻转运至医院。离别前，这位年轻的母亲看着不能入怀的小女儿，哭得撕心裂肺。王楚森安慰她："你放心，我一定把她带回家照顾好！"回家的路上，车子颠簸，王楚森一路把她抱在怀里，像哄自己的外孙女那样哄她入睡。

王楚森是一位大货车司机，他早年出生在一个贫困家庭。三岁那年，母亲因病辞世。九岁那年，王楚森被诊患有血管瘤，医生说："即使手术也只有1%的希望。"王楚森的父亲并没有就此放弃希望，而是到处寻医问药。村民们也纷纷捐钱给王楚森治病。有一天，王楚森的血管瘤突然破裂，紧急时刻，村民们用三轮车推其到医院抢救，幸好命大逃过了一劫……

经历生死，更懂得生命的可贵！2003年，抗击非典，他一马当先冲上战场，独自转运了八名疑似病人。"可以哭，但绝不退！"这次，防控新冠肺炎疫情，他依然选择冲上火线。每次转运完患者，他都要清洗棉质隔离服。那段时间，他每天接触大量的消毒剂，皮肤也出现红、肿、瘙痒等症状。有一次，防护服被一患者撕破，汗水、雾水夹着雨水流到眼里。"是福不是祸，是祸躲不过。"最终，他不幸被感染了。起初，王楚森只感到四肢无力，全身酸软，后来，肺部发疼，嗓子眼发苦，每咳一下，扯着身体疼，像跑完百米冲刺。

2月6日凌晨，王楚森住进了方舱医院。方舱医院是一个"大病房"，板材把空旷的会展中心分隔成一个个病区，铁架子上下铺，只有下面住人，每人一个床头柜，里面有洗漱用品、拖鞋、电热毯。电热毯里升腾着一缕缕人间烟火。那一夜，王楚森辗转难眠。监控仪的报警声和护士细碎的脚步声，一一清晰传入他耳中。躺在4004号床上，王楚森流泪了。

天亮了，王楚森见到了一对小夫妻。这对小夫妻是他曾转运过的相熟。今天，这对小夫妻也以"志愿者"之名来照顾王楚森。

托尔斯泰说："把死置诸脑后的生活，和时时刻刻都意识到人在一步步走向死亡的生活，是两种截然不同的状态。"王楚森喝了这对小夫妻烹制的"心灵鸡汤"，顿感心情舒畅了。

相信时间的力量！一周后，核酸检测转阴，肺CT结果一次比一次好。

武汉的风，冬天里带一点点暖。简单收拾好个人物品，走出方舱医院，王楚森又穿上红马甲，奔赴新岗位。这次，他除了转运病人，还干起了收快递、提行李、消毒买菜等各种活儿。

这些日子，王楚森跑遍了汉口的医院，为五十二名患者打开了生命通道。

王楚森笑着道："现在我的车，已成了开往春天的转运车！"

三

武汉封城当天，曹美莉人还在日本名古屋，得知家乡口罩紧缺的消息后，她坐不住了。凌晨1时，曹美莉就带上门出去了。她骑着电动车满街跑，四处去搜寻口罩。刺骨的寒风时不时地刮过脸庞，感觉刀割一样。

曹美莉一家店一家店地寻，一条街一条街地找，有一个就买一个，有一盒就买一盒。但是走了整整八条街，她才抢到两箱口罩。

凌晨2点多，名古屋的气温暴降到零下2℃，曹美莉不畏严寒，不屑风雪，仍骑着电动车四处搜寻。路上，手机"叮叮叮"响个不停。停车一看，竟有一百多个未接来电、二百多分钟语音和三千多条短信，全是关于采购口罩和体温枪的话题。曹美莉心里清楚："多买点口罩寄回去，乡亲就少一分危险。"

凌晨4时，曹美莉仍在寒风中奔跑。寒风中，她总听到一个声音在叫："再买点，再多买一点。"

深夜时分，名古屋的口罩应声涨价，不光涨价，有的药店直接回绝"没货"！曹美莉原来定好的厂家三度临时变卦，价格一提再提。

她有些着急，但又毫无办法。深夜时分，睡梦中的曹美莉被手机吵醒，大大小小的微信群里不断蹦出"新冠肺炎""口罩""体温枪"这些词。曹美莉脑袋灵光一动，把一百个好友全拉进"岳飞屯兵"微信群，然后发动大家到名古屋周边地区去扫货，不论价钱，不惜成本。大年初二，曹美莉租了辆"的士"到名古屋乡下去寻找货源。在一间便利店里，曹美莉见到一个防尘口罩包装袋。曹美莉拿起翻译软件，对准包装袋扫描时发现，这款口罩的生产厂家就在附近。曹美莉赶紧调头直奔工厂。厂方听说她要买口罩捐赠，便竖起了大拇指。然而话锋一转："对不起，没货了！"软磨硬泡两小时后，厂方答应连夜赶货一万只。

次日一大早，天刚蒙蒙亮，她就叫来"的士"，拎着现金赴约。吱呀！工厂的门一打开，曹美莉便飞快地闪了进去……

三年前，曹美莉曾做过一次大手术，医生叮嘱她不能熬夜，否则伤心又伤身。但为了区区几袋口罩，曹美莉真正豁出去了。沿着名古屋中部公路走了一千多公里，她终于凑齐了两万个口罩。

千里寄口罩，礼轻情义重。大年初三，曹美莉"押送"两万只口罩前往东京成田机场。深夜的寒风冷彻骨，曹美莉在寒风中硬是将两万只口罩挤入行李箱。因为疫情的原因，飞往武汉的航班取消了，曹美莉只好转航班，改飞泰国。一抵泰国，曹美莉又通过熟人"抢"到了三十支体温枪。

疫情紧急，一刻也不能耽搁！大年初四，曹美莉找来手推车，推着装有口罩和体温枪的行李箱直奔机场。路上，箱子不停地往下掉。她只能推一段捡一段，再捡一段推一段……就这样，五百多米的路程足足走了半个小时。安检时，工作人员把行李箱拎出来，说箱子太大不能过关！曹美莉拿着翻译软件和对方磨了一小时，安检人员还是摆摆手说，No！曹美莉急得眼泪都快掉下来。后来，经"高人"指点，她改走大行李专门通道才挤上航班。

大年初四晚上 10 时，飞机在广州白云机场落地。

很快，这批凝聚着"春天力量"的口罩便抵达武汉。一同抵达的，还有许多不容忘却的天使白、救援蓝、志愿者红，和一个个关于春天的约定。

（2020 年 3 月 19 日）

为生命逆行

　　封路、封桥、封村、封城！一场突如其来的新冠肺炎疫情，打乱了我们的生活节奏，也让我们的家园变成了没有硝烟的战场。

　　这种披着"狐狸"外衣的新冠肺炎病毒，极其凶狠，极其凶恶，极其凶残，它犹如狰狞的毒魔张开血盆大口撕咬武汉。武汉顿时感到撕心裂肺的痛。毒魔在飞沫中狂舞，在城市里肆虐。一时间，武汉危重，华夏危急！

　　危难时刻，无数中华儿女星夜出征，血战毒魔，守护苍生。一群又一群白衣战士更是慷慨赴难，冲锋在前，与毒魔作殊死搏斗。

　　"国之战，召必回，回必胜！"早已埋下"医者仁心"种子的宋莎莎用针刺破右手食指写下"不计报酬，无论生死"的血书，然后，用八百里加急送往医院。

　　出征前夜，宋莎莎来到"时光"理发店，忍痛将自己蓄了十七年的长发剪下来。

正月不剃头，这是一种习俗，也是一种约定。舍得在大年初一剪去蓄了十七年的长发，绝对不是一个寻常之举。

宋莎莎的头发柔顺飘逸，站起来时，一头秀发便如瀑布般垂下。宋莎莎用手不停地抚摩着快要剪掉的头发，数着编马尾辫。

"我真……真的不想剪！"宋莎莎眼里噙满了泪花。

"咔嚓！"理发师手起刀落，宋莎莎的一缕缕长发飘然落地。

"中间一剪，两边一推。"宋莎莎前额和后脑上的碎头发，也被剃得精光，完全是一个抗"新冠肺炎"发型。这可能不是最好看的发型，但我们觉得她却是最美的天使。

宋莎莎弯下腰，从地上拾起一缕柔顺的秀发，发丝还带着点点清香。

摸着温顺的秀发，宋莎莎的思绪一下子飘飞到"非典时期"。

2003年春，一种极具传染性的疾病——非典型肺炎在广州暴发。

"非典"携着刺猬一样扎心的毒素疯狂蔓延，……苍生何辜，苍生又何幸！抗击非典守护生命的集结号迅速吹响，一封封摁着红手印的"请战书"如雪片般飞来。

驰援！战斗！守护生命！当年，宋莎莎也是剪去长发，毅然决然走向战场，以血肉之躯迎战非典之魔。

在没有硝烟的非典战场上，她不断地为病人输液，调整呼吸机，清理排泄物，哪里有危险，哪里就有她忙碌的身影。

她清楚地记得，一个漆黑的晚上，一个来自佛山的病人旧病复发，呼吸急促，血氧饱和度下降。疫情就是命令，她一口气冲上十楼去借氧气筒。一步，两步，三步……待把六十斤重的氧气筒背到重症室时，却发现高流量装置接头与氧气筒接头不匹配。她二话不说，拿起剪刀就改装氧气筒接口，之后，抄起扳手拧紧接头。

套上吸管后，患者病情暂趋稳定，但一直没法自主进食。宋莎莎立即给患者翻身，抬高床头并喂食热粥……

经历了非典的生死战，宋莎莎对"医者仁心"有了更深一层的体悟。

十七年前抗非典，十七年后抗"新冠"！

恍若十七年前那熟悉的身影，一身白盔，一身白甲，一身白光。

六岁的女儿扯着白甲战袍一直追问妈妈要去哪里。

宋莎莎答道："妈妈要去打怪兽。"

女儿叮嘱她："一定要打败怪兽，打死怪兽。"

宋莎莎伸出手指与女儿拉钩钩："一定打死怪兽，然后平安归来。"

"万里赴戎机，关山度若飞。"大年初二，宋莎莎向"疫"出发，为生命逆行。

她那义无反顾的背影，如寒冬里绽放的腊梅，格外惊艳。

一抵武汉，她就穿上防护服，戴上防目镜，直奔战场。战场上虽不闻炮火轰鸣，却见"子弹"横飞。

看不见的硝烟里有生死啊！宋莎莎每一天都与"毒魔"展开"肉搏"。

"您还发热，气喘？""胃口好吗？"宋莎莎一边与"毒魔"战斗，一边安抚"伤员"。

"我们一定能战胜毒魔！"宋莎莎不停地为"伤员"翻身、拍背、吸痰、扎针、输液，直到防护服里的汗水模糊了护目镜。

一滴滴的汗水，一丝丝的希望！防护服里那晶莹剔透的汗水就是春天的雨露呀！

2月的武汉，寒风料峭。

"嘀嘀——"呼叫器突然响起。

铃声就是命令！宋莎莎飞一般向重症室奔去，只见一名患者躺在床上，全身苍白，口唇发绀，甲床青紫。患者的呼吸粗重，感觉身上装着一个大风箱。

看到患者的氧饱和度在直线下跌，宋莎莎急得直跺脚。

"无创呼吸机已经无法维持患者的生命，马上插管，我上！"宋莎莎将白色的正压通风罩往头上一套，就伸手为重症患者插管。

管子刚插进去，病人就发生剧烈的咳嗽。大量痰液带着血腥从插管处喷出，她从头到脚都被污染，而空气中也充满了毒素。

"吸痰！"宋莎莎一手捏着导管末端，一手持导管头端插入患者口腔。

将痰液吸出后，宋莎莎拿了一根指头粗的管子插进患者的喉咙，并把插管连接到呼吸机上。可是呼吸机屏幕一个数字都没显示。宋莎莎急忙按压患者的胸部，并做了心肺复苏术，大约过了半个时辰，呼吸机屏幕才跳出一串数字。

　　患者的病情虽得到了暂时缓解，但仍反复发生室颤，双侧瞳孔散大。

　　"赶快上 ECMO！"宋莎莎从晚上 8 时一直苦战至次日凌晨 2 时，才完成 ECMO 的安装。脱下穿了八个多小时的防护服，宋莎莎虚脱了一般，竟然倚在门框边睡着了。

　　患者装上 ECMO 后，血氧饱和度逐步上升，病情也日渐趋好……

　　是白衣战士，更是白衣天使。得知立春当天是患者的生日，宋莎莎即为他送上热气腾腾的长寿面和生日蛋糕。生日蛋糕上一许烛火，照亮了病房，也驱散了"新冠肺炎"的阴霾。

　　患者颤颤巍巍地从宋莎莎的手上接过蛋糕，嘴里不停地念叨着："闺女，你是在为我的生命'立春'呀！"

　　宋莎莎攥紧手机，望着窗外。窗外的腊梅已经悄然绽放……

（2020 年 2 月 11 日）

月出三石村

　　天刚擦黑，三石村海韵渔歌广场就吹响螺号，号声嘹亮悠扬。渔家大妈大婶们纷纷赶来，翩然起舞。

　　甩手、踢腿、扭腰、旋转、阔步……大妈大婶在海风中尽情地跳，欢快地舞。一曲未了，一曲又起，虽然个个跳得大汗淋漓，却意犹未尽。

　　"白天出海打鱼，晚上广场练舞！"

　　"来吧，姐妹们，跳起来！跳起来！跳起来！"她们越跳越兴奋，越跳越起劲，跳到高潮时，更是疯狂地扭腰起落磨转，就像突然上满劲的波浪，那节奏那频率，一波波地撞向礁石，激起一朵朵浪花……

　　"白帆摇出东方月，银网收尽南海潮。"正当大妈大婶以奔放的舞姿点燃乡村秋夜激情之时，一弯新月已从海上冉冉升起。新月像一艘银亮的小船，镶嵌在湛蓝的夜空上，显得格外皎洁。月光如水银般从空中泻下，泻在大海里，泻在村庄上。

月下的山峦、月下的村庄、月下的渔船朦胧而隐约……其时，村庄里的亭、台、楼、榭，以及"寿山福海""海韵椰风""渔舟唱晚"等景观景点悉数融入空灵缥缈的月色中。

月色下的渔家小洋楼，楼靠楼，户挨户，高高低低，错落有致，形状大小不一的砖缝仿佛记录着所有随风而逝的海边岁月，表面凹凸不平的沟槽似乎述说着渔村所有向海而生的陈年旧事。当月光懒懒地洒向屋顶，不经意间瞥到一砖一瓦、一草一木，或许背后都藏着一段渔家号子和一曲渔家歌谣。

风推月下门，几乎家家户户的大门都是敞开的，村民的小汽车、摩托车随意摆放在庭院里，手表、手机随心丢在沙发上，雷达、测风仪随便堆在墙角下，俨然一副"道不拾遗，夜不闭户"的样子。

"三石村一直是敞开大门过日子的，道不拾遗，夜不闭户。"村民小组长梁乐淼笑着说，"三石的生活与繁华，是海浪推涌出来的，是海风雕刻出来的，更是老渔民一口风一口浪'喂养'出来的。"

数百年来，三石村的渔民耕海牧渔，终日在船坞里运木、剖板、打模、造船，在渔船上升篷、起锚、收网、吊舳板，一口风一口浪地构筑起簇新的屋宇。

"日头落西山，渔家泊岸边。村头生炉火，村庄冒炊烟。"三石村就那样在海浪的舐吻和炊烟的氤氲中，默默地延续着，传承着。

梁乐淼在村子里生，在村子里长。数十年来，他一直在传承祖辈留下的捕鱼技艺。

梁乐森依然记得第一次随父亲出海捕鱼时的情形：一个温暖的午后，父子俩驾小木船前往外罗渔场。一进入外罗海域，远远就听到黄花鱼的叫声。父亲说，雌鱼如同煤油灯"哧哧"微响，雄鱼像黑青蛙"咯咯"低叫。父亲耳贴船篷仔细聆听黄花鱼"哧哧"的叫声，然后循声撒网。

"万顷烟波待网收"，当水色渐渐由绿变黑时，大网里白色跳跃，千百条大鱼如蛆虫般蛹动。数百只海鸥闻讯而来，不停地绕着渔船盘旋、翻飞。

循着海鸥的飞行轨迹，梁乐森渐渐学会了在水上"亮翅"的功夫。不管风浪有多大，他只要微微一纵身，就能轻巧地从这只小木船跳到那只小木船，就像海鸥轻盈地掠过海面。

渔事历历，往事如烟，一晃五十年就过去了。五十年来，他经历了从"竹排捕鱼"到"木船捕鱼"再到"钢船出海"的不同时代，也见证了从"茅草房"到"泥砖房"再到"红砖楼"的时光流转。

前些日子，他驾钢壳渔轮远赴太平洋捕捞。

星光满船梦满帆，一次远洋捕捞圆了他全家搬进小洋楼的梦想。

梁家小洋楼高端大气，门前屋后花红柳绿，钢制的大门气派宏伟，窗明几净装修精致。小洋楼里彩电冰箱洗衣机、茶几沙发"席梦思"应有尽有，自行车、三轮车、摩托车、小汽车一应俱全。梁乐森说："足不出户，就能看见大海、看见渔船、看见未来。"

银色的月光洒下一地温柔，整幢小洋楼便被这溶溶的月色笼罩着、包围着。梁乐淼站在月下望月。他的眼里，有半个世纪的波涛起伏，也有半个世纪的前尘海事。他静静地与月相对，恬淡地述说着渔事和村庄，述说着渔船和大海。大海就在他的背后流过，流向苍茫的远方。此时，家人已在庭院里筑起祭月台。祭台上摆着一个又大又圆、又香又甜的月饼。抬头一个月，低头一个"月"，天上人间，形影相吊啊！

"哩呀哩哩个美，哩哩个美雷爱，雷爱⋯⋯"虔诚的祭月仪式后，梁乐淼即兴唱起了渔歌《哩哩美》。

他的歌声高亢激昂，仿佛蕴藏着一股倔强的力量。歌毕，一家人围坐一起，高声划拳，大块吃肉，大碗喝酒，惹得村里的狗都踩着月色溜过来凑热闹。

铁锅煮月色，此时，一锅鱼汤新鲜出炉。我轻轻地将冒着热气、微微翻滚着的盖子掀了起来。一阵浓郁的香气，顿时席卷而来。揭盖子的那一刻，我两眼放光，盯着鱼汤里的黄花、白鲳、马鲛、沙虫、白虾、螃蟹，生怕它们"满血复活"跳出铁锅。

这是什么"杂鱼汤"呀？简直就是海鲜大杂烩！我一边盛汤一边咽口水："多鲜美的鱼汤呀！"

端起碗，放在鼻尖嗅一嗅，我分明闻到了一股大海深处最原始的海洋味道。喝上一口，舌上的味蕾立刻活跃起来，先是鱼汁的鲜香，继而是鱼肉的细嫩、鲜美。"嗖嗖"下肚，顿感满嘴都是大海的味道。

我接连喝了三碗鱼汤，瞬间感觉全身通泰。

梁乐淼笑眯眯地说："海水是咸的，生活是甜的。"

月亮爬上猪峰岭，照耀着渔村，照耀着渔民。皎洁的月光下，家家门前红烛高照，满桌满凳的鱼汤、月饼、柚子在风中散发着幽香。月影里，家家户户围炉夜话，浪淘布衣，闲谈一年往事。孩子们趁着月光在村巷间打闹嬉戏，追逐玩耍，燃放烟花。五颜六色的烟花在天空中闪烁、爆炸，炸开了孩子们的幸福笑脸。

月亮越升越高了，它以千年不变的温婉，普照着三石村，佑护着三石村。如水的月光把这条流淌着"红色基因"的村庄照得亮堂堂。站在猪峰岭上远眺，我见到了明亮的村庄、明亮的灯火和明亮的晨星。

（原载 2019 年 11 月 8 日《南方日报》）

东海岛，当惊世界殊

这里，总有一种排山倒海的气势在起伏，总有一种雷霆万钧的力量在激荡，总有一种汹涌澎湃的激情在燃烧！

这就是中国东海岛，一个正在发生史诗般巨变的地方。

从不生一张纸到国内最大的纸业基地，从不产一滴油到世界一流的炼化基地，从不长一寸铁到全球最先进的超高强钢生产基地——东海岛正以现代化的风姿演绎神话般的沧桑巨变。

一

东海岛古老而年轻，平坦而开阔。这座传说中神蝶化成的岛屿，外形酷似一只振翅欲飞的蝴蝶。千百年来，这里的人们过着扑蝶插柳、放养禽畜、结网捕鱼的田园生活。然而，当历史的车轮驶进 20 世纪 70 年代时，这个在湛江臂弯中荒寂了千年的海岛开始引起了世人的关注，世人透过"时光望远镜"发现她竟是一块天然的"聚宝盆"。

时光煮水，海岛终于在人们关注的目光中逐渐苏醒，逐渐升温。2013年早春，宝钢湛江钢铁先头部队以浩荡奔雷之势，横跨千里，挥师直奔东海岛。东海岛一农妇见先头部队进村搞勘查，劈头就问："三十年前，我就是听说东海岛要建钢铁厂才嫁到这里。盼啊盼，今天我的孙女都念书了，这回不会再等三十年了吧?!"

身穿米黄色"铠甲"的老工程师笑着回答："只需三年，这里将发生沧桑巨变!"

2013年5月17日，当一轮红日乍然跃出海面之时，宝钢湛江钢铁在东海岛打下了第一根桩。隆隆的打桩声唤醒了沉睡千年的东海岛。

海岛的滩涂、岩地、水塘、村落以及沙粒似乎都在那一刻变得滚烫起来。

基槽放线、基坑开挖、基础浇筑!施工现场铁流滚滚，兵车辚辚。万名铁军脚踩滚烫滚烫的沙粒，头顶火热火热的日头，日夜奋战在一线，硬将四十万吨设备、五十万吨钢结构筑成现代钢厂;硬将十里荒滩、百里荒地变成绿色钢城。

高炉万丈耸云天!一号高炉以其伟岸雄浑的身姿竖立在钢城中央。高炉形似保龄球，炉喉、炉身、炉腰、炉腹、炉缸无不滋生着湛江人咆哮的力量。

2015年9月25日，朝阳喷薄而出，万道霞光照亮一号高炉。"点火！"宝钢湛江钢铁点火手将火炬掷向炉膛，高炉霎时燃起熊熊大火。那团熊熊燃烧的希望之火，映红了沉寂千年的东海岛，烤热了荒凉千年的红土地。那熊熊燃烧的自信之火不仅熔铸了湛江人"向海而生"的精气神，也锤炼了湛江人"向阳而发"的神意气。

"奔腾急，万马战犹酣。"一号高炉刚点火，二号高炉也火速上马。二号高炉管线密如织网，恰似人体的毛细血管，弯曲排列，往复穿插，令人眼花缭乱。然而，有着英雄血脉的湛钢人纤手弄巧，于纵横交错中飞刀走丝、于密密匝匝中飞针走线，编织出"钢铁织锦"的杰作。

2016年7月15日，一轮红日从大海冉冉升起。"点火！"二号高炉即时燃起了熊熊烈火。那团熊熊燃烧的胜利之火，照亮了东海岛的夜空，也烧制着东海岛的拳拳梦境。

那熊熊燃烧的火焰昼夜不息，喷涌着湛钢人的青春热血和生命激情。

青春向上，激情飞扬。湛钢人以冲天的干劲，快速地完成了低碳软钢、威合金钢等九大类品种钢种拓展，创下了国内千万吨级钢铁企业从投产到年度"四达"的历史纪录。

快马扬鞭未下鞍，蹄疾步稳又出发。2019年3月30日，湛江钢铁三号高炉在爆竹声中隆重开工。

隆隆的轰鸣声让东海岛再一次成为"创造奇迹的地方"！

与湛江钢铁仅有一墙之隔的中科炼化以惊人的速度在延伸。偌大的建设工地上，吊机林立，人声鼎沸，金石齐鸣。上百台挖掘机、推土机、起重机在轰鸣，上千辆吊车、叉车、大卡车在穿梭，上万名电工、焊工、钳工在挥汗如雨。

"一、二、三……三、二、一……"此起彼伏的号子声划破了千年荒滩。那种震耳欲聋的人车混杂声，震得祥云飞卷，浪花飞溅。

"起吊！"大吊车像猛虎腾跃前的一声长吼，长臂迅速高擎，几百吨重的吊件轻轻地被抓起，移动，落下。

长臂挥舞处，中科炼化"最胖"的设备——急冷油塔吊装成功；中科炼化"最长"的设备——二号丙烯塔安装到位；中科炼化"最高"的设备——动力站装置烟囱顺利封顶！

二百一十米"高个烟囱"巍峨耸立，节节挺拔，节节都凝聚着湛江人战天斗地的豪迈气概。

钻铁塔，爬高台、走泥丸，两万名炼化铁军挥汗如雨，"大干一百五十天"。

"咚咚咚——咚咚咚"，急骤的鼓点声，震耳欲聋，像是千军万马在嘶吼、在咆哮。急骤鼓点声中，银塔、油罐、机泵如庄稼般唰唰唰地长出。

2019年8月15日，首台锅炉水压试验一次成功；8月18日，乙烯蒸汽裂解装置全部吊装完成；8月24日，中科大道通车；9月29日，动力站首台锅炉胜利点火；11月30日，20万吨/年聚丙烯装置实现工程交接……

银塔林立，管廊纵横，油罐成群，一艘庞大的石化产业航母呼之欲出！

东风浩荡满眼春，万里征程催人急。与中科炼化毗邻的巴斯夫（广东）一体化基地项目也呈现热火朝天的景象。

巴斯夫项目自签约之日起，湛江就以逢山开路、遇水架桥的奋斗姿态和闻鸡起舞、日夜兼程的精神状态去推动项目落地。

2019年11月23日，中德双方代表挥动铁铲铲起第一铲土，揭开了巴斯夫项目正式开工建设的序幕。

战鼓声声震霄汉，旌旗猎猎踏征程。巴斯夫建设大军挥槌齐擂，擂响了疾风暴雨式的鼓点。"咚咚咚——咚咚咚——"激越的鼓点声仿如从天际而来。在一片响彻天地的鼓点声中，巴斯夫给人们带来的是更加国际化的视野和想象……

巴斯夫、宝钢湛江钢铁、中科炼化三个百亿美元项目齐齐落户一海岛，这在全世界都极为罕见！

这三个百亿美元项目不仅关乎东海岛、关乎湛江、关乎广东，还关乎整个中国。为了这三个百亿美元项目，省委、省政府，市委、市政府都倾注了大量的心血和精力，付出了无比的艰辛和努力。可以说，三大项目从注册、立项、规划、报建、开工，到投产，都凝聚了历任省领导的智慧和力量，浸润着历任市领导的心血和汗水。

市委、市政府更是不遗余力推动三大项目早开工、早建设、早投产。三大项目一遇到困难，他们就跑上跑下，全力协调解决。项目一遇到突发事件，他们就亲临一线，靠前指挥，妥善处置。

烽火建设路，他们不知为三大项目洒下了多少汗水，也不知熬过多少不眠之夜。湛江钢铁的高炉、巴斯夫的管廊、中科炼化的炼塔无不留下他们不知疲倦的身影。

"千古风流在担当，万里功名须躬行。"湛江经开区领导班子成员也主动肩负起"主攻手"的职责使命，精准发力，用智慧和汗水谱写了一个个不畏艰险、勇往直前的感人故事。

"多少事，从来急，天地转，光阴迫。"奋战在生产一线的经开区党员干部闻鸡起舞，数日算月，以只争朝夕的紧迫感去推动项目落地。炎炎夏日，他们身上的衣服湿了七次，干了七次，又再湿七次。他们就是这样用汗水浇铸钢铁脊梁的。

冰心说，成功的花，人们只惊羡她现时的明艳，然而当初她的芽儿，浸透了奋斗的泪泉，洒满了牺牲的血雨。这也许是对三个百亿美元项目落户历程最好的诠释。

日出东方，其光万丈；江流入海，其势如虹。宝钢湛江钢铁如同一个钢铁巨人，高高矗立在东海岛之上。东海岛因此而有了新的高度，新的使命。

"不畏浮云遮望眼"，东海岛紧紧抓住千载难逢的历史机遇，围绕"油头—化身—精尾"推进高水平产业链招商，吸引了一大批实力卓越的配套企业进岛。2018 年，东海岛出现中建钢构、三一重工等名企排队进岛的情景。

既有"明月当空"，又有"众星拱月"。如今，冠豪高新、双林医药、东岛冶金、华南联合、建树石化、中冠乙烯等如满天星斗，灿烂于东海岛的工业夜空。整个东海岛的工业已呈"星月同辉"的可喜景象。

二

《清一统志·雷州府》载："在遂溪县东南一百四十里海中。一名东海岛。广四十里，长七十里，包出白鸽砦之外。"千百年来，东海岛百姓一直坐困在岛上，交通也一直延续着"过海摇橹、出门摆渡"的历史。

大海，不仅阻断了岛与岛、岛与陆、岛与人的联系，还隔断了两地亲人的思念和牵挂。

俗话说"宁隔千重山，不隔一道水"，东海岛人祖祖辈辈做梦都想修大堤、建大桥。

1958 年，东海岛堵海大堤动工。成千上万的工人、农民、战士、学生怀着一腔的热血，扛起锄头、拿起铁锨毅然来到工地。工地上彩旗猎猎，歌声震天，车辆往来如织。一筐筐土一担担石，连同海岛百姓的希望一层层地往堤坝上垒。

"取材但有泥浆石，并举还看上结评。"1961 年 2 月，全长六千八百二十米的大堤竣工了。通车当天，岛上百姓奔走相告，鞭炮齐鸣。一些手头稍为宽裕的岛民买来了手扶拖拉机做起了海鲜生意。

然而，随着时光的流逝，东海大堤日益不堪重负，狭窄的四车道根本满足不了人们的出行需求。

桥啊，桥！桥成为海岛百姓的心头之盼。2009 年 1 月 18 日，海岛百姓终于迎来了跨海大桥正式动工的历史时刻。

踏平万顷碧波，踏落满天星斗，建设者仅用十六个月时间，就完成了五百八十四片箱梁的吊装。

无桥，是天涯；有桥，是咫尺。2010 年 8 月，东海岛跨海大桥建成通车了，礼炮、彩旗，点燃了东海岛百姓的梦想与希望。

海岛开发春风吹，交通先行步履急。2014 年 6 月，海岛又一条交通大动脉——东海岛铁路开建。

"一、二！一、二！……"千余名铁道工人喊起号子，将早已铆足的干劲全力释放。铁镐铁锹、铁锤钢钎、撬棍钉耙等各种工具在石碴间游走穿梭，叮当作响。

轨道拨接，清除道砟，拨移线路，钢轨合龙……各道工序在铁与石碰撞的声中快速推进——

2017 年 8 月，这条全长五十七点三一公里的东海岛铁路全线铺通。它犹如一条"铁龙"在海岛翩然跃动。

2018 年 2 月 6 日，东简、民安等镇的群众潮水般涌向东简站，与铁路建设者一起见证东海岛铁路开通的历史时刻。

狮舞人跃，锣鼓喧天。盛装的鼓手们尽情地唱、尽情地跳，欲将满腔激荡的豪情挥洒在海岛的天地间。

下午 4 时许，随着一声昂扬嘹亮的火车笛鸣，东海岛铁路首列列车满载一千六百多吨钢制品缓缓驶出东简站，发往重庆。

列车风驰电掣，宛如一条飞舞的"巨龙"穿过东海岛。

在银色"巨龙"穿越海滩之时，东海岛又以大气魄、大手笔推动路网建设。东海大道、东成大道、东山大道等先后建成，潭水南路、新丰东路、青南北路、新区西路等相继竣工，东雷高速、玉湛高速等加快推进，形成了"一环三横四纵"的大交通格局。

全岛的高速路一公里一公里在长，高压线也一千码一千码在架——

历史上，东海岛是一个不通电不通水的孤岛，全岛连一根电线杆也没有。海岛辽阔而荒凉的海面上，时常回荡着渺远的渔家号子："不缺米，不缺盐，渔家就是不通电……"改革开放后，海岛虽然建起一百一十千伏简变电站，但覆盖范围仅限于城镇，且电压低，光度弱，供电时间短，大部分家庭仍过着点蜡烛、燃油灯的生活。

电呀，电！电成了海岛百姓的心头之痛。2014年2月，五百千伏东海岛输变电工程在海岛百姓热切盼望的目光中动工。工程起于滩涂，穿梭于高空，其施工难度之大、之艰辛超乎一般人的想象。建设者不畏艰辛，迎难而上，以大海般的气概，向滩涂宣战。

如何才能在四十多米深的滩涂地带建起稳固的铁塔？建设者采用闭气止水围堰、围堰基础灌桩、平臂抱杆吊装等方式施工，硬是将五十层楼高、塔材重量超过五百三十吨的铁塔竖起来。

秋日的阳光下，呈燕翅形展开的K2、K3大跨越铁塔巍然屹立在滩涂之上，锁住了海岛的流水与流云——

2015 年 5 月 31 日，五百千伏输变电工程开始跨海布线。无人机牵拽着导引绳飞向塔顶，而蹲守在塔顶的电力工人林广源、彭伟浩接过导引绳后，即将其固定在一个滑车上，然后，通过牵张机牵放导线，在相距一千二百米的两座铁塔间架起空中电力通道。

2015 年 6 月 20 日，国内首个建于滩涂上的五百千伏电网——东海岛输变电工程投产送电。输变电工程如同一颗炙热燃烧着的强大绿色心脏，源源不断地为海岛送去蓬勃的脉流。

铁塔巍巍护卫着光明，银线纵横传递着希望。这几年，东海岛先后建成了一座五百千伏变电站、一座二百二十千伏变电站，以及两回五百千伏线路、四回二百二十千伏线路，形成了"手拉手"的环网供电方式，为东海岛的腾飞装上"风火轮"。

电从远方来，水从鉴江引。在鉴水入岛之前，东海岛依旧是个淡水严重短缺的海岛。全岛地势东高西低、川流短促，集雨面积相当有限，饮水难一直困扰着当地百姓。因为饮水难，海岛流传着一首歌谣："买水挑水难，举步步步艰，一路全身汗，吃水实在难。"水啊，水！水成了制约东海岛发展的"瓶颈"。

改革开放初，就有人提出取鉴江水解东海岛之困的想法，但由于当时缺乏资金和技术，这个想法被搁置了下来。后来，随着人口增长，项目增多，海岛的水危机也日益严重。

如何才能解海岛的用水之忧呢？人们再一次将目光投向鉴江。

2009 年 2 月 28 日，数千建设者在吴阳镇沙角旋誓师，吹响了鉴江供水枢纽工程的建设号角。

"掘隧道，调水过海！"隆隆机器声从湛江湾跨海盾构隧道工程的工地上传来。

湛江湾跨海盾构隧道工程是鉴江供水枢纽工程里最难啃的"硬骨头"。隧道工程由南三岛至东海岛，横穿湛江湾，呈U字形走向。施工难度之大超乎常人的想象。在这种超高强难度面前，建设者鼓足"明知山有虎，偏向虎山行"的勇气，激发"黄沙百战穿金甲，不破楼兰终不还"的韧性，日夜在海底六十米深处"啃"泥。他们身披"遁地穿山甲"，一步一"啃"，一日一"啃"。

"遁地穿山甲""啃"了整整一年，终于"啃"下这块"硬骨头"。

2012年12月14日，跨海盾构供水隧道工程全线贯通。然而，挡着建设者去路的还有南三河。南三河水流急、风浪大，施工难度非常大。但是建设者们不畏艰难险阻，大胆使用"沉管底拖"法施工，硬是将总长一千二百九十七米，重一千三百吨的沉管拖入海槽。

一管穿二岛，飞龙出东简。2015年3月14日，滔滔鉴江之水穿越南三岛、湛江湾，奇迹般流向百里开外的东海岛。上午10时，宝钢湛江钢铁"火炬手"用力扭开大阀门，鉴江水从管道内奔涌而出，"哗哗"地注入安全水池。

不尽鉴水滚滚来！鉴江供水枢纽工程如一座治水丰碑耸立在红土地上。

这几年，东海岛投入二百一十三点二六亿元架桥修路、拉电引水、补塘筑堰，路网电网水网建设呈几何级数增长，彻底改写严重缺电、缺水、缺路的历史。

啊！水通了，电通了，路通了，网通了，东海岛的"四经五脉"全都被打通了！

三

声声锣鼓迎海浪，不负春光与时行。这几年，东海岛广大干部群众不负时光，踏浪而行，全速推进现代化工业新城建设。

"城为保民为之也。"自湛江钢铁打下第一根桩之日起，东海岛就用世界眼光描摹"现代化工业新城"的蓝图。

规划蓝图一出炉，就吸引了世界投资者的目光。香港凯富集团捷足先登，投二百亿元建东海岛中央商务区新时代广场。

2017年3月29日，东海岛中央商务区新时代广场在一片爆竹声中开工。工地上，吊塔高耸入云，施工机械穿梭不停，一片繁忙的景象。

高耸的塔吊、忙碌的工地，见证着现代化工业新城的生长，也寄托着无数百姓改善居住条件的梦想。

时间是神奇的变量，见证着时代的变迁。正当塔吊吊起一根根桩、一棵棵树之时，东海岛千亩公园提前建成开放了！

公园以"福如东海"为主题，植入东海岛地方文化元素，富有浓郁的地域特色。

公园内林木成荫，清澈的溪水倒映着周围鳞次栉比的高层楼群，成群结队的鱼儿在百岁溪里游弋、跳跃。

"野芳发而幽香，佳木秀而繁阴。"东海岛千亩公园一时成了海岛百姓散步、健身、休闲的好去处。

渔民叶汉金一有时间就会呼朋唤友来到千亩公园看花看树看风景，听风听雨听歌谣。

叶汉金原本是东简街道溪头坡村村民，曾捕过鱼、养过虾、写过诗。土地被征用之后，他"洗脚上田"，走进厂房变成工人。叶汉金说，东海岛的变化实在是太大了，过去渔民出海捕鱼的小木船，变成了来来往往的巨轮；过去渔民居住的泥砖房，变成了鳞次栉比的高楼。

叶汉金现已搬进钢铁安置小区居住。他说："有时睡到半夜，也会笑出声来。"

宝钢湛江钢铁安置小区位于东海岛东简街道，总用地面积约九百四十九点五亩。小区内，一百六十三幢白墙红瓦、整齐划一的别墅型建筑环状布置，中间围合成中央花园，花园内配以一些别致的建筑小品和水池，形成优美、生态的居住小区。

悠扬的音乐从绿草丛中随风飘来，满目的绿意、沁人的花香，烘托出小区诗意的生活。有乡土诗人之称的叶汉金说："只要一出门、一抬眼，就会撞上春天。"

是的，和叶汉金一样"撞上春天"的还有一批农民。这些农民在推动重点项目建设过程中，忍痛割爱，挥别家园，演绎了一个个"舍小家为大家"的感人故事。

安得广厦千万间，征迁农民俱欢颜。在农民挥别家园之时，东海岛就把安置小区纳入现代化工业新城总体规划，强力推进，书写"无边光景一时新"的历史篇章。

2015年7月23日，西边村广场礼炮齐鸣、锣鼓喧天、焰火绽放，处处洋溢着节日的喜庆。八百九十六名村民在广场前举行集体入伙仪式，共庆乔迁之喜。欢声、笑声、鞭炮声在西边村上空久久回荡。

鞭炮的硝烟还没散尽，溪头田、溪头坡等十个村庄一万二千多人也陆续集体回迁入住，开启了幸福美好的新生活。

钢铁安置小区的建成，不仅为东海岛的沧桑巨变写下了生动的注脚，也为中科炼化安置小区加快建设提供了示范。

落日余晖中，中科炼化安置小区镀上一层金黄。小区的背后，吊塔高耸、挖土机来回跑动、打桩机不停运转，一派热火朝天的景象。

一幢幢高楼拔地而起，一座座银塔仰天耸立，一排排管廊纵横交错，一台台油罐星罗棋布……一座产城融合的现代化新城已巍然矗立在荒滩之上、海天之间。

"东海岛每天、每时、每刻都在发生变化，两三天不去岛上转转，很可能找不到路啦！"渔民叶汉金的一句话，让这座海岛充满着神话般的色彩。

从一条路到一张网；从一寸铁到一钢厂；从一盏灯到一座城——东海岛完成了前人不敢想象的历史跨越。现在，东海岛到处都是往来穿梭的车辆，到处都是热火朝天的建设工地，到处都是钢铁构筑的厂房。原来低矮陈旧的沿海村落已被闪着银光的钢铁石化城所取代，原来荒无人烟的沿海滩涂已被闪着白光的铁塔、铁管、铁罐所覆盖。

"大鹏一日同风起，扶摇直上九万里。"如今，东海岛已成为集宝钢湛江钢铁、中科炼化、巴斯夫三大百亿美元项目为一体，融多个千亿级产业集群于一身的世界级岛屿。

从一个工业基础几乎为零的边陲海岛华丽转身为世界级的钢铁石化新城，东海岛正在上演人间奇迹，也正用奇迹诉说"沧海桑田"。

一切都已沧海桑田，一切更将桑田沧海！创造了中华民族钢铁石化建设史上的奇迹的东海岛，必将在新时代创造新的更大的奇迹！

南海千年不变的涛声，见证了东海岛的历史性奇迹和历史性变化，也见证了湛江人民的信仰之美与使命之重、英雄之气与崇高之志、梦想之力与时代之光。

宝钢湛江钢铁舞"龙头"，中科炼化翻"龙身"，巴斯夫摆"龙尾"！东海岛一如蛟龙出海，排山倒海，势不可挡。

啊，海岛出"蛟龙"，当惊世界殊！

（2019 年 10 月 26 日）

湖光岩，灵魂的安放地

——读散文《一湖澄碧》

张德明

在新作《一湖澄碧》（载《湛江日报》2022 年 7 月 16 日"百花"版）中，散文家黄康生饱蘸情感的笔墨，调遣富有表现力的语言文字，对湛江地区享有盛誉的风景名胜湖光岩进行了精彩的艺术描画和审美阐释，从而将这一旅游胜地所独有的一个"碧"字有效地彰显出来。

湖光岩风景区位于中国大陆最南端湛江市区西南十八公里处，被联合国地质专家称为研究地球与地质科学的"天然年鉴"。该风景区总面积为三十八平方公里，园区是一个以玛珥火山地质地貌为主体，兼有海岸地貌、构造地质地貌等多种地质遗迹，风景秀美亮丽、自然生态良好的公园。2006 年，中国雷琼地质公园湖光岩科普基地被联合国教科文组织批准为"世界地质公园"，湖光岩风景区的美名传遍了全球。

自然，山水再美，需要有人的造访和赏鉴，其秀丽的风姿才能真正散发出光彩来。再绚烂的景色，如果少了文人墨客们以诗书画的形式对之加以反复的描摹、点染和抒怀，其曼妙的景色也会无形之中打上很大的折扣。《一湖澄碧》以湛江旅游名胜湖光岩为聚焦点，将碧湖、碧水、碧树、碧月、碧灯以及湖上、湖边、湖水、湖光等都纳入文学描述的对象之中，尽情演绎了此地浓浓的诗情、密密的画意，这是对湖光岩名胜的再一次有力地擦亮。

在散文中，作家首先着力呈现了湖水的诗情与画意。你看，"那蓝幽幽的湖水，深不见底，碧绿碧绿的，令人以为是'天池'里的琼浆玉液。这琼浆玉液应是集天地之灵气酿造而成的吧?! 透过碧绿的湖水，可以看见黑白相间的锦鲤在畅游嬉戏。偶尔，也可以看到锦鲤跃出水面，在空中翻腾旋转"。碧绿的湖水，犹如天池琼浆，足见其澄澈清亮，充满神奇的魅力。还有，"清风吹来，那蓝锦缎似的湖面泛起千年一梦的涟漪，涟漪一圈圈、一层层，荡涤出迷人的蓝、醉人的绿"。涟漪如梦，蓝绿醉人，让人一饱眼福，并生出万千的美好遐思。更为神奇的是，这湖水并非平凡之辈，而是有"魂"的："我贪婪地吮吸着这'湖心绿'，顿觉神清气爽。我知道，这口'湖心绿'是带'魂'的，那是一种清幽、澄澈、透亮的'魂'。"有魂灵的湖水，也是洋溢着浓郁的诗情与画意的湖水，它让多少游人为之钟情和迷恋，为之流连忘返、梦绕魂牵。于是散文家由衷发出感慨："如此澄澈清明之地，不就是安放灵魂的最佳之所吗？"显然这也是文章的文眼，可见作者匠心独运。

　　散文家不仅写出了湖水的诗情与画意，也将湖边的诗画之意艺术地描摹和展示出来。湖边之小山美轮美奂，"雄狮岭上碧树如云，荫翳蔽日；雄狮岭下碧草如茵，绵延不绝。微风拂过，岭上的灯火渐次亮起来，星星点点。远远望去，如同天上的星星，散落在山岭湖畔"。湖边之灯火璀璨夺目，"湖边的高杆灯、景观灯、草坪灯、地埋灯也不知道什么时候亮了，它们光芒四射，宛如一串串瑰丽的流火，照亮了碧湖，辉映着碧空"。湖上之月色如梦似幻，"'月亮仙子'轻舒广袖，将万顷月光泻入碧湖，给碧湖披上了一层朦胧的面纱。随后，'月亮仙子'穿过轻纱似的薄云，在碧绿的湖面上翩翩起舞。她那曼妙灵动的舞姿，引得鱼儿争相跃出水面"。这些优美的景色，与湖光岩湖水一起，共同演绎出一曲奇幻而曼妙的交响乐，组合成一幅光芒熠耀的动人画卷。

　　自古以来，山水与诗文之间一直存在着相互照亮、共同成就的关系，青山绿水给了作家文学创作的灵感和激情，作家则以优美的文字将山水的姿色和韵味生动演绎出来。李白的《望敬亭山》与"敬亭山"，王勃的《滕王阁序》与"滕王阁"，范仲淹的《岳阳楼记》与"岳阳楼"，张岱的《西湖七月半》与"西湖"等等，无一不是此方面的典型例证。可以说，黄康生的《一湖澄碧》与湖光岩之间，不论从文化建设的层面来说，还是从旅游发展的角度来看，其所存有的深厚关联都是显而易见的。

（2022 年 8 月 16 日）

"补锅"中的诸多深意

——读散文《补锅强》

张德明

黄康生的新作《补锅强》(载《湛江日报》2022 年 4 月 12 日"百花"版),是一篇以记人为主的叙事散文力作。该文通过对一位普通的补锅师傅"补锅强"精湛补锅技术的艺术描述,表达了对乡村手艺人的由衷讴歌与极力赞美之情,以及对乡村中国人们友情相待、和谐共处的社会环境的高度颂扬,并体现着为民间手艺人立传的创作用心。同时,散文还对当今社会一些缺乏担当精神、遇事总想着"甩锅"的不齿行径进行了揭露和批判。

散文所着力表现的主人公"补锅强",是一位技术精湛、性格和善的乡村手艺人。文章通过写他与一群小孩子的接触和相处来展现其平易近人、和善可亲的性格特征。"补锅强"出场之际,该文这样描述他与孩子们之间的交往和相处的情形:

"汪、汪、汪……"孩子们踩着土狗的叫声从村头村尾聚拢过来看热闹看稀奇。几个顽皮捣蛋的小家伙围着补锅强打转起哄:"补锅嘞,补锅嘞,补你爹的耳朵嘞!"

补锅强板起脸,一脸严肃,浓黑的尾毛拧成了一个结。但这些捣蛋鬼仍不知趣地向补锅强扮着鬼脸。补锅强不由心头火起,抓起火钳啪啪乱舞。几个捣蛋鬼哄的一声,吓得四处逃散。

孩子们与"补锅强"在一起,不仅不显得拘束和怕生,还能起哄捣蛋,足见相互之间的熟稔与谐和程度,这也从侧面折射出"补锅强"和蔼和友善的性格特征。正因为他如此和蔼和友善,"我"才可以主动地靠近他,并大胆提出帮他拉风箱的想法,这想法自然是顺利获得了他的许可,"我"就此有了和他近距离接触的可能,也就获取了仔细观察他补锅过程的机会。

"补锅强"是一位有着精湛的补锅技术的手艺人,这篇散文是通过生动的细节描写来呈现"补锅强"精湛的补锅技艺的。这样的细节描写主要有四处,第一处为:"将一口无耳烂锅举在手里,眯着眼,对着破裂的锅底瞅来瞅去。接着将烂锅翻转倒扣在木桩上,再用小铁锤敲打漏点边缘,錾出一个梅花形的锔眼。"详写了他正式补锅前的细致准备工作。第二处为:"补锅强舀出滚烫的铁水,飞快摊在黑黢黢的布块上,然后,对准錾好的锔眼,用力一压,另一只饱蘸石灰浆的手则从锔眼的背面用力一顶，只听'嗞啦'一声，红彤彤的铁水迅速凝固成豌豆般大小的疤痕。""之后，他又从水桶里舀一瓢水倒入锅内，试水检漏。"通过一系列描写补锅行为的动词来展现他熟练补锅的全过程。第三处是写他来到小镇上，搭起铺子补锅的情形，不过这时候他手中的锅，已由原先的铁锅换成了铝锅："叮叮当当声中，补锅强已接到四口铝锅。只见他拿起一口铝锅，左右瞄上几眼，斟酌一番后，便用大剪刀将漏了的锅底剪掉，接着用羊角锤内外敲打，新锅底跟原先的锅身就在一次次的敲打声中融为一体。"

最后一处的细节描写，写得最为细腻生动，也最是真切感人。散文家将时间的线索由回忆的过去拉到当下现场，描述了新冠疫情局部暴发之后，茂建安公司的建筑工地遵照上级部署，全员核酸检测、全员一线抗疫。不料在"战疫"正酣之时，工地里那口能煮出"千碗"面条的八印大铁锅突然裂开一条缝，"滴答滴答"地漏个不停。说时迟那时快，接到补锅任务后，"补锅强"第一时间赶到了建筑工地，只是当时的现场比"补锅强"想象的还乱，在大铁锅破裂的同时，旁边一口小砂锅也因锅内热油起火，并在有人"泼水救火"的错误操作下火势愈发猛烈，现场浓烟滚滚，一场火灾眼看就要发生。危急之下，"补锅强没有片刻迟疑，徒手端起着火的砂锅就往外跑。滚烫的油火四处乱溅，噼里啪啦地溅落在他的手上，他忍住剧痛，一路狂奔，最后因砂锅的锅柄太烫，补锅强只好将锅丢在地下，然后一脚把砂锅踢飞到三米开外的沙地上……"有惊无险地扑灭一场可能发生的火灾之后，便到了"补锅强"展示自己精湛技艺的时候，散文如此描写道：

> 他二话不说，就把八印大锅架到"三脚马"上，然后用夹钳将补丁敲好，紧接着使劲拉动风箱，风箱"哗啦啦"地拉得山响，坩埚里的小铁块在炉火里逐渐熔化，化成了绯红的铁水。补锅强用泥匙舀起铁水，沿着裂缝一点点地补上，下面用泥槽托着，每补一下，锅底就冒出一缕青烟。补锅强极其专注，眼睛死死盯着破损处，一照火一照火地补，整个过程没有使用任何胶粘和焊接，全凭手工完成。

我们知道，锅越大，破损的洞越大，修补的难度就越大，对补锅人技术的要求也就越高，散文中上述细节的精彩展示，将"补锅强"炉火纯青甚至已臻化境的补锅技术鲜明凸显出来。

散文中有一个小情节也值得我们注意，当若干年后，进城了的"我"带上一口烧破底的铝锅，去拜会在镇上搭铺补锅的"补锅强"，顺便"追忆一下曾经过往的岁月"时，"补锅强"则向"我"道出了他内心最大的苦衷："最让他揪心的是，找不到手艺传承人，他先后带过六个徒弟，可没干多久就跑了。"的确，在现代化高歌猛进的历史语境下，多少民间手艺正在面临着尴尬的处境，不仅补锅手艺，还有爆米花手艺、糖人手艺、剪纸手艺等等，都存在失传的危机。正因为此，那些拥有精湛技艺的民间手艺人，便值得人们充分的尊重和珍惜。

当然，这篇散文的意味远不止为民间艺人立传这么简单。在传记之外，散文家还通过"补锅"这一生活情景的形象描述，将自我对于当下社会现实的理性审视与深刻反思折射出来。散文中有一句话——"补锅，既要补岁月，又要补世道人心"——是非常耐人寻味的。它提示我们，"补锅"或许就是一面神奇的镜子，在"补锅"的事项里，是能鉴照出许许多多的生命图景和社会现实来的。一方面，在"补锅"的描述之中，我们能窥见到乡土中国淳朴的乡民风俗，人们和谐共处、友情相待的社会情状。文化底蕴深厚的乡土中国，一向以讲伦理、重情意为尚，人们相互间真诚相待、心意相投，是一个情谊绵长、互帮互助的和谐社会，这篇散文描述到的"补锅强"与孩子们的和睦相处、与"我"之间的心意相通、与社会上其他人的互帮互助，这些都充分印证了乡土中国以情意为重、人们并肩携手相濡以沫的优良人文环境。另一方面，这篇散文还借助对"补锅强"关键时刻敢于承担重任、放开手臂开展工作的细致描写，对社会上尤其是近年来国际社会上出现的那些不愿承担责任、凡事总要"甩锅"的不齿行为进行了有力的讽刺和批判。散文中写道，尽管建筑工地上一场可能出现的火灾，是"补锅强"冒着生命危险给扑灭的，但社会上仍然出现了"补锅佬补锅引发火灾"的不实谣传，面对此种不利局面，"补锅强"不仅没有打退堂鼓，反而还能迎难而上，利用自己的精湛技术将建筑公司的大锅顺利地修补好。"补锅强"这种不愿"甩锅"、勇于担当的精神着实是令人赞佩的。联系当下现实，我们不难发现，当新冠疫情在全球暴发的时候，中国政府把百姓生命安全放在第一位，采取积极措施，在很短的时间内就有效阻止了疫情的传播和蔓延，而一些国家不仅不采取有力措施来防控疫情，还屡屡"甩锅"，从而为自己的不作为进行辩解和开脱。这种"甩锅"行径，显然是令人不齿的。

（2022 年 4 月 16 日）

绽放自然淳朴之美

——黄康生散文鉴赏

黄俊怡

2021年底在《百花》副刊一页读到一篇《久饱忆饿》的散文，这是我初次读到黄康生先生的文章，我并不熟知文中谈及会唱《旧屋》《黎人心声》等歌谣的作者不但著述丰硕，且曾是"冰心散文奖""吴伯箫散文奖""李清照散文奖"的获得者，我惊叹我读到一种大散文格调有着新颖的文风，从一篇文章中体现了作者的旧怀、人生阅历以及自我在文字中修行所储备的丰富的学养，流露的是作者行文斟字酌句，且保持着克制。写作如"练兵千日用在一时"，黄康生的文章每每体现出恢宏的意境和凸现出文字的深厚造诣，说他有些篇章可堪为散文中的经典，也许并不为过。

《久饱忆饿》是一篇自述性叙事散文，记录了作者经历过计划经济时期一段饥饿岁月里的往事，而后洗脚进城，"惊天动地的雷声唤醒了沉睡的大地，也驱走了徘徊在乡野的饿兽"。岁月洗荡，改革春风从南粤飘送而来，随着时间变化市场经济不断发展壮大，人们过上了优渥的生活，社会物质日益丰富及多样化，亚健康袭击而来，这是物质发展到一定阶段产生的共性问题，作者返璞归真，从文字里回忆旧时艰辛青涩的岁月，如文友晓琪倡导"一素一荤一汤"健康饮食，"饥饿离我们并不远，保持饥饿就是保持人间清醒"。如沐春风的文字，读来有意蕴，有哲理，让人醍醐灌顶。

作者从年少时挖番薯，在家乡铜鼓岭摘野果，对村庄、田野、树丛、山坳等景物描写，那抹山村情愫流露了自然主义的情怀。他在写景抒情中体现了对原乡的怀旧，尽管这种怀旧的意识并不太明显，却是显然存在于作者对家乡一物一景的描绘当中。他文中对往事的描写，细致入微有其清晰的脉络，读来既亲切也很自然，这是黄康生散文给我的初步印象。

后来，我从国内大刊读到黄康生不少散文，单谈文风，他驾轻就熟，始终保持格调清新，伴随着弥漫而来的自然清新气息，总是给人带来阅读的美感。从其散文可感到浓郁的山野清风，大海蓝的韵致，他的文字仿佛与生俱来带有自然的质朴美，屏蔽了当下浮躁之风形形色色的虚浮、模仿与造作。他在创作的无形之中磨炼了自己，形成了独特，别具一格的风格与个人特色。文字里有时注入古典的元素，与他的作品中体现的自然淳朴之美互为补充，相得益彰。

《火龙果静夜绽放》写到有一天，作者来到高岭仔火龙果农庄，写道："那琴声时快时慢，像是从山间流出的清泉，缓缓地流进火龙果的心田。"水韵琴声充满自然与古典之美。庄园主人沈梦莹说："火龙果是有灵性的，它听到音乐会使劲地生长。"这使我想起一本《水知道答案》的书，自然界万物有灵，人的一个心念，一个善意，就像电波一样传递出一种力量，这一点科学家在量子物理学研究中已证明念力在自然界中的存在。《火龙果静夜绽放》写出了沈梦莹精心打造火龙果的庄园梦，她对生活有理想有憧憬，对自然有向往。作者笔下的沈梦莹是一位睿智的女子，读此文，如亲临其境，潺潺流水，庄园里正传来古筝《桃花源》《云裳诉》。

不期而然，黄康生在散文创作上时有惊艳之作。如《一湖澄碧》，作者写到湖光岩是在火山口形成的，湖光岩风景旖旎，是湛江的风水宝地。他从典故开篇，从"白牛仙女""龙鱼神龟"的远古神话开始，描绘出净湖湖光岩大旱不枯，淋雨不溢。作者写湖写湖光岩无可比拟的美："那蓝锦缎似的湖面泛起千年一梦的涟漪，一圈圈，一层层，荡涤出迷人的蓝，醉人的绿。"作者写景以湖、水、树、月、灯、草，在立体的角度多位一体给人展现了湖光岩"碧"的特点，让人神往给人遐想。作者写景抒情，散发着自然浓郁的气息，湖与景融为一体，透出如诗如画的唯美格调，古往今来，不管哪个流派，美学在散文写作中不容忽视，美摸不着却让人感受得到，美在文字中是抽象的，美是不可刻意去营造的。黄康生在散文写作中充分体现了散文的美感且时有惊艳的表现，这是他文字的一种内在美。其次，他在写景中不乏一番细腻的描写，细腻是传神的来处，使文章更有气韵。黄康生的文章里闪烁着亮丽的文采，从而使文章别有神韵，足见其深耕文学领域多年，美感与神韵已然成竹在胸，自然而然，这正如南宋诗人陆游《文章》所说"文章本天成，妙手偶得之"。作者在文字中体现的淳朴之美，正是来自他对自然的体悟。

黄康生的散文具有雅致之韵，澄澈之美，亦有小品闲情，给人在繁忙中一读怡情。《满满"烟火气"》写湛江湾夜市喧闹的侧影，阵阵烟火里尽显市井的繁华。作者说："一个后备厢就是一个摊档，每一个摊档的背后都藏着一段故事。故事里有烟雨，有乡愁，也有世情。"作者对市井生活的体会是深刻的，这些写作素材融汇在文字当中，深藏了他对底层社会生活的人文关怀。

《情定大陆之南》以地理为坐标，写徐闻灯角楼，咏叹了人世千古不泯的爱情主题，作者通过古代传说渔郎与渔姑、阿勇与阿浪凄美感人的爱情故事，列举了海洋动物鲎的生活情态，突出忠贞不渝，生死相依的情感主题。该文以讲故事的形式娓娓道来，文章突出地方景点，讲述可歌可泣的爱情故事增加了作品趣味性，读之荡气回肠，耐人寻味。

节选了黄康生部分散文，他的散文呈现出独特的视角形成了自己的风格与烙上了鲜明的个人特色，在不经意间，随手打开一篇，可见字字闪亮，令人耳目一新。他创作的是一种"新文体""新风格""新文风"，当然，他的"新"是在继往开来过程当中的一种开拓性的延续，是一种"软实力"的体现，在文学洗礼中如一座自然风化形成精湛的化石，你在审视他的文字时，是淳厚，是虔诚，是自然意象之美和辽阔视野，没有什么套路可循。黄康生干净的文字如一涓细流从溪谷中奔向大江大海，"一湖澄碧"是他的内心写照，在文学未来的蓝图里，他理应走向更远。

据闻黄康生的第三本散文集《一湖澄碧》即将出版，这实是他在深耕文学领域的一大献礼。据闻从事新闻记者出身的他对文学有不改的深情与不倦的追求，这份为文的初衷让人感动，我期待在不久的将来能读到他这本集子。

（2023 年 5 月 3 日）

生活有光，足下有力

——读散文《抽干鱼塘捉泥鳅》

张德明

黄康生的叙事散文《抽干鱼塘捉泥鳅》（载《湛江日报》2022 年 3 月 4 日"百花"版），以乡村鱼塘为聚焦对象，通过主人公晨耕的历史回忆和当下实践，艺术地描绘了乡村人抽干鱼塘捕捉泥鳅的精彩情景，将改革开放以来中国乡村的幸福生活生动地述写出来。

什么是幸福？幸福就是人们的生活时时处处充满了乐趣，日子过得红红火火、有滋有味。散文对幸福乡村的书写，是通过主人公晨耕的一系列行动而折射出来的。晨耕出生在农村，工作在小城，是一个对生活充满了热情和深爱的人，尤其对少年时代的乡村生活，对每到年关时就会在鱼塘里捉泥鳅的情形，他都念念不忘，记忆犹新。在他的心目中，那令人梦绕魂牵的乡村，始终都是幸福的所在。

文章开头，是这样来介绍晨耕的基本情况的：

> 喝着鱼塘水长大的晨耕自认是离不开鱼塘的乡土
> 诗人。他说，家乡的鱼塘是岁月难忘的记忆，那一湾
> 绿水里藏着钓鱼虾、摸田螺、采莲蓬、打水仗、捉泥
> 鳅的故事……

寥寥数语，就将一个在内心珍藏着丰厚的乡村记忆并始终
挚爱着生活的动人形象艺术地勾勒出来。

散文中着意透露的乡村生活的乐趣，便是通过少年晨耕在
鱼塘里捉泥鳅，后又亲手烹制泥鳅美食等几幕场景来展现的。
散文家首先描述了晨耕初捉泥鳅时的笨拙和稚嫩："晨耕甩掉鞋
子，跳进鱼塘的淤泥里。然后，深一脚、浅一脚，高一脚、低
一脚地追寻泥鳅，手忙脚乱地去乱抓、乱摸、乱捉一通。可泥
鳅浑身长满黏液，滑溜溜的，一点也不好抓，晨耕的手一碰到
它，它'哧溜'一声滑走了。"继而交代他在福伯的指点之下，
熟练掌握了捕捉技巧，很快收获了满满的一篓泥鳅："'摸尾抓
头！'晨耕听了福伯的话后，即把双手合成铲状伸进泥潭里摸，
摸到泥鳅时，就用拇指和食指捏住它的头部，然后，随手一扬，
甩进扁篓里。不一会儿，晨耕就抓了满满一篓。"在这两幅"捉
泥鳅"画面里，作家准确使用一系列描述人物行为的动词，将
主人公晨耕幼年时期富有趣味的鱼塘经历和乡村生活精彩地书
写出来。

泥鳅捉到之后，便是如何将其烹饪成美食，来满足人们的口福之享了。散文如此述写道：

> 晨耕吹着口哨离开鱼塘。一进家门就生火起锅，文火细煎泥鳅，两面都煎黄后，便撒入豆瓣酱转小火焖焗，直至泥鳅熟烂入味。
>
> 晨耕用筷子夹起来一吸，泥鳅的肉即脱刺而落，只剩下骨头。

烹饪并享受美味的泥鳅，这是乡村人有滋有味生活的具体体现，它和上述晨耕捉泥鳅时呈现出的生活乐趣一起，生动诠释了乡村幸福生活的丰富内涵。

散文对记忆中的干塘捉泥鳅的场景花了更多的笔墨来展现，记忆中的鱼塘经历描述得也更细腻和真切。可贵的是，散文家并没有一味地展现记忆里的乡村生活，而是将记忆与现实并呈，在曾经岁月的趣味生活描述之外，还在结尾几段，将视线拉回到当下，写到了晨耕拿出自己积攒多年的稿费，包下鱼塘抽干起鱼、下塘捉泥鳅的现实情景。这样，历史与现实巧妙叠加，乡村生活充满了乐趣和滋味的幸福色彩，也在此得到了大力的渲染与强化。

当然，散文中"泥鳅"承载的意义也是多重的，它既是晨耕儿时记忆中珍藏的宝物，也成为了人们当下友情相待、共享幸福生活的某种见证。散文中还写道，新冠疫情暴发后，志愿者朱照波跑了八十公里给晨耕买泥鳅并亲自送去的情形，又叙述了疫情结束解封之后，晨耕回乡捉泥鳅，拿到小城与朱照波共煮同享的情节。这些关于泥鳅的生活插曲，充满暖暖的人情味。疫情过后人间重回春天，日子如常，生活有光，人们对未来信心满满，稳健而坚定地前行，读后有一种感人的力量。

还值得一提的是，这篇散文在结构的设置上也很讲究。散文描述的故事时间跨度大，场景转换也很频繁，但整篇文章却显得井然有序，并不芜杂纷乱，这与散文家对节奏的熟练把控和结构的精心安排等密切相关。这其中，文章以乡民熟悉的谚语为纽带，将一个又一个不同的场景串接和组合起来，对全文整体结构的搭建起到了重要的黏合作用。"秋风起，泥鳅肥。""花有重开日，人无再少年。""干塘捕鱼，年年有余。""天上斑鸠，水里泥鳅。"这些谚语在文章形式建构上所体现出的功能性意义是极为显明的。不仅如此，上述谚语在丰富文本的内容上也发挥着不可忽视的作用，它们的陆续登场，旨在提醒人们：幸福乡村的内涵是深厚的，它不仅意味着人们物质生活上的富足，还意味着他们文化底蕴的厚实和精神生活的丰富。

（2022 年 4 月 4 日）

乡村振兴的理想图景

——读散文《悬停于城乡之间》

张德明

黄康生的散文新作《悬停于城乡之间》(《湛江日报》"百花"版，2022年1月29日)以一个普通的农村女子"六姑"到城里去奋斗拼搏，终于开辟出属于自己的生活天地的人生经历为主线，向我们形象地展示了当代乡民生活的巨大发展与变化，同时也为我们巧妙勾勒了一幅乡村振兴的理想图景。

在散文家笔下，我们看到，六姑是一个不愿甘于平庸，不满足于贫困现状的农村女青年。多年以前，在改革开放春风的吹拂之下，她毅然走出生她养她的村子，不顾一切困难地出外闯荡和打拼。散文重点描述了她走出家门时面临的重重困境。首先是恶劣的自然环境。当她初次出门，就遇到了狂风暴雨，"粗壮的雨柱顺着风斜劈下来，射得六姑睁不开眼，喘不过气。六姑在风中匍匐爬行，浑身被大雨淋湿透，像个落汤鸡。"其次

是困窘的经济条件。当错过了当晚的火车，她无钱去借住旅馆，只能在车站将就一晚，"考虑到身上的钱不多，六姑没有出站去借炉取暖，而是在车站的椅子上睡了一宿"。最后是落后的交通工具。浪潮般的人群拥挤在狭小的闷罐车上的尴尬情形，也许是一代人难以忘怀的痛苦经历，"六姑被如浪的人潮裹挟着推进车厢，花布手提包带被挤断，皮凉鞋的鞋帮也被挤掉"。"车厢如沙丁鱼罐头，头碰头，脚碰脚，过道也被堵得水泄不通，连落脚的地方都没有，六姑被夹在车厢的连接处，左脚还被'隔壁老王'的箱子给卡住，无法挪动。"在那个年头，这些困难是一时半会儿难以克服的。

当然，对于六姑来说，最大的困难还不是上述情形，而是创业之难，是在城市站稳脚跟、打造出一片属于自己的事业天地的难处。散文着重描述了她初到城市时，在找工作、住宿与自我创业等方面遇到的各种困难。没有过硬的学历文凭，缺乏具有说服力的"文化资本"的农村人，来到都市世界里，能顺利找到一份像样的工作谈何容易，散文中描写初入城的六姑"不知跑了多少路，流了多少汗，才找到了一家玩具厂"，便是这样择业艰难的具体显现。对于进入城市的农村人来说，住宿也是一个棘手的问题，先别说昂贵的住宿费，没有"暂住证"，连住宿的资格也成问题，"碰上'大胡子'上门查暂住证，六姑就只好钻进床底下"，这种状况可想而知是必然会出现的。打工是不容易的，自我创业更艰难。散文对六姑创业的几起几落有着具体的描画，既言述了她创业不久便"赚到人生第一桶金"，收到的"订单雪片般飞来"这样的高光时刻，又交代了她的厂子遭遇"一场因雷电引起的大火，把厂里设备全部烧毁了"，十二年的努力付之一炬的惨痛经历。还写到了她遇挫不倒、涅槃重生的再崛起，不仅在城市里有自己的工厂，还在自己村子建起了分厂"扶贫车间"。经过自己的执着坚持，顽强拼搏，六姑终于迎来了辉煌人生。

《悬停于城乡之间》中刻画的"六姑"形象，可以说是不甘平庸、积极打拼，通过不懈努力终于斩获一份属于自己的美好生活的当代农民的缩影。她的故事无疑是很励志的，也是充满正能量的。通过六姑的人生历程，我们也能窥探当代乡民生活的巨大发展与变化。而在我看来，这篇散文的立意还远不止于此，它实际上还以六姑在城市和乡村中同建工厂、让城乡一体化联动的动人描述，向我们展示了当代乡村振兴中令人怦然心动、热血沸腾的理想图景。散文最为精彩的部分出现在这样几段：

> 打那时起，六姑就像候鸟一样频繁穿梭于城乡之间，悬停于青山与绿水之上。
> "城里有套房子，村里有个院子，人间值得！"每每谈起当下的生活，六姑总是掩不住一脸的喜悦，"居于乡野时就遥望城市，住在城里时就回望乡村。"
> "村里已涌现一大批'两栖'农民，他们和六姑一样经常穿梭在城乡之间，过上了'城乡粘连、城

乡两栖'的生活。"村长林华水一边玩手机，一边抽水烟，"进得了城，回得了乡，城乡两头睡，香吧，甜吧?!"

六姑的乡野小洋楼就建在古榕树旁。古榕树挂满了红灯笼，那大红灯笼点亮了年味，也点亮了乡村。

乡村振兴不应该仅仅停留于乡村生活条件的改善等物质层面上，还应让乡村纳入城市发展的轨道之中，形成"城乡一体化""城乡互联互动"的经济建设与文化发展模式，只有这样，乡村才能始终保持可持续发展的良好态势，从而获得不断的繁荣与振兴。在这个意义上，六姑所构建的"悬停于城乡之间"的生活模式，正可以说是一种乡村振兴的理想图景，值得我们积极借鉴和大量复制。

（2022 年 3 月 3 日）

味觉记忆与身体辨证学

——读散文《久饱忆饿》

张德明

《湛江日报》2021 年 12 月 30 日"百花"副刊发表的散文《久饱忆饿》，是一篇以味觉记忆的描述来呈现一代人的人生轨迹、折射某种生活哲思的动人文章。散文家将历史与现实对照，将饥饿与饱胀两种不同的身体反应形象描绘出，既如实陈述了经济困乏时代人们的生存窘境，又理性反思了而今食物富足的小康时代，胡吃海喝可能会给身体带来另外伤害的负面后果，进而从日常饮食的层面揭示了某种启人心智的身体辨证学。

大抵六〇后一代人都经历过那个经济贫困的时代，这代人几乎都有着不同程度的有关饥饿的味觉感知，这种味觉感知往往并非一时一刻之情性，而是长时间弥漫于人们的生活空间，如黑色的烟云，久久不散，笼罩在六〇后一代人童年的岁月之中。

这种饥饿的味觉感知，最终会化为刻骨铭心的身体记忆，令人终生难忘，常常怀想。在《久饱忆饿》中，散文家艺术地呈现了孩童时代对于饥饿的身体感知，写得具体而形象，令人心动情牵。小时候，因为粮食严重不足，一家人常常以餐食米粮较少的稀饭来度日，这样，一个正值身体发育期的学童，便无时无刻不被"饥饿"的阴影所缠绕："一进教室，肚子就开始'咕咕噜噜'直响，眼前的景物有刹那的昏暗，黑板也霎时变得黯淡无光。还没等到放学，我早已饿得饥肠辘辘。"饿着肚子上完了课，兴冲冲跑回家去找东西吃，但每每遭致的总是无以改变的失望和难受："摇摇晃晃回到家，掀开锅盖，却发现锅里空荡荡，没一点东西。那一刻，我就像一只雪后落单的麻雀，无处觅食，饿得直打哆嗦。"这种饥饿的味觉记忆沉淀许久，慢慢酿化成对于食物的超乎寻常的渴求，以至于当番薯香味飘过时，都会"在梦中饿醒。此时，全身每一个细胞都在召唤食物"。

饥饿体验是那个贫困时代人们的日常必修课，散文家不仅用诸多笔墨概括描述了自我关于饥饿的身体感知和味觉记忆，还通过典型的细节来呈现饥饿对身体和心理带来的巨大影响，例如上山摘野果而饿倒的细节，就写得生动而感人。散文家写道：

　　那一年秋季，我和玩伴相约到铜鼓岭摘野果。铜鼓岭虽说是岭，但却有山之高峻、陡峭。爬至半山腰，我双腿像灌了铅似的越来越沉重，肚子饿得咕咕叫，感觉前胸已经贴着后背，而背后似乎有风，凉飕飕的。火辣辣的太阳直直地照射山岭，令我睁不开眼，忽然一个趔趄，我晕倒了，眼前一片漆黑……不知过了多久，隐约听到有人喊我的乳名，还闻到一股浓郁的鸡汤香味。原来，母亲得知我是因为饿而晕倒在山坡上时，即狠下心把家里下蛋的老母鸡给宰了。

母亲揭开锅盖，用力掰下一只大鸡腿递给我。鸡腿色泽焦黄，表皮油亮。闻着鸡腿的香味，我的口水直接流了下来，太馋了！我像饿狼一样徒手抓起鸡腿狂啃，啃得满嘴流油，啃得心花怒放，啃得不亦乐乎。

打那时起，我总盼自己再次在饥饿中跌倒，这样就能吃上香喷喷的鸡腿。

因为饥饿而晕倒，却意外换来了能吃上"香喷喷的鸡腿"，这种饥后而饱食的遭遇，竟使"我"生出了"总盼自己再次在饥饿中跌倒"的奇怪念想，这种畸形的心理冲动，从另一个侧面交代了那个时代饥饿的普遍性以及它对人们生活造成的严重影响，以致导致了人们心理的扭曲和变态。

《久饱忆饿》不是简单地追溯过去贫困时期的饥饿历史的情景单一的散文，而是立足于今日之饮食过饱现实对过去的追忆，是历史记忆与现实沉吟联袂书写的复合性篇章。同时散文家也通过饥饿与饱胀两种不同的身体消费与味觉刺激的对比性写照，来展示中国经济的巨大发展和中国人生活的新旧变化，并进一步阐发了蕴含于食物消费中的某种身体辩证学。与昔日的饥肠辘辘相比,今天的人们在饮食上走向了另一个极端,即每日都进食过量,过于饱食。散文家如此描述道:"天天大鱼大肉,顿顿饕餮大餐。那些远离饥饿的日子,我天天'吃'字当头,'爽'字当先,每顿想吃啥就吃啥,想吃啥就能吃啥。"可这样的胡吃海喝,真个是换来了生活的无限爽适、身体的无限快慰吗?答案无疑是否定的。散文家接着理性地意识到,"可吃着吃着,我也渐渐感到疲劳倦怠,胃肠胀气,恶心打嗝。有时候,一个人走路会感到莫名地焦虑"。过于饱和的食物消费,带来的或许并非就是生活质量的明显改善和精神境界的极大提升,而是中年的身体难以承受的诸多病疾,"前些日子,去医院抽血检查,竟抽出乳白色'牛奶血'。血糖高,血脂高,胆固醇也高"!对此病疾,医生开出的药方居然是:"保持饥饿感!"实在在人意料之外。

其实,过度的饥饿和过度的饱食,都是对身体健康不利的。文友晓琪的话更是意味深长:"其实,饥饿离我们并不远,保持饥饿就是保持人间清醒!"每个人都必须记住来路,保持初心。

久饿思饱,久饱忆饿,在饥饿与饱胀之中,其实蕴藏着值得人们牢记的身体辩证学:只有保证科学的饮食,才能让身体保持康健,让生活真正幸福。这种身体辩证学,正是这篇散文所折射出的关于生活的领悟与沉思的深刻主题。

(2022 年 1 月 3 日)

人间有爱是春天

——读散文《感时花溅泪》

张德明

"从没有哪一个春季，能像庚子鼠春那样让我们如此焦灼不安；也没有一个春季，能像这个庚子鼠春那样让我们如此泪流满面。"

这是散文《感时花溅泪》（见湛江日报 2020 年 3 月 19 日 A08 "百花"）的开头一段，既可以看作该文的题记，又可以视为全文的情感基点和结构逻辑，同时还是对疫情时期国人心态的高度概括与简洁描述。这段充满时效性和当代感的文字，一下子就抓住了我的眼眸。我几乎是一口气读完了这篇洋洋洒洒五千余字的长文，内心深处默默为文中描画的人物和叙述的故事所感动，也不禁为伟大祖国无处不在的人间真爱而击节称赏。

《感时花溅泪》是一篇情深意浓的叙事散文，也可以说是一个优秀的非虚构文本。文章主要描写了三个普通人物在抗疫斗争中的感人故事，这三个人物分别是护士郑春岚、志愿者王楚森、捐助者曹美莉，他们分别代表着这次抗击新冠疫情战役中的三类不同群体，因而鲜明体现出文学创作上的典型性来。

护士郑春岚是这次全国支援武汉的医护大军中的一员，她当初一接到出征"军帖"，就迅疾穿上白衣战袍，告别家人星夜出发，火速赶赴抗疫最前线。到了重灾区武汉，郑春岚马上投入到紧张忙碌的工作之中，一刻也不闲着。文章重点描述了她参与抢救重症患者徐煜老人的整个过程。徐煜老人在生死线上几度徘徊的危机情状，和医护人员不知疲倦超负荷工作、坚决要同死神抗争而抢回生命的壮举，被散文家描述得异常真切而生动，每一个情景都扣人心弦、令人难忘，都传达出感人肺腑、鼓舞斗志的精神力量。

王楚森是散文描述的第二个人物，这位大货车司机曾在2003年非典期间就勇上战场，独自转运八名疑似病人，为他们战胜死神赢得了时间。武汉的新冠肺炎疫情暴发后，他又自告奋勇地当起志愿者，马不停蹄地帮忙转运病人。这些日子，王楚森跑遍了汉口的医院，为五十二名患者打开了生命通道。这真是一个了不起的成绩啊！忙碌、劳累与危险的多重围困下，他最终也病倒了。当他战胜病毒健康出院，他没有丝毫怨言，而是为自己能参与抗疫、救护生命而骄傲，并笑着说："现在我的车，已成了开往春天的转运车！"

文章描述的第三个人物则是一位捐助医护装备的援助者，她的名字叫曹美莉。在疫情来袭之时，尽管身在日本，但心系中国。这位体质并不强健的女性，为了购买口罩，她跑遍了名古屋的大小药店，沿着名古屋中部公路走了一千多公里，终于凑齐了两万个口罩，随后辗转几趟飞机，终于飞回祖国，并将两万个口罩，迅速寄送到江城武汉。

散文的人物刻画是较为精到的，这得益于文中叙事技巧的灵活使用。在叙述事件过程中，散文家注意将概括描写与具体描摹相结合，在典型的场景之中，借助人物语言、行动和诸多细节，将三个人物的外在表现和内心世界一并彰显。与此同时，散文家还能在叙事之中，自如地安插写景与抒情的笔墨，将事件所饱含的韵味与情义，以及人物行动背后的高尚心理动机巧妙揭示出来。"风萧萧兮鉴水寒，壮士一去兮要复还呀！""雪花飘飘，寒风萧萧，天地一片苍茫。""武汉的风，冬天里带一点点暖。""千里寄口罩，礼轻情义重。"这些句子都富有较强的艺术表现力和感染力，字里行间流淌着情的暖流和爱的泉液，不断撩拨着读者的心弦。尤其结尾处，"很快，这批凝聚着'春天力量'的口罩便抵达武汉。一同抵达的，还有许多不容忘却的天使白、救援蓝、志愿者红，和一个个关于春天的约定"。将叙述与抒情熔为一炉，既是对援助者无私奉献的高度赞美，也是对全文的一次点题。

"文章合为时而著，歌诗合为事而作。"（白居易《与元九书》）《感时花溅泪》正是一篇及时书写当下抗疫主题、洋溢着现实主义精神的散文力作，文章艺术描绘的那些抗疫战线中涌现的先进人物和感人故事，让人真切领悟到人间有爱是春天的生活之道，也将为尚未完全摆脱疫情的人们，注入战胜困难的强大勇气与动力。

（2020 年 3 月 22 日）

散文写作是一种生活态度

——读黄康生湛江系列散文有感

董晓奎

像暌违已久的老友归来，湖一壶醇厚暖润的老茶，凝视着对方的眼神，分享彼此最内在的想法和情愫。这种氛围无疑是稀缺和迷人的。

散文写作是一种生活态度。作为散文编辑，我对每一个散文写作者，都葆有敬意。世界上所有的大海都是相通的。黄康生所记叙的生活，我是稔知的。他所从事的职业，也是我过往沉浸式的一段经历。所以，读他的散文，就像与老朋友品茶聊天那般亲切和愉悦。

湛江是一座港口城市，地处东南沿海，其经济地位、人文底蕴都足够殷实，在"一带一路"沿线也有着举足轻重的地位。这样的城市，写作者怎会缺席？

黄康生写美食是一绝，湛江美食的头牌当然是海鲜。"全世界每十条虾就有一条是讲湛江话的"，在《湛江，怎一个"鲜"字了得》中读到这句话，我会心一笑。我在大连，这里有句俗语，"面朝大海，现捞现唠"。相似的情境，在他笔下是"四季煮海，百鲜蒸腾"。仅这篇文章，就有三十多种海鲜的名字。博米、流唇、沙锥、海月、泥猛、金仓、马友，没错，它们都是海洋生物的名字。过去我觉得中草药的名字很动听，在他这里却发现天地之间海洋生物的名字最有新意，值得深究和玩味。花看半开，酒饮微，鱼一定要吃鲜的。憩在呼吸，眼在翻转，尾在摆动，这才是湛江人眼里的新鲜度。这一天，在船上，现捞现煮，"海杂鱼"做好了，他这样写道："端起碗，放在鼻尖嗅一嗅，我分明闻到了大海深处最原始的鲜味。哧溜一口，满嘴生鲜，那种鲜简直鲜掉眉毛，齿间一嚼，能清楚地感受到爽滑鲜嫩的鱼肉在嘴里一层层化开。"

毫无疑问，作家是城市生活的在场者与守望者，也是城市生活的鉴赏家。吃得明白，才能写得漂亮。在这里，吃是一门功课，是一种境界。林语堂曾坦白地说："如果人们不愿意就饮食问题进行讨论和交换看法，他们就不可能去发展一个民族的技艺。"中国文人著书专论烹调艺术的情怀由来已久，一种启发或暗示在他的字里行间潜伏，散文家要有美食家的潜质，假设精于料理、擅长品鉴，十之八九也能写好文章。

在林语堂谈饮食的文章里，我读到一句话："已是六月底了，如果你不来，那就要等到明年五月才能吃到另一条鲜鱼了。"这样的格调与情愫，在黄康生的笔端随意流淌，并不稀罕。

读到深处，蓦然发现，写海鲜美味催人流涎，并不是他的真正意图。他要传递的是一种生活理念，一种价值取向。

就说起早吧，资深饕客"大肚龙"就是个能起早的人。梁实秋说："偎在被窝里不出来，那便是在做人的道上第一回败绩。""大肚龙"早起，为了一口鲜。鸡啼三遍，渔船满舱归来，他提着竹篮踩着星光去码头。能起早的人，都是人格健全、情感饱满、抗压能力强的人。他们总是活得热气腾腾，对吃喝玩乐有讲究且富有创造力。黄康生并没有写这些，但他的描述让我对人物充满了想象和憧憬。清晨独自一人奔赴码头，总能看见别人看不到的风景："码头里人头攒动，吆喝声、讨价还价声此起彼伏。'大肚龙'站在码头的最高处，朝远处眺望。远处，渔船正迎风驶来，还没等渔船停稳，'大肚龙'就跳到'湛渔899'号渔船上。作为疍家人后代，'大肚龙'对渔船并不陌生。早些年，他常到'湛渔899'上蹭吃蹭喝，追忆似水年华。"

湛江人吃海鲜有一套，吃陆鲜也有一套，船上吃美了，又钻进林子里吃。砌鸡瓮，拾柴火，要熏制一只三黄鸡。这三黄鸡和北京烤鸭有得一拼，都是用果木烤出来的："敲开泥土、撕开锡纸、剥开荷叶，一只皮色金黄澄亮、肉质肥嫩酥烂、腹藏多鲜的荔枝木瓮鸡即'跳'上桌面。目光里的瓮鸡泛着迷人的油光，光是看外表就叫人口水直流。用力一撕，肉与骨头即时分离，鲜美的油汁飙洒而出。"

湛江诸多食材和吃法，饱含着浓浓的乡愁，这才是黄康生书写美食的真正指向。一方水土留有乡愁，就吸引了逐梦人。

于是我们在他的笔下看见了人物，卖"空气罐头"的"大肚龙"，经营火龙果庄园的沈梦莹，他们原本在外界都有着非常丰富的人生阅历，壮美之年却选择回归生养之地，在青山绿水间重新书写人生。原来，不论谈美食，还是写故园，他其实都是在讲人物。这让他每篇散文都有了写实感和厚重感。他笔下的小人物尤其真实可感，《斑斓湛江圩》一文里，卖菜的"花姐"，"生意再忙，她都会笑着陪顾客拉拉家常，仿佛每个人都是她的熟客"；"猪肉西施"符晓慧，"大剌剌地拿着一把明晃晃的砍刀立于肉摊前"，她腕子有力，敢剁会砍，任何招式不在话下。她指头纤细，买猪蹄者，嫌毛多，她便挥动小刀噌噌噌给刮干净了，"接着，拎起猪蹄往砧板上一摔，然后挥动砍刀一砍，哐哐哐，猪蹄即被剁成碎块"。"牛经纪"戚老贵十六岁入行，用五十年心血浇铸出的一套"相牛宝典"令人津津乐道。黄康生笔下的五行八作、市井男女，令人想到冯骥才《俗世奇人》里的小人物，他们是每个行当里的大拿，对手艺的讲究与钻研、对营生的执着与热爱、对生活的认真态度实在值得学习。

在《满满"烟火气"》中，我看到湛江人的生活态度。"摆烂，是生活的麻药，不是解药""摆烂不如摆摊"，于是，在夜色降临后，湛江人将私家车开到了海岸："一个后备厢就是一个摊档，每一个摊档的背后都藏着一段故事。故事里有烟雨，有乡愁，也有世情。很多摊主不仅将世情装进后备厢，也将世态融入到眼前一方小天地。""后备厢里贩卖的不仅仅是人间烟火，还有人生态度。"

就像莫言的高密东北乡、贾平凹的商州乡村、迟子建的冰雪北国，黄康生已经成为湛江湾的代言人。这里的历史文化、风土人情、市井生活在他笔下如画卷般徐徐展开。

散文是一种重在表达作者心灵感受的文学样式，所以，最见作者的文化底蕴、人格力量和精神品相。黄康生的散文具有围炉闲谈的气氛和节奏，字斟句酌，反复组织，每个字眼都是鲜活的、灵动的。他对语言的取舍，像极了湛江人对食材的态度。

对古诗词的信手拈来，娴熟运用，可以看出他在传统文化方面的扎实功底；布局谋篇及各种文学手法的驾驭，又可见他在艺术形式方面的突破与探索。

黄康生擅长写风景，这也是散文写作的基本功之一。他的语言自然流畅，简净细腻，富有声色和感染力。几乎每个笔触都有"炼"的意味。用简单的字眼写出最美的风景："海风徐来，渔船一艘接一艘进港。减速，调头，转弯——渔船齐刷刷地停泊在岸边。约莫过了半个钟，整个港口就塞满了渔船。渔船一艘挨一艘，挤挤挨挨，挨挨挤挤。或白或黄的船灯已将渔港照亮。灯影下的海面彩霞流泻，波光粼粼，让人想起了光阴的故事。"

喝茶的人都知道，普洱茶讲究"陈韵"，在光阴的流转中，经过了储藏、发酵和沉淀，其内含物得到转化和升华，从而铸就了大美无言的内涵，极大地提升了品饮价值。其实，散文也讲究"陈韵"。这种"陈"从何而来呢？生命若经历苦难，生活若经过梳理和思考，便具有了"陈韵"和底版，在《老屋春秋》一文中，他叙写了那个年代父辈所经历的"痛"与"忍"："老屋子似乎感到我的到来，它似有千言万语对我诉说……但它总是用土墙、用瓦片静静地吸纳所有的辛酸苦辣，吸纳所有的冷暖炎凉。"

散文写作需仰仗坚实的生活基础、深厚的生活积累；直面社会和人生，每一步都算数。对生活某个领域的执着，对某种文化品格的坚守，也往往成为写作者取之不竭的源泉之地。黄康生深情守望着他的湛江湾，他为这座城市写下的篇章远不止这些，他对湛江的书写很可能已成主题化、系列化的态势。这种自燃型的情怀与追求令人钦佩。

黄康生是新闻人，是挺立船头的"瞭望者"，压力大，担子重。他是怎样保持着一颗敏感的、精进的文学之心呢？新闻流水线最易消磨一个人的才情，特别容易压榨、掠夺、掏空一个人的内存和储备。他不仅保存了体力和热情，还为自己的语言成功"保鲜"。其实，答案不难找寻。他一直在路上，在现场，在湛江烟火最深处。他对这座城市始终用情。

董桥大约在退休之际，说过一句话："我扎扎实实用功了几十年，正正直直生活了几十年，计计较较衡量了每一个字，我没有辜负签上我名字的每一篇文章。"这个自我总结遭到冯唐的嘲讽，坦率说，我对作家的这种态度陡生敬意。我想黄康生也应该是欣赏作家这种执念的。读他的散文，字里行间闪烁着锻字炼句的态度与礼貌。

他的散文语言是纯粹的、道地的。这是很难得的。作为散文编辑，我看过太多所谓的散文其实早已失去语言的自觉与修养。对于散文这个体裁来说，语言若不成立，几乎一无是处，没什么可说的。

新闻与文学是两套系统，二者亦互补，文学是新闻的补给，新闻是文学的采风。睿智如他，早就琢磨出切换、摆渡之法。新闻做出来了，报纸上市了，但有些思考、想法、情感或情绪却积蓄心头——必须用一种方法将其呈现或消化——这种方法就是文学。新闻走向了餐桌，文学深入了人心。

为城市书写，为城市代言，这是散文家的一种本能，也是一种隽永的情怀。唯有读懂城市，才能引领一代代人在这里安居乐业，实现梦想。

近年来看到不少作家投身于为城市写传记这项文化工程中。2017 年夏，外文出版社启动实施了"丝路百城传"大型城市传记项目。百城之中，中国六十城，外国四十城，一城一传。我的家乡大连由我们的散文家素素老师执笔。湛江在亚太经济圈中具有战略地位，是"一带一路"重要支点城市，江洪渔港五百多年的历史蕴藏着多少荡气回肠的故事。是的，湛江值得守望，值得书写。

"凡益之道，与时偕行"，想必黄康生也执此信念，那么，他是否考虑为眼前的大海星辰再次铺展笔墨呢？

（原载 2022 年第 12 期《散文选刊》）

食物对一方水土的滋养

刘筱雪

广东有句老话，叫"食在广州，厨出凤城"，主要想要表达的是珠三角地区在美食上的造诣。广州的美食确实包罗万象，但从本质上而言，广州是一个大都会，其美食行业的发达，很大程度上归功于此。广州除了本身特有的传统美食以外，自然仍有余力将本省其他的特色美食纳入其中，于是只要"食在广州"，似乎就能品尝到全省的美食。

然而，很多时候"鸡腿肉"未必能代表整鸡的滋味。在一些老火靓汤中，被久煲的肉块反倒流失了营养，而鸡腿骨却被熬得软烂入味，非常值得一啃，就像《黄康生散文小辑》中所描绘的湛江美食那样。

一方食物，无论被搬运的距离有多短，只要运离了本地，都很难再保持原本最具辨识度的味道。而《黄康生散文小辑》以文笔为据，锁住了当时当地的美食。最让笔者印象深刻的，数《湛江，怎一个"鲜"字了得》。文中鲜明地体现出了一个广东人对于美食的执着。"唯有那些刚从海里打捞上岸，仍活蹦乱跳的才称得上海鲜，至于用冰块冷冻起来的，只叫'海产'。"同为广东人，笔者对此深感认同。广东人对于"鲜"字有特别的追求，那就更别提临海的湛江人了——食材必须新鲜，在冰箱冷冻保鲜过的食物，哪怕只是一天，也已经不能被纳入"新鲜"的范畴了；食物的烹调讲究原汁原味，青菜多是白灼，或是放入蒜末调味。最讲究的就数鱼类的烹制。在广东，特别是广东的沿海地区，鱼类以清蒸为主，除了葱花、姜丝外，几乎不会添加其他佐料。而浸泡鱼肉的酱油，由最有经验的大厨自己调制而成。食客吃鱼时，用筷子剥下爽嫩雪白的鱼肉，蘸上盘底的酱油，鲜味从舌头中部蔓延至整个头部，像黄康生所描写的"杂鱼汤"里说的那样，"简直鲜掉眉毛"！

此外，《湛江，怎一个"鲜"字了得》中，一段"海鲜时令民谣"也十分引人注意。"正月虾蛄二月蟹，三月咖蜇无人买。四月海螺五月鱿……马鲛马友成条劏……"初读这段民谣时，我默认用普通话阅读，总觉得语调奇怪。细细品味后，发现原来这是一段粤语民谣，用粤语通读此段，顿感抑扬顿挫十分合理，不禁会心一笑。此段民谣，算得上是本篇的提亮之笔，不仅符合文章风格，还引发了同属粤语语境之人的心灵共振。

如果说《湛江，怎一个"鲜"字了得》属于小辑的开篇力作，那么《抽干鱼塘捉泥鳅》就属于小辑中部延续风格的骨干。

泥鳅，一种约莫成人大拇指粗细的淡水鱼，喜欢生活在水底淤泥充足的地方。《抽干鱼塘捉泥鳅》中提到孩子们下泥潭捉泥鳅时的盛况。泥鳅这种小鱼确实是极难抓住的。它身体圆滑，鱼鳞细小，因为体表分泌有黏液，又生活在淤泥里的缘故，它们比一般鱼类更难捏住，尾巴一甩就又窜进泥水里去了。不过黄康生先生通过主角"晨耕"丰富的实践经验，告诉广大读者们一种捉泥鳅的良方：摸尾抓头。"把双手合成铲状伸进泥潭里摸，摸到泥鳅时，就用拇指和食指捏住它的头部。"这些细节为本文增光不少。

虽然泥鳅这种鱼类并不喜欢"干净"，但极具反差的是，它们的肉质十分鲜美，是普通鱼类所难以企及的。泥鳅最常见的做法是煎炸或者煮汤。煎炸自不必多说，吃的是油与肉混合的那种焦香，而用泥鳅做汤时，才能体会到这种鱼类的不同凡响之处。泥鳅煮汤时，先将其在锅里简单煎过，再加水炖煮，出锅时的汤汁便雪白雪白的，味道极鲜，只需加盐调味即可，不需要再加入任何其他调料。在《抽干鱼塘捉泥鳅》中作者提到另一种笔者没有尝试过的泥鳅做法："生火起锅，文火细煎泥鳅，两面都煎黄后，便撒入豆瓣酱转小火焖焗，直至泥鳅熟烂入味。"焖焗综合了肉与油的焦香，又兼具鲜味与汤汁的混合，看起来是种非常诱人的烹调方法。

《抽干鱼塘捉泥鳅》是一篇围绕着主角"晨耕"所写的叙事性散文，描述了晨耕童年时一群孩子捉泥鳅的盛景，以及晨耕成人后离开家乡，在新冠疫情之中被封在家时，对于家乡美食的切骨思念。如果说《湛江，怎一个"鲜"字了得》是以"美食"为主要切入点，写了湛江的杂鱼汤和荔枝木瓮鸡，那么《抽干鱼塘捉泥鳅》则是以"人"为切入点，写了人与家乡特有的美食之间的羁绊。渐入佳境式的，《久饱忆饿》更偏重于以"情感"为切入点。《久饱忆饿》述说了在那个艰苦的年代，不仅仅是"我"这样的孩子，而是一个更大的群体——"人"，对于食物的渴求，甚至是执念。开篇第一句，作者便说"小时候，我总感觉饿"，一句话便打开了全文，无论是幼年时的饥不择食，还是成年后条件逐渐宽裕后的胡吃海喝，其实都在围绕着"我总感觉饿"这一个主题在进行。

"饿"，一种生物共通的体验，这篇文章不禁让人开始思考"食物"之于人的意义，当代年轻人大多数没有再体验过那种从头到脚都是"饥荒"的滋味，但对于"饥饿"的感受却是一样的，就如冬日暮色浓浓时归家，总想饕餮一顿热气腾腾的大餐，否则今日就不能从疲惫之中"活过来"了。甚至有时大脑还没有察觉到身体的饥饿，直到食物送进嘴里，才顿生想要狼吞虎咽之感。那种由食物带来的温暖，是任何一种东西都无法比拟的。

然而除了果腹以外，食物其实更像一种气味信号，裹挟着庞大的信息——从前某个时刻的环境，环境中的人，甚至是那时的天空、空气的潮湿程度，那种无法使用五感的任何一感所描述的感觉。

都说，一方水土养一方人，水土养人，事实上人们口中的水土，除了环境和氛围以外，多半是在说"食物"，就像东北的大锅炖菜养成了东北人的豪放爽朗，江南加糖的精致小菜养成了江南人的吴侬软语。有时，食物跳脱了空间与时间，只要尝到同一种味道，记忆便飞回到从前那个时候；而另外一些时候，食物所涉及的空间与时间却又是恒定的。远离故土尝到从前熟悉的味道，只能带来蚀骨销魂的思念，无论是身体还是精神，都无法再回到过去的那个时候了。

黄康生先生是在写食物，却又不完全是在写食物。就像我们平日里对某类食物的执着一样，我们分明是在享用美食，但我们又不仅仅是在享用美食……

（原载 2022 年第 12 期《散文选刊》）

湛江三味

马瑞婧

　　黄康生的散文，聚焦广东湛江与海为邻的海边生活，将个体的情感体验，勾勒出以鲜味、趣味、情味为特色的日常风貌。

　　湛江之鲜味，在于唇齿之感。作者在《湛江，怎一个"鲜"字了得》中写道："深谙烹鲜之术的湛江人，一种海鲜甚至能变换出百种做法，一鲜多味，鲜上加鲜。"寥寥数句，湛江饮食中对"鲜"的执着尽显。"鲜"字最早出现在金文中，便以"鱼"为下部。对于傍海而居的湛江人而言，"鲜"就是食材的本色。海鲜食客"大肚龙"为了追求这种"鲜"，去往了"鱼鳃还在呼吸，鱼眼还在翻转，鱼尾还在摆动"的甲板，作者并列书写与鱼相关的三种状态，描摹着湛江甲板上海产的新鲜之象，"大肚龙"选腊鱼、博米、鱿鱼、虾蛄、小蟹等九种海产进行简单烹饪，喝得一份料杂味不杂的杂鱼汤。杂鱼汤之所以成为天赐美味，在于湛江得天独厚的位置与人民对海洋的熟悉和热爱。湛江临海，食材不必经历长时间的运输与存放便进入了湛江人的唇齿之间，那份鲜味，以更多姿态出现在生活之中：肥嫩酥烂，现抓现烤的荔枝木瓮鸡；品类繁多，紧跟时令变换的四季鲜果；沁人心脾，氤氲在红树林保护区中的纯粹鲜氧……让人不禁感叹造物主对这片土地的偏爱。

在湛江成为港口前，鲜味是简单的。池塘的泥鳅相较于珍奇海产过于平常，但却在晨耕的味蕾记忆中留下浓墨重彩的一笔。《抽干鱼塘捉泥鳅》记述了诗人晨耕儿时在故乡鱼塘捉泥鳅的记忆。泥鳅鲜味和村庄的人情味深深地烙在了他的心底，这份眷恋甚至使晨耕拿出了几年稿酬换一次干塘捕鱼的快乐，泥鳅的鲜味抓住了晨耕的唇齿，而曾经村庄中简单纯粹的快乐却把他的心永远留下了。湛江的鲜味不仅是一种味觉体验，更是一种将这片土地和人民紧密相连的情感体验，人们用唇齿感受美食鲜味的同时，也在用感官捕捉着这座城市鲜亮的色彩。

湛江之趣味，在于中和之美。《火龙果静夜绽放》中"火龙妹"沈梦莹以自己的趣味给他人生产着趣味的愉悦感受。她为火龙果播放古典音乐与古代诗词，称这样生长的火龙果能有一颗"少女心"。沈梦莹本身就是一个有着"少女心"的女孩子，像少女一样喜爱美与爱的事物，坚持自己所想的"该干吗就干吗，该好奇就好奇"。放弃城市高薪工作，以自己的音乐培养法种植着火龙果，她拥有复杂的生活历程，却执着于简单的人生哲理。文章将沈梦莹果园中播放的古典诗词写入文章，以"花堪素玉，蕊比金纶"来言说铁锹铿锵，这种雅与俗，构成了一种"趣"的审美，在吃"有文化的火龙果"的过程中，使读者感受到愉悦的体验。

趣味，被克尼格尔认为是"由健康的心灵和敏锐的审判力产生的使人确实感到真善美的一种知性的能力"。黄康生散文的趣味则来源于作为作家的敏锐直觉和其对于湛江的深情，他将对湛江生活的热爱投射到散文中去，所以草木与人皆显可爱，清晨傍晚的城市皆有一种欣喜之态。《满满"烟火气"》是结合后疫情时代的"地摊经济"创作的一篇散文，作者紧密贴合疫情之后湛江的生活书写，静有长蛇般望不到头的车队、从海上升起的明月，动有走走停停的市民、各显神通的摊主，近有熙熙攘攘活色生香的人间烟火，远有湛江高悬的圆月与一望无际的海滩，这就是黄康生笔下的另一种湛江，充满生机的湛江人用自己的热爱不停创造着多姿多彩的生活。

湛江之情味，在于湛江人生生不息的精神。散文《久饱忆饿》中母亲得知"我"由于饥饿跌倒在山坡上，将下蛋的鸡煮给"我"吃，于是儿时的"我"甚至常常"盼望能在饥饿中跌倒"。《老屋春秋》中黄康生写到了一种"痛"。建老房子时作者感受最多的是父亲的隐忍与母亲的垂泪，而隐忍与垂泪的原因往往是村中"狗头金""哑佬油"这类刁钻之人的欺凌与压迫。困苦的大环境，造就了村民互相倾轧的情况，老屋在这样的环境下被铸成，饱经冷暖与炎凉。与"大肚龙""花姐"等人物相比，"狗头金""哑佬油"是冷漠刁钻的。但是，人生经历是真实而充满意义的。因为有过饥饿，才能明白今天的幸福生活从何而来，只有经历痛苦，才能懂得幸福的珍贵。

所以说，黄康生写湛江人，说湛江事，他沉浸其中，奔涌其中，幸福其中。

（原载 2022 年第 12 期《散文选刊》）

图书在版编目（CIP）数据

一湖澄碧 / 黄康生著. -- 北京：作家出版社，2023.9
ISBN 978-7-5212-2320-0

Ⅰ.①一… Ⅱ.①黄… Ⅲ.①散文集—中国—当代
Ⅳ.①I267

中国国家版本馆 CIP 数据核字（2023）第 090182 号

一湖澄碧

作者 / 绘者：黄康生
书名题字：梁晓声
责任编辑：田小爽
封面设计：孙惟静
出版发行：作家出版社有限公司
社　　址：北京农展馆南里 10 号　　**邮　　编**：100125
电话传真：86-10-65067186（发行中心及邮购部）
　　　　　　　86-10-65004079（总编室）
E-mail:zuojia @ zuojia.net.cn
http://www.zuojiachubanshe.com
印　　刷：河北鹏润印刷有限公司
成品尺寸：145×210
字　　数：180 千
印　　张：9.625
版　　次：2023 年 9 月第 1 版
印　　次：2023 年 9 月第 1 次印刷
ISBN 978-7-5212-2320-0
定　　价：48.00 元